暢銷書作家 王擎天 博士 著

寫好作文の祕密

4步驟作文滿級分！

靈感思路長期阻塞不通順？
下筆文句總是生澀不流暢？
寫作詞彙經常缺乏不夠用？

作文力 100%UP!

1 實例觀摩
2 就地取材
3 技巧提升
4 策略創作

四階段學習法

快來跟著暢銷作家**王擎天**博士學作文就對了！

用對方法，寫好作文並不難

寫作，是文字表達的基礎，不只是運用在考試、升學上，更與人們的日常生活息息相關。平日我們對於事物的見解，或者與他人的溝通，除了口說外，就是文字的展現了。個人作文程度的良莠不只是關乎我們能否寫出文辭優美的文章，更重要的是，我們平時書寫出來的文字是否通情達意，能充分表達我們的想法，並讓他人易於理解。無論在生活、學習、工作上皆少不了文字的使用，因此，流暢的文筆是每個人都必備的基本能力。

我從事教育工作的時間已有數十載，撰述的著作更超過二百本。常常有許多學生、讀者詢問我如何能在短時間內寫出巨量的文章，長期而穩定的出版書籍。有鑑於此，我決定公開我的寫作祕訣，分享給有心鍛鍊文筆、從事著述的朋友，以及正在準備考試的同學們。

寫作能力必得透過一定時間的磨練，才能有顯著的提升，天生即才思敏捷的天才作家是少數，況且他們也必須先透過大量的書寫練習及修潤，才能將成果展現在讀者眼前。然而該如何有效且有條理地進行寫作練習並非三言兩語可簡單帶過，這也是我出版本書的目的。讀者透過本書的內容所提及的方法及範例，可有所依循，照著書中的步驟有系統地進行練習，方能漸次提升自己的作文實力。

本書分為四個大部。第一個部分從寫作的事前準備談起，由如何蒐集材料及構思，至開始規劃作文大綱與基本的寫作步驟。在這個部分可學習到，藉由對日常生活的細膩觀察與巧思，寫作題材俯拾即是，我們平時就得勤於蒐集、整理、歸納，到了必須寫作時便有源源不絕的材料可使用。接著再規劃大綱，進行基礎的寫作練習。

第二個部分為經典範文的示例與分析，透過對不同體例的名作閱讀及分析，我們可了解及學習經典文學作品的優點及寫作技巧，知曉一篇佳作必須具備的條件有哪些。

第三部分為寫作的進階技巧應用，先談如何正確地使用字辭、語句及文法，再論文章的布局如何安排和組織，進而提升寫作技巧來強化我們文章的特色。

第四部分為特殊寫作需求的應用講解，如何在有限的時間或有限的篇幅內完成一篇文章？我們常接觸的廣告文字和時下流行的網路寫作有何特點及技巧？在此部分皆有完整的分析與說明，讓讀者在一般寫作練習外，還可學習到更多不同領域的文字呈現技巧。

在本書的最後，特地加進標點符號的正確使用方式、易混淆字詞的辨別及成語的補充，並提點寫作必須特別注意的事項、經典作文題型練習及說明發表作品的管道。

本書不僅對於升學、考試的學生相當受用，對於一般想晉級作文層次的讀者亦大有裨益。經由閱讀本書，透過全方位的學習與鍛鍊，您將可在短時間內顯著地提升個人的寫作能力。期待更多的讀者能從本書獲益，不但可強化自己的文筆，更能對寫作產生興趣進而一圓出書的夢想，那麼我寫作此書的冀望便達成了。

王擎天

于台北上林苑

推薦序

寫作達人教你創造文字的能量

文字組成我們生活的細節，任何人都無法忽略，因為它隨處可見。培養自身文字的運用或創作能力，不僅僅是為了考試，更是為了能在生活中創造更多溝通的可能。想在臉書上寫一篇文章、想在部落格抒發自己的觀影心得、想在郵件中說明事理，這些，都需要相當程度的寫作能力，才能在文字的表達上流暢無礙。

我與王博士結識多年，其早年是享譽補教界的數學名師，代表作為《擎天數學最低十二級分的祕密》（書及ＤＶＤ）；對著述出書一直充滿熱忱的他亦一直筆耕不輟，現在成了專門打造暢銷書的出版界達人。王擎天博士在高中時期即為校園風雲人物，不但是同儕眼中的數學奇才，喜愛文史的王博士也熟讀各國史地，屢在課堂上提出自己的見解，深獲老師認同，同時還擔任班刊《涓流》及校刊編輯，嶄露其敏捷的才思及流暢的文筆，人稱建中紅樓才子。

熱愛教學及創作的王博士，除了傳授獨門數學密技與學生外也持續寫作、開設出版社，博學多聞的他在歷史、人文、教育、商管等領域都有豐富的著作，如《芈月傳》、《微小中的巨大》、《全世界最多人都在學的數學速算法》、《川普成功學》等書均是相當受讀者喜愛的暢銷書籍。近年來，王博士投入了成人培訓的行列，將自己創業及出版的豐富經驗分享給有志從事相關工作的朋友。課程實況影音「ＥＤＢＡ擎天商學院」甫推出即深獲市場好評，已出版了《成交的秘密》、《借力與整合的秘密》等資訊型產品。他同時也是台灣最大的寫書與出版培訓班主持者，出版《暢銷書作家是怎樣煉成的？》作為課程講義。他率先將出版社升級為知識服務供應商，目的即是為了替大眾提供更優質的學習平台。

從事教育及寫作多年的王博士有感於正面臨升學壓力的中學生實在需要一本內容完善、易讀易學的寫作學習書，遂不吝惜地完整公開自己的寫作方法，使讀者可以很快地掌握到寫作技巧，書寫出內容充實、文辭暢達的篇章。《寫好作文の祕密》跳脫一般作文工具書的模式，規劃四階段學習法依序編排，從寫作的事前準備講起，以漸進的方式累積讀者的文字基礎。由開始寫作前的審題、擬定大綱到書寫時的流程安排，均仔細說明，有基礎、有方法，再加上經典文章的觀摩，可讓同學依循本書的說明練習後不再對寫作心生恐懼，能用更放鬆的心情怡然面對。

作文能力的提升不可能一蹴可幾，要有創作文字的能力，必須先經過閱讀的累積。王博士在這本著作中挑選了若干篇經典文章收錄，讓讀者可藉由範文的閱讀，吸收這些大師級作者精煉的文句，再由此訓練、轉化為自己的文字風格。

寫作從來不僅僅是上考場時才用得到，它與我們的生活實為密不可分。若平日能時時累積文辭的質與量並常常運用它，那麼作文將不再只是作文，它將成為我們生命中重要的養分，讓我們持續成長茁壯。

心理學專家　張鏵華　博士

決勝未來的寫作力

寫作是每個人從小到大都必須不斷學習、精進的技能。能夠寫出一篇吸引讀者目光且令人讚賞的文章，就容易在各個領域中脫穎而出。

我從事古典文學研究、著述及教學多年，深感現代學生的閱讀及寫作能力日益低落，許多人不但無法閱讀淺易的文言文，就連白話文章也不見得能完整了解意旨，更遑論寫作了。姑且先不論寫作內容該如何兼具深度和韻味，一篇文辭通順的文章已不多見，除了常見的錯別字外，誤用、錯用詞語者兼而有之，往往令人不忍卒讀。欲提升基本的寫作能力，平時多閱讀文章乃是打造寫作基礎的不二法門，而一本優質的作文學習參考書籍也是強化寫作的必備工具。我的好友王擎天博士投身教育界二十載，寫過許多暢銷書籍，對教學及寫作均頗有經驗。其實他在就讀建中時期即頗負盛名，其早慧的文采使他與作家楊照在當時並稱為建中二大才子，王博士有感於現代學子對寫作的苦手，故以個人經驗推出深入淺出的寫作學習書，實為讀者的一大福音。

讀者們在升學的過程中，無論是大學的入學考試與入學後的各類報告、期中期末考或是研究所升學考試，皆需具備流暢的文字表達基礎，因此作文的能力更不容忽視。一般大學的報告，除了內容的品質之外，作者撰寫報告時的文采也會影響教授給予該報告的評價。乃至於研究所的報考，教授們在進行書面審查時，除了專業領域外，考生的寫作能力往往也是評判的重點之一。讀者出了學校大門，進了社會之後的第一道關卡就是填寫自傳或履歷表，這時所展現出的作文能力，通常成了面試官最重要的考量要點之一。現今謀職者眾，除了漂亮的學經歷外，員工完整的自我表達能力也是一般公司行號所特別關心的部分。換句話說，寫作是伴隨讀者們一生的重要能力，能將作文寫得好，自然能夠為自己不斷地加分。

這本《寫好作文の祕密》並不像坊間的各式作文書往往僅限於論述特定的寫作方法，而是階段性地以「採集」、「練功」至「晉級」、「大師」的方式，讓讀者依循書中闡述的方式一步一步地邁向滿分寫作。想將作文寫好是無法一步登天的，必須在不斷練習的過程中，找到自己熟練的寫作方式，提升自我的寫作程度，最後便自然而然地能夠寫出令人激賞的文章。

本書從蒐集資料、組織架構、審題判斷到寫作ＳＯＰ，都提供了可靠的方法。並且利用閱讀大量的範文，作為寫作時的練習參考，培養名家的風範。最後更設計了進階的練習、豐富的補充，不但可讓時間有限的考生短時間內迅速提升自己的寫作能力，亦能滿足讀者各類型讀者的寫作需求，在此可見作者的用心著述與編排。

《寫好作文の祕密》不只是一本適合中學生寫作練習的參考用書，更是一本全方位的作文學習書，內容涵蓋全面而條理分明、去蕪存菁，無論你想升學、考試、自學、投稿皆相當受用，非常推薦大家閱讀與分享。

文學博士 遲嘯川

目錄

Part 1 採集坊

事前準備篇

開始練習篇

Part 2 練功坊

Part 3 晉級坊

語句演練篇

組織文章篇

Part 4 大師坊

Appendix

附錄

書寫應用篇

參考資訊篇

採集坊

基本技巧

在正式開始進行寫作前，
有哪些事項是需要先作準備？

事前準備篇

練習寫作絕對可有效地提升自己的作文能力，然而練習不是直接下筆做文字詞句的組合變化就可以了，否則有的人也不會老是思索許久卻吐不出一言半辭，或是寫了許多文字卻毫無重點、不成章法，讓人摸不透文章欲表達的意思，因此，在開始寫作前，準備的工作是不能輕忽的。準備寫作的材料其實不難，在我們平常的生活中可隨手取得，只要勤於觀察、捕捉、紀錄，那麼在我們需要寫作時，就能從這些我們平常所抓取到的材料當中作選擇、取材了。大部分善於寫作的人並非寫作天才，而是他們比一般人的觀察力敏銳，懂得如何從已知的事物中去蕪存菁，擷取出可用的部分作為自己寫作的題材。我們必須打開觀察力的天線，用心感受生活中的任何事物，便可豐富我們寫作材料的寶庫。

多看、多聽、多感覺！

——由生活中用心觀察及體驗

一、生活中的觀察力

對於自己生活周遭的人事物，不可能視若無睹或觀而不見，只有用心的深入觀察和實際體驗，才能有豐厚的寫作材料。將心中所有的感受以及各種不同的情懷，經由自身的經歷與體悟，藉助文字的知性、感性與理性多種面向，融會貫通後完美地展現出來。

如果自己的生活經驗累積，因受限於時間與環境而較為稀少或枯燥乏味，又想要在一定的時間內獲得多重感悟，其實有相當的難度；建議不妨從與他人的接觸及交談的過程中，多方汲取自己認為有價值、有意義的智慧體驗，甚至可記錄下來當作寫作的參考內容。

我們可將自己所看到、聽到、聞到、吃到、碰到、想到，以及由他人作品文章裡所學習到的內容詳加筆記，如此一來，在日積月累下，即能成為可觀又實用的寫作素材。透過筆記詳細而深刻的多方觀察與尋思，正所謂處處留心皆學問，運用於作文中，便是描寫功力的展現，至於程度的優劣則在觀察的能力上見真章。

劉鶚在〈明湖居聽書〉一文中，對於生活中習以為常的歌聲便有相當具體而傳神的描述：「唱了十數句之後，漸漸地愈唱愈高，忽然拔了一個尖兒，像一線鋼絲拋入天際。那王小玉唱到極高的三、四疊後，陡然一落，又極力騁其千迴百折的精神，如一條飛蛇，在黃山三十六峰半中腰裡盤旋穿插。」因此，生活中的觀察力也是描摹程度重要的關鍵之一，不能夠單憑想像，因為想像之下的人事物，絕對不夠深刻也不夠逼真，更遑論讀者能否感受到細膩的敘述了。

二、五感運用，摹寫力再上層樓

所謂的培養觀察力，其實包含了視覺、聽覺、觸覺、嗅覺和味覺等五感。視

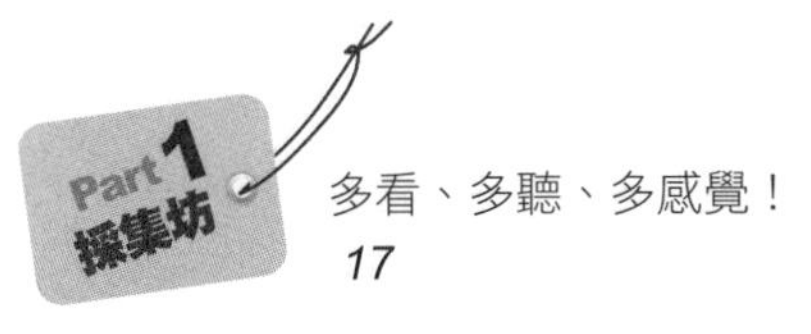

覺代表著眼睛的功能，聽覺代表著耳朵的功能，觸覺代表著皮膚的功能，嗅覺代表著鼻子的功能，味覺代表著嘴巴和舌頭的功能。當五感具備之後，還要再透過心靈深層的感受力以及大腦富有邏輯性的思維過程，才能組合出完美的文字呈現，創造出作品與文章。

首先，眼睛務必仔細看，才可以培養出精確而敏銳的觀察力，如果只是走馬看花，是看不出所以然的，所以法國的雕刻家與藝術大師羅丹說：「美，到處都有，對於我們的眼睛，不是缺少美，而是缺少發現。」美好的事物會讓人陶醉，也會讓人打開心靈的窗戶，但是得先發現才行。李慈銘在《越縵堂日記》裡寫道：「庭中紫豆一叢，作花甚繁；芭蕉展葉，綠滿窗戶；紫薇久花，離離散紅。」他眼中五彩繽紛的景象，全都是靠著眼睛細膩的觀察而來的，即便是天天看的人事物，也得用心觀看才得以有所發現。

接著，耳朵也要用心聽周遭人事物的聲響，萬萬不可聽而不聞，也不可左耳進右耳出，否則難以充實寫作的材料。耳朵能夠分辨出美好的樂音與嘈雜的噪音，也能夠辨識出男女老少、高低音色、快慢不同等變化，甚至是情緒中的喜怒哀樂，也能有所感受。陳黎的〈聲音鐘〉便是最好的代表：「他們的報時方式、出現時

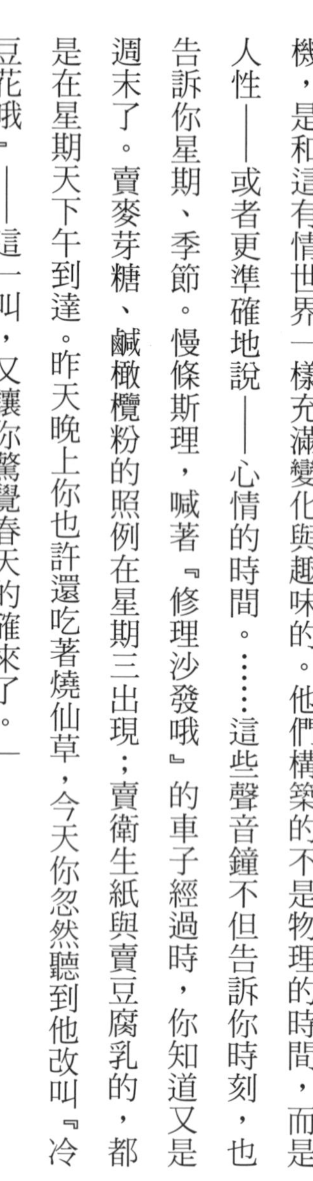

機，是和這有情世界一樣充滿變化與趣味的。他們構築的不是物理的時間，而是人性——或者更準確地說——心情的時間。……這些聲音鐘不但告訴你時刻，也告訴你星期、季節。慢條斯理，喊著『修理沙發哦』的車子經過時，你知道又是週末了。賣麥芽糖、鹹橄欖粉的照例在星期三出現；賣衛生紙與賣豆腐乳的，都是在星期天下午到達。昨天晚上你也許還吃著燒仙草，今天你忽然聽到他改叫『冷豆花哦』——這一叫，又讓你驚覺春天的確來了。」

再來，鼻子所聞到的各種不同氣味，可使人心情受到影響：香味能夠使人心情愉悅，甚至得到放鬆；臭氣則會令人難以接受而出現壞情緒，甚至暴躁難耐。藉由自己對於氣味的親身經驗與體會，也能夠找到可貴的寫作材料，揉合在文字當中，使之呈現的方式富有變化且靈活生動。朱自清先生的〈春〉一文：「風裡帶來些新翻泥土的氣息，混著青草味，還有各種花的香，都在微微潤溼的空氣裡醞釀。」「花裡帶著甜味；閉上眼，樹上彷彿已經滿是桃兒、杏兒、梨兒！」嗅覺的傳達表現十分動人。

此外，口舌嚐到的滋味，更是生活中不可或缺的感知，因為口舌作用的「吃」，是維持人生存的重要條件之一，通過自身的品味及咀嚼，也能夠有感情層面上的抒發。在鍾肇政的〈中元的構圖〉中有精采的描寫：「過了一刻兒，那雜湊在一起的九個人加上我，大家圍著三隻飯盒吃了一頓肉，甜甜的，腥腥的，都是赤肉，韌韌的，紅紅的，那是力量，我吃了力量，吃下去，全身就有力了。我又會走路了。可是那是什麼肉呢？我不懂。次晨我們又走了。走前我在一叢灌木下看到一堆骨頭。我明白了。天哪，我吃了什麼？我不敢說，我不敢說，我成了畜生了。」

最後，便是肢體皮膚所接觸到的感覺了，而在這個部分也經常流露出內心正面或負面情感的深層感受力，像人和人之間的擁抱，透過擁抱的正向力量，或許能夠得到安慰與平靜的感覺。而在陳醉雲的〈蟬與螢〉一文中：「夏秋之間，一到夜晚，便祛除了一日間蒸溽的熱惱，人們也像是滌淨了一日間困頓的疲勞。當我們坐在樹下或躺在草地上休憩的時候，林間樹梢上顫動著蕭颯的風聲，飄下一股爽朗的涼味，已夠令人陶醉了。」同樣是透過觸覺的感受而表達出內心的情緒起伏。

寫作一點靈

善於觀察生活中的事物，並深刻地去體會及感受，不但可豐富寫作材料，也能讓你的文章字句更有溫度。

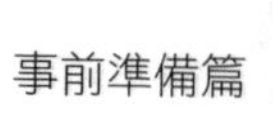

思考與表達能力的學習基石！——由閱讀中取材、臨摹寫作技法

一、古人看閱讀：羅馬不是一天造成的

唐朝著名的詩人杜甫曾有詩句云：「讀書破萬卷，下筆如有神。」意思是說：「如果讀盡萬卷書，那麼在書寫文章時，就不會搜索枯腸，反而能夠文思泉湧，有如神仙相助一般。」讀書的重要性可想而知，且這世界上的學問與見地，通常也得經由博讀理解後才能有所成效，寡讀反倒見拙無益。

有西方孔子之稱的希臘哲學家蘇格拉底曾說：「真正高明的人，就是能夠借助別人的智慧，來使自己不受別人蒙蔽的人。」一個折節向學之人，獲取智慧並體悟人生，絕不可能單靠個人的努力與意志，必定也運用了前人所積累的經驗。

古語云：「凡操千曲而後曉聲，觀百劍而後識器。」一開始學習書法者須常臨摹字帖，臨摹的練習多了，自己便學會一著，有心得者或許還可獨樹一格、創新字體，甚至成為書法大師。學習各類手藝者初時均須拜人為師，由一刀一剪、一錘一鑿，依樣畫葫蘆。做多了便熟能生巧，擁有了巧妙的技藝，有心得者說不定還能翻新花樣、匠心獨運。同理可證，學習書寫作文也必須經由多多閱讀文章等基本功開始練習。

二、博覽昇華思想境界

閱讀本身所傳遞出來的多元知識，本就浩如煙海、廣博深遠，因此只有博覽群書，才能自書中汲取古今中外歷史人物無數生活經驗的結晶與淵深博大的智慧，強化識別真假的智力，且還能豐富自身的想像力。不僅昇華了思想境界，也陶冶了情操，更讓學問和見識有所長進。此外，藉由博讀還可讓人們習得古今中外無數名家作品中的雋永、優美、犀利、辛辣等各式各樣風格之語言特色，無論是詩歌、散文、寓言或遊記等，均能由其中的潛移默化感受美學的教育及薰陶。

三、閱讀來源、方法一把罩

讀書實則為使生活充裕、使內涵豐富、使視野擴展，並且提供寫作題材的好方法，不管是閱讀學生時代的課內書本或其他的課外讀物，抑或是大眾化的報章雜誌，均能有吸取知識、知曉道理、匯聚精妙詞彙的效果。只要讀的書夠多，材料庫及詞彙量就能累積豐富，因此閱讀絕對是寫作的基本功夫。若想要寫好文章，卻總不付出用心與耐心閱讀，就如同緣木求魚、痴人說夢。

有不少文言文其實很有代表性，例如韓愈、柳宗元、歐陽脩、蘇軾等古代名家的文章。選擇較有代表性的名篇如〈始得西山宴遊記〉、〈赤壁賦〉等熟記文內重要內容，若心有餘力，可再將其中的涵義、章法、架構、語句等牢記在心。那麼未來在寫作時，若遭遇相似的題目或主旨，便能作為參考，加入自己的想法並增加變化感，運用於自己所書寫的文章裡。此外，好的白話文（或稱語體文）也可選擇幾篇較有特色或情感、條理分明的篇章，認真細心閱讀，不需刻意背熟，只要將優美的字詞、語句、寫作技法熟記在心，在碰到相關的題目時，便能隨時運用，作為供給作文的工具及素材了。

除了上述所提及的教科書外，也可大量閱讀報章雜誌。建議不妨選看報章雜誌的社論、專論、文藝副刊或各類專欄等，因為這些欄位的文章幾乎都是由名人、學者、專家、作家所撰寫的，說是精華之作一點也不為過，其中蘊含了各類知識、人生道理、寫作技巧等，經常閱覽勢必可得到豐富的收穫與心得。

另外，時常閱聽電視劇、電影與流行歌曲，也對寫作相當地有助益。不少電視劇和電影是由小說名著加以改編而成，例如《哈利波特》。有的影片劇本新穎，內容、情節鋪排流暢，其中的故事環節，特別是人物、對話和情緒的安排與描繪，更具幽默雋永、清新俊逸或深情繾綣等特色，可作為書寫文章的素材。有些流行歌曲的歌詞因為文字或語句的使用巧妙精煉，內容便於記憶，可藉由適切的改寫後，轉化為屬於自己的寫作材料，也可將外文歌詞翻譯為中文，運用起來別有一番味道與風格。

閱讀時，不妨準備一本傳統式的手寫筆記本，或者使用文書軟體記錄，將書本文章中不錯的字詞、語句、關鍵重點等，隨時隨地記下來。如此一來，才能加深印象，經由日積月累，便成為自己的學問，日後下筆寫作時，自然能夠得心應手。若持之以恆勤作筆記，這些資源將會取之不盡、用之不竭。最後再將筆記的內容結合自身所經歷過的相關例子來書寫，不但能夠避免大而不當的狀況，還能夠讓人感到閱讀起來親切實在，強化文章本身表情達意的效果。只要感悟得愈深，便愈容易運用文字傳遞，也愈容易讓自己的情感抒發出來。

四、讀萬卷書行萬里路

閱讀是書寫的基底，書寫是閱讀的延伸；閱讀是一種內化吸收，書寫則是一種外化釋放。換句話說，閱讀即為輸入，書寫即為輸出。即便是相同題目的寫作，有些人可將文章的內容描述的豐富且深刻；有的人則是將文章寫得侷限而膚淺、艱澀難懂，這全是因為作者自身的德行修為與思想程度有所落差而導致的情形。此外，思想深度的差異，大部分是取決於作者讀書量的多寡及人生閱歷的廣狹。以筆者多年的寫作經驗與心得，勤加閱讀絕對是強化作文程度的一大關鍵。

寫作一點靈

閱讀是累積一切學問的基礎。博覽群書可開拓你的見聞，深入閱讀可深化你的思考，對寫作大有助益。

不可或缺的「寫作檔案箱」！

——蒐集寫作資料的方法

充實寫作素材

一篇引人入勝的文章，勢必有優秀的文采，但是令人稱頌的文筆從何而來呢？不外乎是內容的文字呈現，也與蒐集來的資料息息相關，將這些蒐集來的資料統整並組合後，才能夠表達出深刻的意涵。

文章出自於生活體驗的智慧，而生活體驗的智慧造就了文章。張潮在《幽夢影》中便曾經提及：「善讀書者，無之而非書：山水亦書也，棋酒亦書也，花月亦書也。善遊山水者，無之而非山水：書史亦山水也，詩酒亦山水也，花月亦山水也。」生活即為一本本深遠雋永的書籍，也是一次次愉悅歡喜的旅行，若能有這樣的想法與認知，便可隨時隨地享受生活的樂趣，並使之成為寫作的豐富素材。筆者平日閱讀報章雜誌，便習慣將內容不錯的文章或新聞報導剪下蒐集起來，也因為這樣的習慣，在筆者發想撰寫第二百本著作《微小中的巨大》時，寫作素材信手捻來，因而能快速揀選、過濾材料的適切性，聯繫欲描寫的當事人，在短時間內成書。

此外，愈廣闊的生活層面，體驗愈深的生活歷程，所創作出來的作品就愈豐富，也愈能扣人心弦。我們必須在生活中走向熙來攘往的人群，也必須在生活中走向五彩繽紛的社會，更要有所歷練、成長，走向無限無涯的宇宙，開拓並發展屬於自己的人生閱歷。

陳黎的〈聲音鐘〉，便是一篇取材於生活且資料蒐集完備的作品：

我住的房子面對一條寬幽的大街，後面是一塊小小的空地。平常在家，除了自己偶然放的唱片，日子安靜得像掛在壁上的月曆。時間的推移總是默默地在不知不覺中進行，你至多只能從天晴時射入斗室內的陽光，他們的寬窄、亮暗來判定時光的腳步；或者假設今天剛好有信，郵差來按門鈴，你知道現在是早上十點半了；或者，如果你那粗心的妻子又忘了帶鑰匙，下班回家在門外大聲喊你，你知道又已經下午四點了。但自從我把書桌從前面的房間移到後面之後，才幾天，我就發覺我的頭腦裡裝了許多新的時鐘。……那塊小小的空地是後面幾排人家出入的廣場，假日裡孩子們會在那兒玩沙、丟球，除此之外，就幾乎是附近女人家、老人家每日閒聚的特區了。那些小販們總是在這個小空間最需要他們時適時地出現。早起，看完報，你想起自己還沒吃早餐，「豆奶喔，煎包喔，糯米飯喔」的叫賣聲就正好穿過你推開的窗戶，不客氣地進來；而且你知道這是用純正台灣國語呼叫的「中華台北版」早餐。換個方向，你也許聽到一輛緩緩駛近的小汽車，開著一台錄音機嬌滴滴地喊著：「最好吃的美心麵包，最好吃的美心三明治，請來吃最好吃的美心巧克力蛋糕，美心冰淇淋蛋糕……。」時間一到，這些叫賣聲就像報時的鐘一般準確地出現。……

由節錄的內容中不難發現，陳黎所描寫的「聲音鐘」，完全取材於他所處的生活環境，任一人事物都有所描繪，絕非憑空想像杜撰而來的畫面，正因為他蒐集資料的完整性相當高，因此才能有所感觸，使文章豐富且極具生命力。

無論生活是較為刻板單調或多采多姿，勢必都有屬於個人與眾不同的生活歷練，只要發揮敏銳的觀察力，用心體驗周遭的生活與人事物，便能有所領會。細看花開花落，傾聽潮起潮落，世局的變遷與人事的紛擾使得心緒有所體悟，感懷各有所異，也各有所獲。想要寫好文章就要認真地體驗生活，那麼無論寫什麼樣性質的文章，都可將一個簡單的題目發展延伸，並組織為一篇質量俱佳的好作品。

1 家庭生活的寫作材料

多數人出生於安全如避風港的家庭小天地中，家庭乃是人類生活的首要重心，所有的感受與學習都是由此開始。一個家庭裡，除了提供基本的經濟物質來源之外，尚有精神上的支持與鼓勵，還有生活上的規範與教導。在所有條件皆具備的情形下，才能有所謂希望的活水，也才能有所謂快樂的泉源，進而才可深刻體會到幸福的感受，這便是家庭可愛又可貴之處。

不一樣的家庭，有著不一樣的背景與條件，有不一樣的父母之愛及不一樣的手足之情。不相同的生長環境，以及不一樣的文化背景，會造就出個人相異的思考模式，形成多樣的價值觀念。每一個家庭生活方式的不同，其實就提供了我們許許多多的寫作材料與想法。

對於家庭，每個人都有無法卸責的使命感。如果是生長在環境背景較為艱困的家庭中，比起他人可能更需要面對諸多的磨難與考驗，而在經歷血淚交織與備嘗辛酸的奮鬥歲月後，會使人更具歷練與感觸，寫作的題材也就更加有深度了。

2校園生活的寫作材料

在學校裡和師長的相處狀況，甚至是校長、主任、教官經營學校的理念等，還有老師對待學生的各種態度，以及各科老師的教學情形，或者是他們的學識程度、為人品德、教育精神、談吐舉止等特色，都是很好的寫作材料。

與同學之間的情感友誼，更是在求學階段不可或缺的。與同儕們朝夕相處與筆硯相親的過程中，必定有許多充滿歡笑與淚水的趣事與故事，能夠觸動我們的內心深處。

此外，在教室裡上課學習的各種情形、應試測驗時的緊張氛圍、辛勤抄寫筆記時的認真、在操場運動時的活力與刺激、到福利社買東西的小確幸……還有學校裡的花草樹木、泉石亭台，仰頭可見的藍天白雲、朝暉斜照等景象，皆可成為觸發心靈、引發情思的事物。以此寫出獨具性靈的佳作，其中包含揮灑飛揚的青春和活躍嬉戲的痕跡。因此校園生活的點滴及感觸，都是值得敘述描繪的內容。

3 職場生活的寫作材料

當進入社會工作之後，職場上的主管、同事及客戶便成為在生活中最常相處的人了。無論是主管的領導與教育，或者是同事之間的分工合作，以及與客戶間的應對進退，都是能夠應用在文章裡頭的好材料。工作除了能夠溫飽三餐，所謂職場百態與甘苦，更是一個人成長歷程中不可缺少的經驗。

當你面對不同類型的上司時，無論是權威型、民主型或放任型，均能由其特點與相處模式，尋找到寫作材料的蛛絲馬跡。另一方面主管對待你的方式，可能與你的預期不太相同，而大大地改變了你原先的觀點，這也能觸發你的寫作靈感。

在與同事兼戰友的磨合過程中，最能學習到人際關係的處理方式，沒有人喜歡孤軍奮戰，我們在協助同事的同時也形同於幫助我們自己。在協助他人時，可預先設想對方在工作或私人領域中是否遭遇困難，除了提醒對方之外，最好也能提供解決的辦法，以協助其完成工作。萬一遇到攻擊自己的同事、公司產品、經營方式之事，須挺身而出解釋說明並化解誤會，若能找出數據證明自己的說法更佳，如此可適度地表達出自身對公司人事物的重視與忠誠。這些都是我們可能會面臨到的課題，必須透過誠懇的溝通模式逐一解決，亦是一大寫作題材。

想與客戶建立良好的關係，彼此之間的認識與相處可說是一大學問。除了須了解雙方各自的習慣與性格外，如何適應、接受並博得對方好感與取得信任，乃為一件極其重要的事。

由以上的例子可知，這些蒐集寫作材料的方式是由個人經驗累積而來，因此多方的嘗試與磨練，不但有助於我們個人的成長，也可成為我們寫作的好題材。

寫作一點靈

平時我們就得從生活中的所見所聞蒐集寫作資料，到了我們要撰寫文章時，才不至於無材可用、無例可舉。

寫作靈感重要的構成要件！

——多面向的思考與想像

靈感的起點

對於寫作材料的根據及來源，平日除了可利用看、聽、做、想及閱讀等方法蒐集之外，在正式的考場中或競賽裡，還須能夠憑藉著豐富的聯想、急轉的靈感、堆疊的經驗、過往的回憶等各式各樣的思考功夫，才能夠完成一篇精采的文章。

在劉鶚《老殘遊記》第二章裡的回目〈歷山山下古帝遺蹤，明湖湖邊美人絕調〉中，作者敘述其路過濟南，在大明湖的明湖居聽說大鼓書的情景，便是相當高超的思考與想像筆法。內容主要描寫兩位說書姑娘——黑妞和白妞（王小玉）的說唱情形：

王小玉便啟朱脣，發皓齒，唱了幾句書兒。聲音初不甚大，只覺入耳有說不出來的妙境。五臟六腑裡，像熨斗熨過，無一處不伏貼。三萬六千個毛孔，像吃了人參果，無一個毛孔不暢快。唱了十數句之後，漸漸的愈唱愈高，忽然拔了一個尖兒，像一線鋼絲拋入天際，不禁暗暗叫絕。那知他於那極高的地方，尚能迴環轉折。幾囀之後，又高一層，接連有三四疊，節節高起。恍如由傲來峰西面攀登泰山的景象，初看傲來峰削壁千仞，以為上與天通。及至翻到傲來峰頂，才見扇子崖更在傲來峰上。及至翻到扇子崖，又見南天門更在扇子崖上。愈翻愈險，愈險愈奇。那王小玉唱到極高的三四疊後，陡然一落，又極力騁其千迴百折的精神，如一條飛蛇在黃山三十六峰半中腰裡盤旋穿插。頃刻之間，周匝數遍。從此以後，愈唱愈低，愈低愈細，那聲音漸漸的就聽不見了。滿園子的人都屏氣凝神，不敢少動。約有兩三分鐘之久，彷彿有一點聲音從地底下發出。這一出之後，忽又揚起，像放那東洋煙火，一個彈子上天，隨化作千百道五色火光，縱橫散亂。這一聲飛起，即有無限聲音俱來並發。那彈弦子的亦全用輪指，忽大忽小，同他那聲音相和相合，有如花塢春曉，好鳥亂鳴。耳朵忙不過來，不曉得聽那一聲的為是。正在撩亂之際，忽聽霍然一聲，人弦俱寂。這時台下叫好之聲，轟然雷動。

能將簡單的說唱情形描寫得如此鮮明生動，又富有想像力，且以形象化的方式描繪，寫來相當傳神，令人印象深刻，著實令人嘆為觀止。

我們都知道，一篇文章的產出，大多是依照題目所給予的提示或方向進行，且要真切運用腦海中已然儲備好的學識、經驗、觀察、詞句等素材，方能組織而成。然而從了解題目到運用材料的這段過程中，全都須靠連貫與即興的思考，才能將所欲書寫的內容成功地系統化，因此沒有思考與想像，便沒有作文。換言之，書寫文章最困難的事情，非不知該如何思考及想像莫屬了。在寫作時，常常會有一種情況發生，即儘管我們閉目沉思、索盡枯腸、絞盡腦汁，可是就是沒有辦法想出下筆的詞句。不過一旦靈感湧現，我們便能下筆如有神，行文暢達如同江河的水流般無止盡，甚至無法停筆，好像寫作是很容易似的。這種憑著靈感寫作的方式，若是因興趣而寫作，便能在充足的時間裡等待，直到有了靈感再寫作也不遲；但是在應試中或競賽裡，必然有時間的限制，根本沒有充裕的時間去挖掘或等待靈感。且通常愈是緊張焦急就愈無靈感，因此必定得另尋方法、開闢途徑，找出一個很快就能思考出文章內容的辦法與模式，才能解決寫作上的窘境。一般若是在應試或比賽的題目說明中，已明顯提示重點者，就可根據重點去加以思考與想像；若沒有明示重點，只有給予方向者，那就按個人的觀點去思考與想像。但是思考與想像的鍛鍊並非一蹴可幾，也並非毫無頭緒地像蒼蠅般沒有目標方向的盲目亂闖、亂鑽。以下提供一些方法予以參考及使用。

1 聯想法

人事物常會有其屬性，當掌握到某一點屬性中的想法，便由這一點想法延伸擴展，如九宮格般，由一個點開始作相關的發散聯想。這當中還可細分，首先是包含了聯想概念接近事物的接近聯想，其中又可分成時間的接近和空間的接近，例如由雨滴聯想到陰天。再者還有類比聯想，即聯想類似的事物，找出他們的特殊可提及之處。通常屬性差距過大的事物，除了比較困難外，也很難找出它們的特點，若是同類且同層的人事物作比較，較好找出事物的相異點，例如由雨滴聯想到淚水。此外還有對比聯想，一般會運用在抽象的事理中，當很難找出人事物

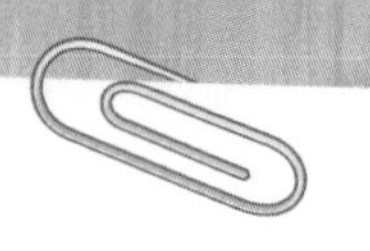

的屬性和層次來做比較時，便可由反面想起，特別是在材料貧乏時，相當適合運用這樣的方法，例如潮溼與乾旱。最後是因果聯想，即聯想有因果關係的事物，由於屬性彼此有關，如因果、主從、大前提和小前提等，便非常容易作聯想了，例如雨滴和流水。

2 輻射法

以某件事或以某個理論作為基礎，由此往外擴充延伸，尋找所能觸及到的事物或道理。若是我們用某件事物或某個理論為主體，再去找尋此主體能碰觸到的事物或哲理，思考這對於必須撰寫的文章主旨之作用，那麼其輻射的軌跡，及可觸及到的面向一定會相當廣泛，所獲得的題材也一定十分豐富。

3 推想法

我們對於許多人事物的立場與想法，必須盡量做到面面俱到與內外兼顧，不能只專注在一個點上，因為這樣的看法與想法並沒有寬度和深度可言，甚至會導致寫作材料趨於貧乏的困境。記得由點而線，再由線而面，深入到由面而體，且由體的各種角度作全方位的細微觀察。這其中還能細分出類別，如時間上的推想，包含思索過去、現在及未來；以及地點上的推想，包含觀察及思考此地與他處；還有方向上的推想，包含考量正面、反面或側面；再者是觀點上的推想，包含檢視自己的觀點，也檢視他人的觀點。

4 觸發法

如果可以從一件事進而感悟到其他事，換句話說就是藉由接觸某一人事物，然後再發現另一個道理，就是所謂的觸發法。觸發可拓展寫作取材源頭領域的寬度及深度，且能夠讓文章有獨到與創新的呈現。舉例來說，閱讀可觸發其他想法，靜觀萬物可觸發內心的感受等皆屬之。

寫作一點靈

平常多練習不同方式的思考與想像法來充實文章內容，一旦必須在有限的時間內作文，才能靈活運用想像。

開始練習篇

平時將寫作的材料準備好，需要寫文章的時候，就不愁沒有題材可取用了。然而，這不代表我們可一股腦地將蒐集到的材料通通丟出來，或是一看到題目即不加思索就振筆疾書，如此很有可能想到哪就寫到哪，使得文章因缺乏規劃而顯得枝蔓橫生，甚至雜亂無章，這樣的文章縱使篇幅巨大，也絕對不會是篇好文章。因此，在我們開始正式動筆寫作前，必須先好好審視題目。無論是我們自己訂定的題目或是命題寫作，均需先釐清題目的真正意思，切莫會錯意。接著，思考有哪些好題材可使用，排除不重要的、關聯性小的材料，不可過於貪心，想將所有相關的事物都寫進去，那將使的文章顯得毫無重點。抓住題目旨意、篩選題材後，就可開始擬定文章的大綱，先規劃好在每個段落的內容，有助於我們在正式動筆後，可有條不紊地進行書寫。準備就緒後，就可以開始進行基本的寫作練習了！

下筆前先弄清楚！

——審查題目，理解說明

一、看清楚題目

任何考試、競賽，甚至是在職場上要呈給主管觀看的內容，在下筆寫作以前，務必詳細閱讀作文主題、相關寫作提示及其他注意事項，且要確定理解了題目的涵義，以免答非所問。此外，主題中的每一個字都要看清楚，切忌看錯文字，一旦看錯一個字，所表達出來的內容可能就失之毫釐，差以千里了。即便題目的字都看對了，也不表示完全理解了題目所要傳達的意義，不要會錯意是相當重要的。

不過也不能因為擔心沒看清楚題目，就在觀看題目時停頓太久，因此要能迅速掌握題目關鍵字。將題目視為一個問題，出題者想要我們回答什麼，我們就回答什麼，避免文不對題。題目好比是樹木的根本、流水的源頭，假如看錯題目或者不了解題目的意義，那麼此篇文章的內容肯定會完全走味了。一定要先把題目研究清楚，對於題目方向有正確的了解，方能有正確的內容，此為決定作文內容的第一個要件。

二、探究題目的內涵

除了留意且明白題目字面上的意思之外，還得小心審察題目文字外的意涵與要旨，方可擷取題目之精髓，延伸文章的長度，拓展文章的深度，表現自身的思維與涵養。而題目的關鍵涵義，即為文章的根源，因此只有了解題目的意思是不夠的，還得找出題目的相關重點。因為主題的中心思想才是此篇作文重要的意義所在，所以寫作提示內容的說明及解釋也相當重要，可從中尋求出寫作的方向，並藉其了解題旨，挖掘靈感。

三、選擇題目的體裁

每個題目都有適合下筆的體裁形式，以凸顯主題所欲呈現的中心思想。因此寫作之前，也要詳細思考該題目適宜使用何種體裁，方能發揮得最佳、最完整。一般而言，關於說明事物的道理、論述自己的意見，特別強調的重點在於正反說理者，為論說文；若主要在於描寫人、事、物的狀態，著重在現象的敘述，為記敘文；而偏重抒發自身內心深層的思維，較注重於情感面，則為抒情文。

現今無論是考試或競賽的題目，都已不再如過去顯得較為刻板或單一化，而是各文體之間有比例上的調配；換言之，論說文裡頭也有記敘文的成分，但是以論說為主，記敘的部分為輔；而抒情文裡也有記敘文的成分，但是以抒情為主，記敘的部分為輔。甚至，在論說文中，有時候也帶有一點點抒情文的感性氛圍；而在抒情文中，偶爾也有少許論說文的理性脈絡。

此外，有些題目甚至可同時以論說文或者抒情文的方式呈現，端看下筆者擅長哪種體裁，便能夠選擇以哪種文體進行書寫。舉例來說，「可貴的合作經驗」

應以論說文書寫，較能呈現合作經驗所帶來的道理及體悟。「動人的笑」應以抒情文發揮，較能傳遞內心所感受到的感動之情。「傷痕」類的題目，無論以論說或抒情的方式下筆皆可，差別在於感性層面或理性層面比例的多寡。

總而言之，採用何種文體是以主題旨要和內容情節來決定，方能達到為文的最大效果，也因此才能在行文下筆時態度明確，且前後連貫、方向一致，使整篇文章一氣呵成。

四、尋找題眼

書寫文章以前，除了認清題目外，還得確定題目的重點在哪裡，也就是必須尋找出題眼，才能把握關鍵與重點而加以發揮。「題眼」即題目中能點出主題重點、表達明確意義、決定文章內容的的關鍵詞語。欲找出題眼，必須將題目看清楚，了解題目意義並分析之。若無法掌握住重點卻大放厥詞或大發議論，將會導致捨本逐末的情形，因此探究題眼是一項相當重要的程序，絕不能輕心省略，只要將題眼定位清楚，下筆作文就容易得多了。

五、鎖定題目範疇

當我們確立題目的中心思想之後，再來就得設定與規劃範圍，才不會超出題目的界定，而寫出偏離題旨的文章內容。若將題目範圍自我設限的太過狹隘，將無法延長伸展思路，導致左支右絀；但題目範圍若設定得太廣，一旦天馬行空，便會模糊主題焦點。因此我們在審查題目時，務必先確立文章的寫作範圍，穩住陣腳，才能寫出自然如行雲流水般的佳作。

有些題目所涉及的範疇較狹小，界限明確具體，因此在書寫時較便於掌控，也較好作延伸探討與抒發。有些題目所牽涉的範圍太寬廣，若文章的內容寫得較少，容易顯得空洞乏味，不夠完備與周延，便會出現目無全題的狀況；反之，若欲將題目所涵蓋的範圍與意涵全寫出來，一來有時間的限制，二來也會有群山並立但不見主峰的瑣碎感，易產生觀無重點的問題。

如果碰到此類型的題目，建議視題目的體裁與性質再決定下筆的形式。若是論說文，便以論述與說理為主，且說理要能夠透徹完全，還須能統括全局，將所有相關的想法與重點，以輕重條件分項後帶入其中；假如是記敘文，那麼無論是敘述事件、描繪景色、摹寫物品等，只須選擇其中一項重點，再加以發揮文采，剩餘較為零碎的部分，可視程度上的需要輕描淡寫帶過，非必要提及的內容也可直接省略了。

寫作一點靈

完全理解題目及抓出要點後再下筆行文，便能扣緊主題書寫。旨意明確，才不會出現零散而缺乏重點的情形。

開始蓋房子前要先周詳設計！

——先擬定大綱才能有條理地進行

規劃與布局

根據文題主旨的中心思想，將剪裁後所得的材料先加以擘劃後，再寫成文章，這樣的安排便是所謂的擬定大綱，可稱之為布局。下筆前先行規劃可使文章首尾呼應、融合圓潤，連成一氣而層次井然，讓讀者或閱卷者較容易進行閱讀及理解內容，也可以說是組織或結構文章的必要做法。

將寫作素材的呈現位置作妥當適切的安排，也就是把文章所要描繪的場景分配好，一方面可使讀者了解文章開展的脈絡，並且清楚作者所欲傳達的觀念及訊息，另一方面可使讀者有效掌握閱讀時文意內容變化的進度與程序，才能發揮文章最大的藝術成就及思想觀念的傳遞。

作文就如同蓋一棟房子般，即使是萬丈高樓也得平地起，在開始設計藍圖時，就得非常謹慎與小心，接著再依據設計圖去打穩地基、施工建築。作文書寫的訓練也同樣如此，首先運用巧思布局，擬定大綱，然後再依循著大綱落筆行文，若想要下筆如有神，擬定大綱的步驟不可輕易省略，否則很容易流於想到什麼就寫什麼，毫無章法次序可言。

即便抓到文章主旨的中心思想，也只是一個較為簡略的概念，如何由這個簡單的概念作延伸，完整鋪陳出一篇好文章，這當中還有一段很大的距離。若沒有擬定內容大綱作為連接的橋梁，那麼在寫作時，勢必會遭遇瓶頸而無法順利繼續。一篇佳作的構成，除了主旨的論點外，許多的感受、意義、辭彙及修辭都是不可或缺的要素。無論是平鋪直敘或者絢爛優美的文字，若是缺乏內容大綱作為骨架，那麼就難有軌跡途徑或脈絡條理能夠依循呈現，更難將作者所要傳達的意趣、思維與心緒，說得面面俱到而沒有疏漏，更遑論可行文說理達到通透澄澈或清晰無礙的水準。即便最後湊足了文章需要的字數與篇幅，在沒有大綱作為堅固的鋼筋骨架前提下，容易發生沒有間架結構的問題。那麼文章前後的意義便無法一致與連貫，造成枝蔓分歧、繁雜冗贅的情形，若在這個時候才想要再來作調整或修正，相對困難許多，特別是在應試或比賽的過程中，幾乎沒有多餘的時間能夠重新或反覆修改文章。

要屏除這些問題，必須先擬定寫作內容大綱。擬定大綱時，只須先寫出這篇文章的大意，不必計較使用的詞語，所以容易進行。由清代鄭燮的〈寄弟墨書〉，可推得此為一篇大綱擬定完整，且結構脈絡分明的文章：

十月二十六日得家書，知新置田穫秋稼五百斛，甚喜。而今而後，堪為農夫以沒世矣。

我想天地間第一等人，只有農夫，而士為四民之末。農夫上者種地百畝，其次七八十畝，其次五六十畝，皆苦其身，勤其力，耕種收穫，以養天下之人。使天下無農夫，舉世皆餓死矣。吾輩講書人，入則孝，出則弟，守先待後，得志，澤加於民；不得志，修身見於世；所以又高於農夫一等。今則不然，一捧書本，便想中舉人，中進士，作官如何攫取金錢，造大房屋，置多田產。

起手便錯走了路頭，後來愈做愈壞，總沒有個好結果。其不能發達者，鄉里作惡，小頭銳面，更不可當。夫束修自好者，豈無其人？經濟自期，抗懷千古者，亦所在多有；而好人為壞人所累，遂令我輩開不得口。一開口，人便笑曰：「汝輩書生，總是會說，他日居官，便不如此說了。」所以忍氣吞聲，只得捱人笑罵。工人制器利用，賈人搬有運無，皆有便民之處，而士獨於民大不便，無怪乎居四民之末也，且求居四民之末而亦不可得也。

愚兄平生最重農夫。新招佃地人，必須待之以禮。彼稱我為主人，我稱彼為客戶；主客原是對待之義，我何貴而彼何賤乎？

吾家業地雖有三百畝，總是典產，不可久恃。將來須買田二百畝，予兄弟二人，各得百畝足矣，亦古者一夫受田百畝之義也。若再求多，便是占人產業，莫大罪過。天下無田無業者多矣，我獨何人，貪求無厭，窮民將何所措手足乎？

此篇文章所擬定的綱要非常工整分明。第一段以抒懷為主，先寫出收到家書，清楚今年秋收甚豐的喜悅心情。第二段以評斷四民的優劣為主，對士、農、工、商加以議論，表達敬重農夫的心意：士人在古時是入孝出第，己立立人，現今則是無論為官者與未發達者，皆獨於民而大不便；農人則是耕種養民；工人則是制器利用；商人則是搬有運無。第三段則以叮嚀為主，告誡家人對待佃農要以禮相待。第四段則以期許為主，有置產不貪多的知足及悲憫胸懷。

由此可見，擬定大綱是必要的，因為這是通篇文章的脈絡。而在練習擬定大綱時，繁簡的調配亦為相當重要，建議可嘗試由簡入繁，換言之就是大綱的內容不用太過繁多複雜。一般而言，在擬定大綱時，除了要留心每一條大綱的意義外，務必要記得同時對應到題目、主旨及每一段跟每一段之間的聯繫，須各面向都照顧、編排妥當，不要鑽牛角尖，避免讓文章走進死胡同中。

寫作一點靈

先擬定好文章大綱，規劃好每個段落的書寫重點，再正式動筆鋪敘文字，可使文章顯得條理分明，題旨清楚。

跟著步驟做就對了！

——寫作也有SOP

七步驟寫作法

寫作不是一種天賦，雖然有些人真的能夠信手拈來、下筆成章，但是有這種能力的人並非多數。因此，作文底子的打造絕不是一蹴可幾，而是靠著一點一滴的堆疊及經驗累積的成果。寫作需要步驟嗎？還是可以一見到題目就文思泉湧然後振筆直書呢？我們在行文的當下，即便思路迅速豐暢，也不能想寫什麼就寫什麼，因為容易發生「群山並列，沒有主峰」的狀況，甚至龐雜無序，沒有重點。

那麼寫作究竟有哪些步驟呢？是否有可奉為ＳＯＰ的標準流程？首先細讀並認清主題，其次確立主旨和題眼，接著擬定段落和綱要，再來選取寫作材料，然後下筆寫作鋪陳，最後是自我修正調整。也就是寫作七步驟：1.細讀認清主題；2.確立主旨題眼；3.選擇文章體裁；4.擬定段落綱要；5.選取寫作材料；6.下筆寫作鋪陳；7.自我檢查修正。

1 細讀認清主題

書寫文章最忌諱對於題目的意義沒有完全了解，結果下了筆後才發現好像距離題目愈來愈遠了，造成文不對題，最後又得修修改改，形成時間的浪費。因此在下筆前，務必要認清並細讀題目，清楚地明白題目的意義，再決定該如何書寫，千萬不要看到題目就急著下筆。至於要如何「認清題意」呢？

(1)領會字面的意義：

切記，千萬不可看錯文字。試想，若將「節目」看成「節日」，把「關心」看成「開心」會如何？題目明明要你寫「最關心的事」，但你卻非常「開心」地敘述了一大堆讓你心情愉悅的事……雖然僅僅是一字之差，結果卻是通篇文不對題。此外，萬萬不要會錯意，「珠光寶氣」的「寶氣」不是「寶寶的氣息」，而是珠寶散發出來的光氣；「取捨」不能只說明「捨」，卻忘了講解「取」的意義。

假若題目為「慢跑的甘苦談」，你卻僅描述慢跑的辛苦，忽略了慢跑的「甘」及慢跑的優點與好處，閱卷者看到這樣的作文內容，除了會覺得作者粗心外，恐怕也會為之感到可惜！

(2)洞悉題目的內涵：

部分題目除了字面上的意義外，還有更深一層的涵義。舉例來說，若作文題目為「鏡子」，除了可寫出鏡子有修飾儀容等有形的功能外，也可參考唐太宗的名言來加以延伸。唐太宗言：「以史為鏡，可以知興衰；以人為鏡，可以知得失。」他以鏡子為譬，認為鏡子有反映古今歷史成敗的無形功能，而忠臣魏徵則是像自己的鏡子，可以讓太宗知道己身的缺失。

2確立主旨題眼

在細讀並認清題目的正確意義後，再來就是要確立題眼了，換言之就是「題目的眼睛」，也可說是文章的中心思想或旨要。相同的一個題目，會由於中心思想的不同，而寫出大相逕庭的內容。部分題目本身即蘊含中心旨要，有的中心思想於文章的開頭就表現出來了，但有的中心思想卻是在文末才呈現出來，有些則是貫穿於字裡行間，有些是由文章中提及的人物口中說出。此外，題眼的限定是為了要固定寫作的範圍，才不會無限延伸主題，導致偏離主旨。

3 選擇文章體裁

有些題目只能限定使用一種體裁，如記敘文、抒情文、論說文或是應用文等文體來寫作及呈現，這是因為每個題目所要傳達的意義不同，所以對於文章的體裁便有不一樣的認定。如果題目和說明中所給予的提示，能表現及適用於不同體裁時，就可按照自己較拿手、專長且熟悉的體裁書寫；若是題目只能專門使用某種體裁寫作時，就只得按照該文體的體例方式來寫作了，千萬別硬要改變文體，以免造成文題不符的情形。此外，決定使用哪一種體裁書寫前，也得先了解各類體裁的性質、寫作原則及注意事項。

4 擬定段落綱要

擬定段落和大綱的步驟非常重要，絕對不能省略！大綱不擬好就下筆寫作的人有兩種：一種是想什麼就寫什麼，寫一句算一句，想到哪裡就寫到哪裡。但是通常會寫好上句而不知道下句在何處，或者是第一句寫完了，不曉得第二句該怎麼接。總之就邊寫邊想，邊想邊寫，一直這樣胡亂地寫到無法再寫的時候便停筆不前。第二種則是「胸有定見」、「心有默稿」，早已在腦中構思完成整篇文章內容，一拿到稿紙便下筆如有神。前者的狀況非常不應該，後者又不是一般人可輕易達到的境界。

此外，文章結構的建置，必須要顧及到文章表達呈現的方式，包含要寫幾個段落，每個段裡要安排什麼樣的綱要與內容，以及文內時間的順序如何呈現？空間位置的變換次序為何？事件的開始、原因、經過及結果要怎麼表現？或者是運用分類的技巧，各別由多方面、各角度去說明、介紹；抑或以對比、映襯的筆法來強調和比較。總而言之，擬定段落綱要務必符合統一、重點、秩序及聯貫的寫作原則，更要依據主旨將資料作適切的編排，讓整篇文章的開頭、正文、結尾均有最佳的呈現。

5 選取寫作材料

書寫作文的材料哪裡找？生活中俯拾皆是！將我們在日常生活裡無論是眼睛所看到的，耳朵所聽到的，或是心中所感受到的，抑或腦袋裡所想到的，再加上

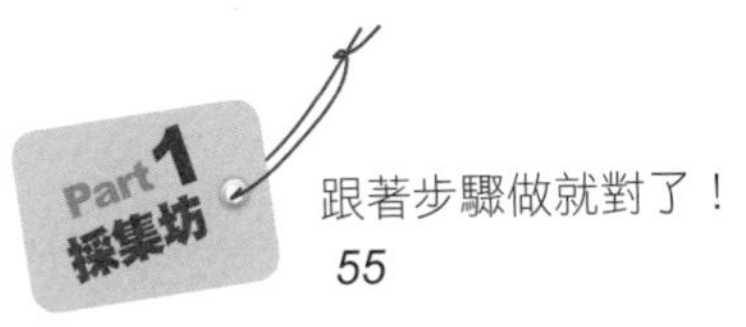

親身體驗的經驗與事件，及平常在閱讀書報、雜誌時所獲取的知識典故，加以蒐集、儲存成為寫作的材料。另一方面，也得對照題目去選擇使用這些素材，寫作材料的重點在於「選取」，而非一味「堆積」！為什麼在眾多材料裡得有所「選擇」，不是愈多愈好嗎？這就好比我們煮一碗排骨麵一樣，最主要的材料有排骨、麵條、調味料、香料、蔬菜、水及油。煮好之後，可能有人還要加進酸菜，也會有人想要加進辣椒，或者有人兩樣都要加，讓味道與口感變得更豐富。但若將奶油、煉乳、玫瑰茶、冬瓜糖等都丟到煮排骨麵的鍋子中變成大雜燴，這樣還可以下肚嗎？由此可見，選材在作文裡是相當重要的一個環節，一定要按照主題，選取適當且合宜的寫作材料，與主題不相干的人事時地物，即便再好、再有趣、再精采也都要懂得捨去放棄，千萬不要畫蛇添足，成為文章中的敗筆。

6 下筆寫作鋪陳

當文章的主題和要旨確定了，結構也安排布置妥當，材料選擇已經有了構想，便可開始下筆書寫作文了。此外，書寫時還要注意文章裡頭的用字遣詞，務必多作推敲，力求精煉；文句也要流暢通順、新奇別緻、生動鮮明；字體不求漂亮，但一定要盡力追求清楚工整，讓閱卷者好辨識。盡量不要出現錯別字。更不要小看標點符號的功用，多多運用能夠幫助文意的傳達更加完整的各種符號。修辭技巧也不能缺少，這是讓文辭優美、語句靈活及篇幅延伸的關鍵。

7自我檢查修正

當文章完成以後，千萬不能忽略再次檢查的步驟。對內容多加細察，若發現有誤即立刻修改，運用精雕細琢的功夫，讓通篇文章更臻完美。檢查不是隨意看看即可，而是要再審慎細看一至兩次，以利修改錯誤，更重要的可再美化修飾文字。

其實在文章寫作的過程當中，有許多環節是一氣呵成的，這個一氣呵成的時間甚至相當短促，也就是在同一個時間內須注意許多細節。因此平時必須多加練習作文，才能讓寫作的ＳＯＰ更加流暢。

寫作一點靈

依循寫作SOP進行書寫，可在有限的時間內完成一篇順暢通達的文章。因此必須熟練寫作SOP！

準備好，開始動手寫文章！

——基本的寫作技巧練習

一、選擇方法

在前一個小節，我們提到寫作的基礎技巧有七個步驟，分別是細讀認清主題、確立主旨題眼、選擇文章體裁、擬定段落綱要、選取寫作材料、下筆寫作鋪陳與自我檢查修正。透過這七個步驟，基本上可以完成一篇平穩的文章。但別忘了，在寫作之前，也要做好多觀察、勤閱讀、蒐集資料、思考與想像的事前準備，以及記得審題與擬大綱的重要性。這些基本的功夫與技巧，對於我們的寫作都有很大的幫助。

當我們利用這七個步驟與基本技巧反覆的練習之後，就能夠提升自己寫作的

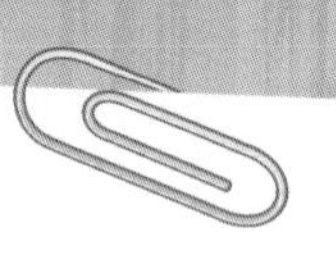

成熟度。並且，在面對任何作文命題時，皆能夠很敏捷而迅速地針對題目去發揮，自然而然下筆，有如行雲流水。

如果還一時沒有辦法掌握所有的寫作技巧，不妨先利用其中一項方法。然後試著先以這項基本方法，來完成一篇文章。以〈寫作靈感重要的構成要件！〉為例，我們寫文章的時候，除了觀察事物、大量閱讀和蒐集相關資料之外，更應該寫出自己對觀察事物時所引發的思考，或是對該事物的想像與情感。

同時，運用前面章節〈寫作靈感重要的構成要件！〉中的「豐富的聯想」、「急轉的靈感」、「堆疊的經驗」、「過往的回憶」等技巧，來讓自己的文章能有充沛的情感及鮮明的意象。例如，當我們造訪一個風景秀麗的自然景觀時，看到了淙淙流水，首先我們便可以思考這樣的風景是如何形成的，又在何時開始受人注意，並成為人們重要的參訪景觀。這些思考，可以引導我們進入眼前景色的歷史情境，讓我們在描寫自然山水的過程中，有可靠的素材能夠盡情地聯想。

此外，當我們看到淙淙流水時，不僅僅可純粹寫景而已，若能以當時的感觸為基礎，將自己「堆疊的經驗」、「過往的回憶」投射於眼前的一景一物，運用藝術並充滿感性的方法和語調寫出來，便能夠成為一篇令人感同身受的美文。

歐陽脩在〈醉翁亭記〉的第一段裡先以白描的手法描繪眼前的景色，他沿著山路慢慢走，聽見了水聲潺潺，看見了水流從兩個山峰間瀉下，繞過山峰又轉了一段曲折的路，就看見醉翁亭了。寫到這邊，歐陽脩開始思考這個醉翁亭的由來，於是便接著寫建造亭子的是山頂的和尚，而為亭子取名字的則是自稱為「醉翁」的太守。並在這個段落寫下名句：「醉翁之意不在酒，在乎山水之間也。」接下來的第二段與第三段，則分別寫醉翁亭的四季風景，以及滁州人出遊和太守宴請賓客的歡樂。

〈醉翁亭記〉的最後一段，則敘述玩樂後歸去看見了山林中禽鳥的快樂，然而禽鳥不知道人們在快樂些什麼，而人們也只知道快樂，並不知道太守的快樂是什麼。這個醉翁太守就是歐陽脩自己，他最大的快樂便是當一個太守能夠與民同樂。由於歐陽脩本身心境上的快樂，使得他看見的一切山水、人們、禽鳥都歡樂起來，這便是將「豐富的聯想」發揮得很好的例子。

然而，無論是思考或是想像，都必須以真誠為前提。寫作不僅須讓讀者感同身受，更要讓讀者百分之百地相信寫作者。當我們在寫一篇描繪景物的文章時，如果讀者在閱讀這篇文章後，去造訪文章中的景物，卻發現和作者筆下所呈現的差距過大，即有文章不實的嫌疑。又或者，當曾經去過知名景點的讀者，看見一篇描寫該地的文章，發現文章裡有多處描繪與自己當初的經驗全然不符，讀者便可能指出這篇文章的荒謬性。

即使是充滿「豐富的聯想」的文章，也是依據現實的人事物發展出來的，不能讓讀者感到毫無道理。因此，我們寫作時最重要的就是真誠地描寫，而非隨意地畫蛇添足。當我們寫好一篇文章時，可先讓自己化身為讀者好好地觀賞自己的文章，閱讀看看這樣的靈感或是這樣的聯想，究竟合不合理，或是能不能夠充分地說服讀者。

二、開始寫作

接下來，我們直接進入「基礎練習」。我們在寫作時，通常會由周遭所發生的人、事、物、景獲得寫作的靈感。因此，我們首先可練習以身邊的人、事、物、景來進行書寫，完成一篇文章。即使是在考場上，無論看見何種類型的題目，若能夠利用自己身邊所見聞的人、事、物、景來完成寫作，更能打動讀者的心。

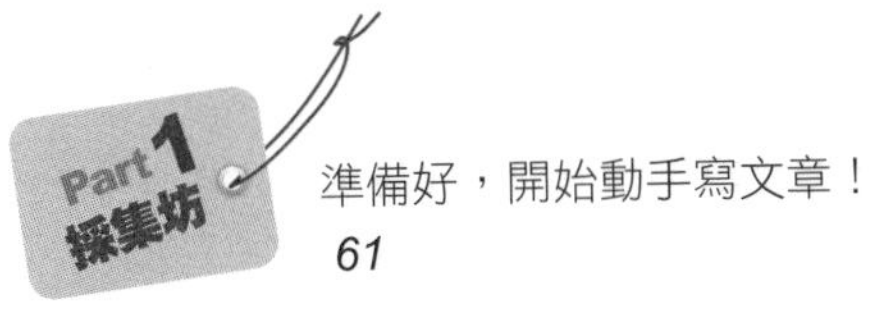

1人的寫作練習

大多數的作文，描寫的對象都是以「人」為中心，然後鋪陳出整篇文章。人的寫作，要以「人」的特徵為思考重心，然後再以「過往的回憶」這個技巧，去設計並完成一整篇文章。現在，請以「祖父母節」為題，試著運用「過往的回憶」，來完成一篇作文。

2事的寫作練習

事的描寫，與每個人各自的親身經驗有關，因此適合使用「堆疊的經驗」這個技巧來完成一篇作文。事的描寫，可以分為日常事件、特殊事件或國內外重大事件。通常我們可以在處理「事的寫作」時，敘述自己的意見，以增加文章的厚度。現在，請以「地震」為題，試著運用「堆疊的經驗」，來完成一篇作文。

3物的寫作練習

物的寫作包羅萬象，約略可以分為植物、動物、礦物、建物與禮物等。由於物的寫作，多數人寫來通常顯得大同小異，因此如果能夠使用「急轉的靈感」技巧，便能夠脫穎而出，發揮與其他寫作者與眾不同的效果。現在，請以「雨後春筍」為題，試著運用「急轉的靈感」，來完成一篇作文。

4 景的寫作練習

景的描寫可分為人文景觀與自然景觀，描寫人文景觀時通常需要借助對過往歷史的認識，而自然景觀的寫作則是對大自然的觀察。無論人文景觀或自然景觀，都需要運用豐富的想像力，以寫出具有個人特色的內容。現在，請以「夕陽」為題，試著運用「豐富的聯想」來完成一篇作文。

寫作一點靈

統整學習過的寫作技巧，利用身邊的人、事、物進行反覆不斷地寫作練習，是提升作文實力的唯一途徑。

練功坊

學習觀摩

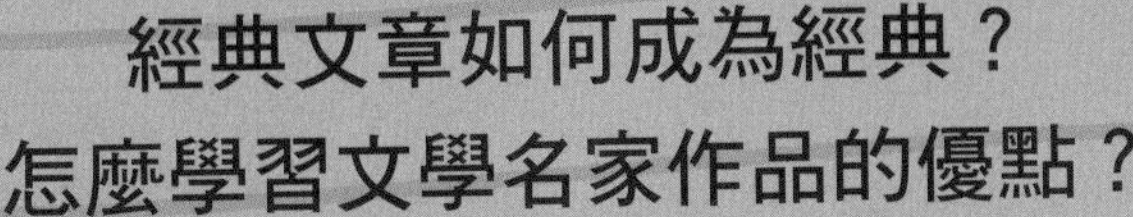
經典文章如何成為經典？
怎麼學習文學名家作品的優點？

論說散文

論說文顧名思義即是論事說理的文章，因此這類型的文章首重論證充足、邏輯清晰、條理分明。論說文主要的目的在於闡揚自己的見解、理念，並說服他人認同，所以如何立論並加以應證，便變得十分重要。然而，切忌在一篇文章裡頭，同時論證過多的道理，那將顯得缺乏主題性，也讓讀者無法明白你文章的重點在何處？亦千萬不要繞著一個主題卻東拉西扯，只講空泛的道理卻不論證，那也難以說服讀者。論說文雖然是較為嚴謹的文章類型，也不該寫得過於刻板、八股，而令文章顯得索然無味。即便是說明道理的文章，也非只能嚴肅不可。宜使用夾敘夾議的方式呈現，立論說理之外，多舉例子加以應證，且最好是舉生活中唾手可得，或是自己曾親身經歷過的事例，不但可使文章顯得較為平易近人，也可令讀者感到親切，容易感同身受，那麼要說服讀者同意你的觀點便不困難了。

生命的價值與價格

作者：王統照

原文

評定生命的價值，可以從我們的兩句老話裡得一個有力的反證，「死有重於泰山，有輕於鴻毛。」

在人生的平衡上稱量生命的份量，判分價目之不同，似是公正交易的辦法。但可惜沒有定准，沙丁魚在清水裡快活縱躍時是一種份量，抽刳腸肚，調以油鹽，不但份量有異，而且還攙入或減去多少成分。在晴空雲層裡的銀鴿，羽毛光澤，活潑潑地，與經過火烹油炸後，在菜盤裡供主客臠割時，其生命的價值前後有多少差異。

說明

▼以破題直接切入作者要討論的「生命價值」。

▼第二段作者從動物的例子來討論生命價值，因為對動物來說，被處死煮來吃的價值更高，的確是「死有重於泰山」啊，但這樣的價值真是生命的價值嗎？

由時間、空間而來的變化已難說清，何況是價值與價格。

經濟理論上爭辯得頗熱鬧的是物之值。

物（人也在內，）就其本身論值，原有時間、空間，——因地因時的不同，何況是驅迫攜帶到市場中去。供給、需要既有種種變動，清新、臭腐，又須認明本物（還是，人也在內）之質的良否。就「卑之無甚高」來論生命的「價值」，已經使精於計算者有「望洋」之嘆。

沒法，借正、反、合的試例，取重於生命的對面，——死；由死證生命之價誠然直截了當，攙不得絲毫做作。

泰山鴻毛之喻當然是抬高一層，論及「價值」——生命必有待反證而定「價值」已覺可悲，但遮撥計執，這明是無可奈何的人間事，自不必淚眼低眉不敢正看

▼「由時間空間而來……」至「泰山鴻毛之喻……」這邊主要說明「價值」是難以衡量計算的。由死來證明生命的價值似乎很有道理、不做作，但難道生命又必須要用反證才能顯現出價值嗎？文章前半段作者緊扣價值來敘述，先引用先人之語，舉例呼應，再行推翻，一層接著一層，可見作者論述功力。

平衡上的金星。

這裡還引用一句老話「有所為與無所為」便可轉解「值得」或「不值得」。有所為不但是「有猷，有為，有守；」而且從究竟處說，便是不得不為不能不為更進一步解，作為之則生不為則死亦非過甚其辭。（當然，為毀人害己，為你死我活，為私欲野心的圖謀，一切一切俱可完了，俱不計較。像這樣不是此處所寫的「有所為」的正解。）「無所為」呢？本無用為，無可為，如必魯莽從事，一定力竭聲嘶，毀滅了自己。不講因果，但釋情理，強「無所為」而「必為」，這便要用生命作賭本，鞭、笞、繩、索，還得加上念念有詞的咒語，魔術、威逼、言誘，集合起肉體的生命群去碰碰市場上的「價格」，正如交易所中的風潮，本是空心喊價，色厲氣促，拍價板幾個起落之後，「價格」慘落，（能說得上是「價值」嗎）？真變做生命

▼在「這裡還引用一句老話……」此段作者再引一句名言為例，要為生命的值得與不值得闡述。把原始生命解釋為無所為，殺了生命還要拿到市場估算價格則是強迫無所為成為有為了。而拿到市場的價格甚至也稱不上是價值了，卻是血淋淋地驅出與抬進，好不殘忍。

的「空頭」。血淋淋地驅出與血淋淋地抬進，即向高處說一句不過是「輕於鴻毛」。

同是有生命的人類，我們豈是忍心下此批判！投機者的野心與操縱，把多少原有其自然「價值」的生命向市場上做廉價拍賣，在他們的一握中，到底曾覺得有幾許重量？

「無所為」的生命「價格」（能說得上是「價值」嗎？）的慘跌，即在不得不為不能不為的對手，——他們有熱情勇敢，甘心重造生命「價值」的紀錄——目睹心傷，也為多少生命灑一掬同情的熱淚！

但為保持「有所為」的生命真價，卻更要勇往無前把投機者的顫手折回。這樣，豈止永久保持住自己生命「價值」，同時更使握在投機者手中的生命群逃出市場，不再見其「價格」的慘落，而回復其人的本位「原值」。

▼最後作者以呼告語氣，直指同是有生命的人類，「豈是忍心下此批判」！也終於在末段替這些有著自然價值的生命喊冤，並呼籲人們應該要勇往無前地搶救這些生命，才能保有自己生而為人的價值。

當代作家映像館

王統照，中國現代作家。曾於一九二一年與鄭振鐸、沈雁冰等人成立文學研究會。曾任《文學》月刊主編。其文學是以探討人生問題開始創作的，筆調清新，富有主觀的抒情色彩，也具有明顯的現實主義特色。著名作品有《山雨》等多部長篇小說。

文章重點看這裡

- 本文是一篇討論生命價值的論說文。這樣的題目在考試中亦有機會出現，諸如生命價值、生存意義、動物的生命等，都可用類似的方法發揮。
- 本文是相當嚴肅的論說文，專注在題目「生命的價值與價格」中，且文字帶有文言文的寫法，讀來較為拗口。但讀者可以觀察的是，如何在單一議題的論述上運用各種不同面向的角度來剖析主題，使作者欲闡述的中心思想能夠深入讀者心中。論說文除了要講得有道理，也須令人信服，並由文字表現自己的邏輯與分析能力，才能獲得好評。

- 本文為了營造層層剖析的層次感，分段較多，不是嚴謹的四段式起承轉合寫法。這樣書寫的優點是能夠層層推進，敘述上可以逐漸加重語調；但若在考試時使用這樣的寫法，恐怕會有分段過多的缺點。論說文要求邏輯的清楚，更是使用起承轉合寫法的最佳文類，考試時盡量以四段式結構作文。

寫作技巧這樣用

1 引經據典

論說文的寫作中，藉引用經典文句來加以闡述、辯證，是很常見的寫作手法。在本文中，作者藉兩句名言：「死有重於泰山，有輕於鴻毛」、「有所為與無所為」來說明自己對於生命價值的看法。

2 邏輯清楚

破題引用「死有重於泰山，有輕於鴻毛」，便開始切入討論，並以動物被殺後擺上桌的對比，帶領讀者思考生命的「價值」以及被端上桌的「價格」。論述的邏輯清楚有力，方能將題旨訴說分明。

3 文字簡潔精準

語句堅定，文字鏗鏘有力，表現在論說文中更顯得頗具說服力。我們在從事論說文的寫作時，應力求文字的精準簡潔，不可有太多贅字冗詞。只要論述能表現清楚的邏輯推理，不需太繁複的修辭技巧，同樣能寫出優秀的文章。

4 對比手法

在論說文的書寫中亦常使用對比手法來凸顯作者欲傳達的思想。本文以「價值」與「價格」、「無所為」與「有為」來作對比，說明無所為的生命是價值，有所為的生命則是強加的價格了。並以價格會慘落，生命卻有原本的價值收束全文，烘托出生命價值的意義。

自由與放縱

作者：蔡元培

原文

自由，美德也。若思想，若身體，若言論，若居處，若職業，若集會，無不有一自由之程度。若受外界之壓制而不及其度，則盡力以為之，雖流血亦所不顧，所謂「不自由，毋寧死」是也。然若過於其度而有愧於己，有害於人，則不復為自由，而謂之放縱。放縱者，自由之敵也。

人之思想不縛於宗教，不牽於俗尚，而一以良心為準，此真自由也。若偶有惡劣之思想，為良心所不許，而我故縱容之，使積漸擴張，而勢力遂駕於良心

說明

▼第一段全文破題。先為自由下範圍與定義。接著語氣一轉，說明若「過於其度」，就是放縱了，引出中心主旨的另一面向。

▼第二段是「承」。承接上段，開始對自由與放縱兩個面向加以解釋。首先揭

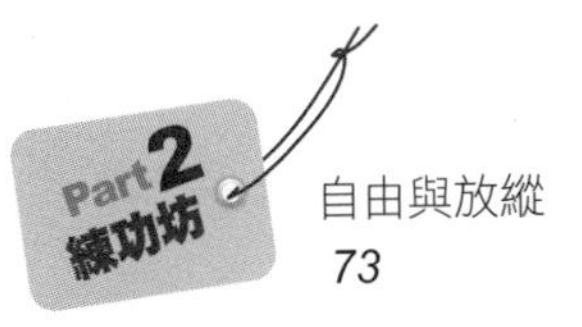

之上，則放縱之思想而已。飢而食，渴而飲，倦而眠，衛生之自由也。然使飲食不節，興寐無常，養成不良之習慣，則因放縱而轉有害於衛生矣。喜而歌，悲而哭，感情之自由也；然而「里有殯，不巷歌」，「寡婦不夜哭」，不敢放縱也。言論可以自由也，而或乃訐發陰私，指揮盜淫；居處可以自由也，而或於其間為危險之製造，作長夜之喧囂；職業可以自由也，而或乃造作偽品，販賣毒物；集會可以自由也，而或以流布迷信，恣行奸邪；諸如此類，皆逞一方面之自由，而不以他人之自由為界，皆放縱之咎也。

　　昔法國之大革命，爭自由也，吾人所崇拜也；然其時如羅伯士比及但敦之流，以過度之激烈，恣殺貴族，釀成恐怖時代，則由放縱而流於殘忍矣。近者英國婦女之爭選舉權，亦爭自由也，吾人所不敢菲薄也；然其脅迫之策，至於燒燬郵件，破壞美術品，則由放

彞「良心」為立論重點，其次作更明確而具體的陳述。此段運用比較的方式，分別就思想、身體、情感、言論、居處、職業、集會等七大項生活化的事例，分敘自由之限度以及踰越、過分所引發的種種弊端。

▼第三段為「轉」跟「合」。以歷史事件（法國大革命等）為例證，加強論述的邏輯，最後以對話方式的呼喊總結全文。

縱而流於粗暴矣。夫以自由之美德，而一涉放縱，則且流於粗暴或殘忍之行為而不覺，可不慎歟！

當代作家映像館

蔡元培，中國當代著名之教育家、革命家、民主鬥士。早年曾參加反清朝舊帝制的抗爭，民國初年主持制定了中國近代高等教育的重要法令。推動自由平等思想，在中國歷史上立德立功。本文選自《德育與智育講義》，是經典的論說文，其中思想或許不全然使人同意，但為文言論精闢，頗有創見，仍是值得一讀且學習論說本的範文。

文章重點看這裡

- 論說文是考試時常見的題目，論說文重在立論的說明、敘述的邏輯，且必須緊扣題旨，相當程度考驗寫作者的言論能力。本文主題清晰，有說理、有舉證，且分析得井然有序，文字言簡意賅，頗有創見，因此可為論說文之範例。

• 論說文常見的寫作技巧是以對比凸顯主旨，用正／反面來加強正面敘述的正當性。本文亦然，作者以放縱作為自由的另一種極端型態，並舉具體事例一一論述，最後更以史實為證，說明自由若不節制，就會變成放縱而產生負面效果。

寫作技巧這樣用

1 文字精煉

本文以類似文言文的手法寫作，因此文字更為精煉，在論說文中更加顯得強而有力。然而我們在考試時則須注重文章論述的邏輯與正當性，旨在令人信服、不離題即可。

2 對比觀點

本文在題目上已有對比，書寫上當然需用兩個對比觀念來闡述。若題目只有單一題旨，讀者亦可在作答時寫入與題目相反的觀點來加強命題，可使文章更有可看性。

3 善用例證

本文論述成功之處，在於善用例證。作者除了以人之常情為例，說明自由與放縱的分野；同時也舉出國外爭自由為證，說明自由過度激烈，將造成不可收拾的場面與悲劇，使人讀來印象深刻，記憶猶新。

4 排比手法

作者在本文第二段將同性質、同範圍的事物或意念，用結構相似的句法，接二連三羅列出來。即以排比法，列舉多項生活上的狀態，增加論述說服力：

• 衛生之自由也……感情之自由也……言論可以自由也……居處可以自由也……職業可以自由也……集會可以自由也……。

5 引用名言

引用也是論說文常使用的修辭技巧，如本文引用「不自由，毋寧死」、「里有殯，不巷歌」。且引用的出處更與後段所舉事例（法國大革命）互為關聯，形成了前後呼應的優點。引用不在於多，而在於適時出現，引用過多反而淪為掉書袋，且限縮了自己在答題時的個人意見，在論說文的寫作上需特別注意。

抒情文著重於抒發個人的情思、感懷，相對於以理性邏輯為主的論說文而言，抒情文無疑是感性直覺的呈顯。因此，寫作抒情文章，宜以個人的經驗、情感作真實的展現，方能打動讀者，切勿刻意做作、為文造情，矯飾情感的文字必無法引起他人共鳴，只是流於文辭堆疊的形式而已。然而，抒發個人的真實情感，並不代表可毫無篩選、修飾，便一股腦地將個人的情緒傾倒而出，那不但將使文章顯得缺乏條理、重點，也易流於過分地濫情。在我們欲抒發對某事某物的感觸時，需先將事物和思維、情感作一適當的調配，從事物如何觸發情感談起，再依次敘寫抒情。因此抒情文中必含有記敘事物的部分，有時與記敘文的分別並不是非常顯著，端看文章內容以抒情為主還是記敘為主來判定。動筆為文時，莫急於抒發情感，當沉潛心緒後，再婉轉含蓄地將感受書寫出來，必能打動人心。

翡冷翠山居閒話

作者：徐志摩

原文

在這裡出門散步去，上山或是下山，在一個晴好的五月的向晚，正像是去赴一個美的宴會，比如去一果子園，那邊每株樹上都是滿掛著詩情最秀逸的果實，假如你單是站著看還不滿意時，只要你一伸手就可以採取，可以恣嘗鮮味，足夠你性靈的迷醉。陽光正好暖和，決不過暖；風息是溫馴的，而且往往因為他是從繁花的山林裡吹度過來他帶來一股幽遠的淡香，連著一息滋潤的水氣，摩挲著你的顏面，輕繞著你的肩腰，就這單純的呼吸已是無窮的愉快；空氣總是明淨

說明

▼第一段直接破題，從出門散步所接觸到的周邊事物開始寫起，將山中的陽光與風息帶給讀者，將遠山近谷的秀美風景拉到讀者面前，是一個文章結構上的「起」。

的，近谷內不生煙，遠山上不起靄，那美秀風景的全部正像畫片似的展露在你的眼前，供你閒暇的鑒賞。

作客山中的妙處，尤在你永不須躊躇你的服色與體態；你不妨搖曳著一頭的蓬草，不妨縱容你滿腮的苔蘚；你愛穿什麼就穿什麼；扮一個牧童，扮一個漁翁，裝一個農夫，裝一個走江湖的桀卜閃人，裝一個獵戶；你再不必提心整理你的領結，你盡可以不用領結，給你的頸根與胸膛一半日的自由，你可以拿一條這邊顏色的長巾包在你的頭上，學一個太平軍的頭目，或是拜倫那埃及裝的姿態；但最要緊的是穿上你最舊的舊鞋，別管他模樣不佳，他們是頂可愛的好友，他們承著你的體重卻不叫你記起你還有一雙腳在你的底下。

這樣的玩頂好是不要約伴，我竟想嚴格的取締，只許你獨身；因為有了伴多少總得叫你分心，尤其是

▼第二段作者把虛擬的對話者「你」擺進翡冷翠的山中，陳述作客山中的各種妙處，而這些妙處，都緊扣「自由」這個精神：可以是牧童、漁翁、農夫、走江湖的閃人——都是自由的。本段為「承」。

▼第三段話鋒一轉，作者叮嚀「頂好是不要約伴」，

年輕的女伴，那是最危險最專制不過的旅伴，你應得躲避她像你躲避青草裡一條美麗的花蛇！平常我們從自己家裡走到朋友的家裡，或是我們執事的地方，那無非是在同一個大牢裡從一間獄室移到另一間獄室去，拘束永遠跟著我們，自由永遠尋不到我們；但在這春夏間美秀的山中或鄉間你要是有機會獨身閒逛時，那才是你福星高照的時候，那才是你實際領受，親口嘗味，自由與自在的時候，那才是你肉體與靈魂行動一致的時候；朋友們，我們多長一歲年紀往往只是加重我們頭上的枷，加緊我們腳脛上的鍊，我們見小孩子在草裡在沙堆裡在淺水裡打滾作樂，或是看見小貓追他自己的尾巴，何嘗沒有羨慕的時候，但我們的枷，我們的鍊永遠是制定我們行動的上司！所以只有你單身奔赴大自然的懷抱時，像一個裸體的小孩撲入他母親的懷抱時，你才知道靈魂的愉快是怎樣的，單是活

更進一步的談論自由的感受與意義，也在第三段的最後說出了全文的重點：「姿態是自然的，生活是無阻礙的」。全文的重點是自由，雖然第一段開始不明說，但作者已在鋪陳，到了第三段末才正式點出文眼，這樣的寫作方式不僅能讓文章有漸進的層序感，也不會為了扣題而讓段落的內容重複。

著的快樂是怎樣的，單就呼吸單就走道單就張眼看聳耳聽的幸福是怎樣的。因此你得嚴格的為己，極端的自私，只許你，體魄與性靈，與自然同在一個脈搏裡跳動，同在一個音波裡起伏，同在一個神奇的宇宙裡自得。我們渾樸的天真是像含羞草似的嬌柔，一經同伴的牴觸，他就捲了起來，但在澄靜的日光下，和風中，他的恣態是自然的，他的生活是無阻礙的。

你一個人漫遊的時候，你就會在青草裡坐地仰臥，甚至有時打滾，因為草的和暖的顏色自然的喚起你童稚的活潑；在靜僻的道上你就會不自主的狂舞，看著你自己的身影幻出種種詭異的變相，因為道旁樹木的陰影在他們紆徐的婆娑裡暗示你舞蹈的快樂；你也會得信口的歌唱，偶爾記起斷片的音調，與你自己隨口的小曲，因為樹林中的鶯燕告訴你春光是應得讚美的；更不必說你的胸襟自然會跟著漫長的山徑開拓，你的

▼第三、四段為「轉」，皆在寫一個人自由自在的狀態。我們可以從第四段更明確感受到徐志摩對自由的熱衷，作者認為只有這樣的自由，才能完全與大自然融為一體。

心地會看著澄藍的天空靜定，你的思想和著山壑間的水聲，山罅裡的泉響，有時一澄到底的清澈，有時激起成章的波動，流，流，流入涼爽的橄欖林中，流入嫵媚的阿諾河去……

並且你不但不須應伴，每逢這樣的遊行，你也不必帶書。書是理想的伴侶，但你應得帶書，是在火車上，在你住處的客室裡，不是在你獨身漫步的時候。什麼偉大的深沉的鼓舞的清明的優美的思想的根源不是可以在風籟中，雲彩裡，山勢與地形的起伏裡，花草的顏色與香息裡尋得？自然是最偉大的一部書，葛德說，在他每一頁的字句裡我們讀得最深奧的消息。並且這書上的文字是人人懂得的；阿爾帕斯與五老峰，雪西裡與普陀山，萊因河與揚子江，梨夢湖與西子湖，建蘭與瓊花，杭州西溪的蘆雪與威尼市夕照的紅潮，百靈與夜鶯，更不提一般黃的黃麥，一般紫的紫籐，

▼第五段為「合」，承接以上各段落，將大自然比喻為一本書，用了許多排比句加強作者所要訴說的主旨，全文最末以六句排比總結，把自然崇拜的情緒提到最高，在高潮處結束全文。

一般青的青草同在大地上生長，同在和風中波動——他們應用的符號是永遠一致的，他們的意義是永遠明顯的，只要你自己心靈上不長瘡瘢，眼不盲，耳不塞，這無形跡的最高等教育便永遠是你的名分，這不取費的最珍貴的補劑便永遠供你的受用；只要你認識了這一部書，你在這世界上寂寞時便不寂寞，窮困時不窮困，苦惱時有安慰，挫折時有鼓勵，軟弱時有督責，迷失時有南鍼。

當代作家映像館

徐志摩，著名現代詩人、散文家。一生追求愛、自由、美，這樣的理想與性格也反映在此篇文章中。其新詩講究語言的音樂美，濃豔華美而嫵媚；散文則受歐美文風影響，辭采多渲染，愛用排比疊句等修辭法。本文寫於一九二五年，當時因中國內戰，以及與陸小曼的戀愛情事多所紛擾，徐志摩前往義大利度假避禍。

「翡冷翠」指的是義大利佛羅倫斯，徐志摩按義大利文 Firenze 音譯為翡冷翠。作者於此地飽覽湖山之勝，因而觸發內心美的悸動，寫下本文。

文章重點看這裡

- 練習在長文的閱讀中抓到作者的寫作核心。徐志摩的這篇文章，看似在寫時地景物，但若能在閱讀時看出其筆觸中對於「自由」、「美」的嚮往，便能抓到此文呈現給讀者的美的感受，並體會到當中屬於「自然崇拜」的情緒。再回頭去看，便可發現文章處處緊扣這個情緒，也更能理解寫作的技巧與重點。
- 徐志摩的這篇文章將哲理與情緒融會在景物與事件的描寫裡頭。若以抒情文來看，情感濃郁，語言流暢生動；若以記敘文來看，融情於景，有主觀的感受，並投射到客觀景物上，寫作技巧相當適合作為我們練習的借鏡。
- 文中運用大量排比疊句，在語言上營構出一種川流不息、行雲流水的動態感。然而需注意的是，作者喜歡使用多個形容詞堆疊的句法，運用於一般的作文上則可能形成冗贅，或有炫技之感，讀者在練習時須特別留意。

1 使用許多形容詞與比喻

徐志摩的文風奔放不拘，常使用許多形容詞與比喻。不過有些比喻較欠缺邏輯，讀者可以參考，激發想像力，但在考試時還是須注意詞語上的合理與邏輯性。佳例如下：

- 尤其是年輕的女伴，那是最危險最專制不過的旅伴，你應躲避好像你躲避青草裡一條美麗的花蛇。
- 最要緊的是穿上你最舊的舊鞋，別管他模樣不佳，他們是頂可愛的好友，他們承著你的體重卻不叫你記起你們還有一雙腳在你的底下。
- 平常我們從自己家裡，或是我們執事的地方，那無非是在同一個大牢裡從一間獄室移到另一間去。
- 風息是溫馴的，摩娑著你的顏面，輕繞著你的肩腰。
- 我們多長一歲年紀往往只是加重我們頭上的枷，加緊我們腳脛上的鍊（借喻）。

・我們渾樸的天真是像含羞草似的嬌柔，一經同伴的抵觸，牠就捲了起來（明喻）。

2 大量的排比疊句

徐志摩受到古文的影響，表現在其華麗的文筆、駢排的字句，主要乃是受了六朝文學的影響。排比疊句可以營造文章音調的和諧，行雲流水般的順暢。然而，若是運用在考試上，排比使用的漂亮，有加分作用，而使用過多，則容易成為意思類似的累贅語句，需特別注意。本文的排比疊句：

・帶來一股幽遠的澹香，連著一息滋潤的水氣，摩挲著你的顏面，輕繞著你的肩腰。

・近谷內不生煙，遠山上不起靄。

・你不妨搖曳著一頭的蓬草，不妨縱容你滿腮的苔蘚。

・拘束永遠跟著我們，自由永遠尋不到我們。

・加重我們頭上的枷，加緊我們腳脛上的鍊。

・在澄靜的日光下，和風中，他的姿態是自然的，他的生活是無阻礙的。

- 流入涼爽的橄欖林中，流入嫵媚的阿諾河去。
- 這無形跡的最高等教育便永遠是你的名分，這不取費的最珍貴的補劑便永遠供你的受用。
- 寂寞時便不寂寞，窮困時便不窮困，苦惱時有安慰，挫折時有鼓勵，軟弱時有督責，迷失時有南鍼。

祖父死了的時候

作者：蕭紅

原文

祖父總是有點變樣子，他喜歡流起眼淚來，同時過去很重要的事情他也忘掉。比方過去那一些他常講的故事，現在講起來，講了一半下一半他就說：「我記不得了。」

某夜，他又病了一次，經過這一次病，他竟說：「給你三姑寫信，叫她來一趟，我不是四五年沒看過她嗎？」他叫我寫信給我已經死去五年的姑母。

那次離家是很痛苦的。學校來了開學通知信，祖父又一天一天地變樣起來。

說明

▼開頭使用破題法，將祖父年邁有點失憶的狀況寫出來，帶出祖父走向衰老的狀況。第三段是一個閃回，一句話交代主角開學離家後與祖父遠離的痛苦。第四段用很直截的陳述講出祖父對主角的重要。

祖父睡著的時候，我就躺在他的旁邊哭，好像祖父已經離開我死去似的，一面哭著一面抬頭看他凹陷的嘴唇。我若死掉祖父，就死掉我一生最重要的一個人，好像他死了就把人間一切「愛」和「溫暖」帶得空空虛虛。我的心被絲線紮住或鐵絲絞住了。

我聯想到母親死的時候。母親死以後，父親怎樣打我，又娶一個新母親來。這個母親很客氣，不打我，就是罵，也是指著桌子或椅子來罵我。客氣是愈客氣了，但是冷淡了，疏遠了，生人一樣。

「到院子去玩玩吧！」祖父說了這話之後，在我的頭上撞了一下，「喂！你看這是什麼？」一個黃金色的桔子落到我的手中。

夜間不敢到茅廁去，我說：「媽媽同我到茅廁去趟吧。」

「我不去！」

▼從「我聯想到母親死的時候」至「冬天祖父已經睡下」，這邊以後母對主角的冷淡對照祖父的關愛，用微小的事件襯托祖父的恩懷。

「那我害怕呀！」

「怕什麼？」

「怕什麼？怕鬼怕神？」父親也說話了，把眼睛從眼鏡上面看著我。

冬天，祖父已經睡下，赤著腳，開著紐扣跟我到外面茅廁去。

學校開學，我遲到了四天。三月裡，我又回家一次，正在外面叫門，裡面小弟弟嚷著：「姐姐回來了！姐姐回來了！」大門開時，我就遠遠注意著祖父住著的那間房子。果然祖父的面孔和鬍子閃現在玻璃窗裡。我跳著笑著跑進屋去。但不是高興，只是心酸，祖父的臉色更慘淡更白了。等屋子裡一個人沒有時，他流著淚，他慌慌忙忙的一邊用袖口擦著眼淚，一邊抖動著嘴唇說：「爺爺不行了，不知早晚……前些日子好險沒跌……跌死。」

▼從「學校開學」至「沒用了活了八十一歲」，此處跳接前頭的開學離家，主角在一次返家時驚然從祖父口中得知摔倒的事件，此事件作為一個預告，是鋪陳後段祖父去世的事件。

「怎麼跌的？」

「就是在後屋，我想去解手，招呼人，也聽不見，按電鈴也沒有人來，就得爬啦。還沒到後門口，腿顫，心跳，眼前發花了一陣就倒下去。沒跌斷了腰……人老了，有什麼用處！爺爺是八十一歲呢。」

「爺爺是八十一歲。」

「沒用了，活了八十一歲還是在地上爬呢！我想你看不著爺爺了，誰知沒有跌死，我又慢慢爬到炕上。」

我走的那天也是和我回來那天一樣，白色的臉的輪廓閃現在玻璃窗裡。

在院心我回頭看著祖父的面孔，走到大門口，在大門口我仍可看見，出了大門，就被門扇遮斷。

從這一次祖父就與我永遠隔絕了。雖然那次和祖父告別，並沒說出一個永別的字。我回來看祖父，這

▼從「我走的那天」至「吃飯的時候我飲了酒」為全文核心，描寫祖父去世時的時空環境，細膩地勾勒祖父死亡的儀式。藉由在儀式中主角與祖父的接

回門前吹著喇叭，幡桿挑得比房頭更高，馬車離家很遠的時候，我已看到高高的白色幡桿了，吹鼓手們的喇叭愴涼的在悲號。馬車停在喇叭聲中，大門前的白幡、白對聯、院心的靈棚、鬧嚷嚷許多人，吹鼓手們響起烏烏的哀號。

這回祖父不坐在玻璃窗裡，是睡在堂屋的板床上，沒有靈魂的躺在那裡。我要看一看他白色的鬍子，可是怎樣看呢！拿開他臉上蒙著的紙吧，鬍子、眼睛和嘴，都不會動了，他真的一點感覺也沒有了？我從祖父的袖管裡去摸他的手，手也沒有感覺了。祖父這回真死去了啊！

祖父裝進棺材去的那天早晨，正是後園裡玫瑰花開放滿樹的時候。我扯著祖父的一張被角，抬向靈前去。吹鼓手在靈前吹著大喇叭。

我怕起來，我號叫起來。

觸，強化主角對祖父死去的不捨，讀來令人動容。

「光光！」黑色的，半尺厚的靈柩蓋子壓上去。

吃飯的時候，我飲了酒，用祖父的酒杯飲的。飯後我跑到後園玫瑰樹下去臥倒，園中飛著蜂子和蝴蝶，綠草的清涼的氣味，這都和十年前一樣。可是十年前死了媽媽。媽媽死後我仍是在園中撲蝴蝶；這回祖父死去，我卻飲了酒。

過去的十年我是和父親打鬥著生活。在這期間我覺得人是殘酷的東西。父親對我是沒有好面孔的，對於僕人也是沒有好面孔的，他對於祖父也是沒有好面孔的。因為僕人是窮人，祖父是老人，我是個小孩子，所以我們這些完全沒有保障的人就落到他的手裡。後來我看到新娶來的母親也落到他的手裡，他喜歡她的時候，便同她說笑，他惱怒時便罵她，母親漸漸也怕起父親來。

母親也不是窮人，也不是老人，也不是孩子，怎

▼末段主角以過往的回憶交代自己的悲慘歷程，並不只寫祖父，也連帶地將父親、母親都寫了進來。這樣的寫法有助於讀者更認識主角的心境，對於故事的體悟也能更深刻。一句「我懂得的儘是些偏僻的人生」寫得令人刻骨銘

麼也怕起父親來呢？我到鄰家去看看，鄰家的女人也是怕男人。我到舅家去，舅母也是怕舅父。

我懂得的儘是些偏僻的人生，我想世間死了祖父，就沒有再同情我的人了，世間死了祖父，剩下的儘是些凶殘的人了。

我飲了酒，回想，幻想……

以後我必須不要家，到廣大的人群中去，但我在玫瑰樹下顫慄了，人群中沒有我的祖父。

所以我哭著，整個祖父死的時候我哭著。

心，也將焦點放回自己身上，以沉緩的語句結束文章。

當代作家映像館

蕭紅，中國當代知名女作家，民國「四大才女」之一。蕭紅以自己悲劇性的人生與生命經驗，觀照她所熟悉的鄉土社會之生命形態和生存境遇，揭露、批判國民性弱點，書寫人的悲劇、女性的悲劇和普泛的人類生命悲劇，因而使作品有著濃烈而深沉的悲劇意蘊和獨特豐厚的文化內涵。著名作品為小說《生死場》及《呼蘭河傳》，小說中的鄉土色彩與高度的真實感，獲得了極高的評價，為二十世紀中國最優秀的作家之一。

文章重點看這裡

- 在以往的考試中，考生相當「熱衷」於以親人題材寫作，希望用情感面打動閱卷老師，卻常常寫得狗血、煽情，缺乏真切的情感，使文章看起來相當空洞、虛假。特選蕭紅此文，以祖父死去為題，示範如何在類似的題目上發揮文字的感動力，用真誠的情感撰寫文章。
- 本文文字直率、自然，沒有太多炫技的修辭，而是以小說般的鋪排在文中回憶祖父。以不同時間的記憶片段組成全文，並加以對照、烘托，再現一幕幕與親人相處的珍貴回憶，令人讀來為之動容。
- 這篇文章的結構是跳躍的，時序也是，彷彿襯托著作者的惶恐心情，因此段落像回憶一般閃回跳動，類似小說的寫法。讀者在考試時若想嘗試使用這種方法寫作，需注意每個段落都必須仔細刻劃內容，且情節需有意義或能吸引人，才不會因為結構的跳躍而使閱卷者失去耐心閱讀。

寫作技巧這樣用

1 文字樸實無華

本文文字樸實無華，不帶太多形容詞渲染文章，而是在直白的文字中，以平凡的日常點滴表達與祖父的情感，以及失去祖父的極度悲痛。

2「閃回」的書寫技巧

段落上以閃回的方式作為描寫回憶的技巧，中段雖穿插了一段後母的情節，但前面敘述開學離家，後面又接續寫開學的返家，段落間仍是互相聯結的。

3 點綴的轉化

- 我的心被絲線紮住或鐵絲絞住了（擬物化）。

4對比手法

文題雖為祖父，但作家亦以主角的生命歷程作對比，例如以凶悍的父親對比會關心主角的祖父，讓祖父的形象更具體；或在末段突出父權的霸道，對比出同樣是男人的祖父卻是弱者，而強化了主角孤單一人的困苦狀態。

5真摯的情感

書寫父母、親人等題材，重在情感的真摯，方能打動閱讀文章的人。若使用過多花俏的形容詞，會使文章讀來累贅。本文即是因為語言的直率，不偽飾、矯情，而顯得自然質樸。這樣的文字沒有著意雕琢的痕跡，自然而然蘊含著一種稚拙渾樸的美、一種獨特而醇厚的情調，顯得特別動人。

記敘散文

記敘文即記人、事、物、地等並加以敘述的文章。相較於論說文、抒情文，記敘文貌似最容易發想、撰寫的文類，不過，若要將記敘文寫得精采動人，亦並非易事。記敘文最常出現的行文通病在於缺乏妥切的主次層級安排，以及脈絡分明而引人入勝的內容情節。往往演變為依時序記下的事件流水帳，否則就是描述平淡、毫無高低起伏的單調文字。因此，當我們在記事或記人時，必須先提取出其特色或異於常態之處，安排在文章中作重點而大量的描繪，其他相關的旁枝末節，僅需點到為止，不應過分詳述，以免看來毫無重點、高潮，甚至形成喧賓奪主的情形，這些都是文章的大忌。若是描述某事從發生到結束的經過，來龍去脈自是不可省略，然撰文時也必須先發想、安排好此事的重點如何，就此多加鋪寫，其餘可視內容字數作適度刪減、省略。層次錯落有致，情景觸動人心，才是一篇記敘佳作。

做田

作者：鍾理和

原文

尖山洞田四面環山，除開東邊的中央山脈，其餘三面都是小山岡，大抵土質磽薄，只生茅茨。

中央山脈層巒疊嶂，最外層造林局整理得最好的柚木埋遍了整面山谷，嫩綠而透明，呈著水彩畫的鮮豔顏色；次層是塗抹得最均勻的，鬱鬱蒼蒼的一片深青；最裡層高峰屹立，籠著紫色嵐氣，彷彿仙人穿在身上的道袍，峰頂裹在重重煙靄中，看上去莊嚴，縹緲而且空靈。

天空清藍淨潔，恍如一匹未經漿洗過的丹士林布。

說明

▼先寫焦點動態的四周地理環境。作者以中央山脈的鬱鬱蒼蒼來對比尖山洞田的「土質磽薄」。除了凸顯地理環境的差別，也隱含做田人家的刻苦耐勞、耕田種地的不易。

太陽剛剛升出一竹竿高。一朵白雲在前面徘徊著。東南一角更湧起幾柱白中透點淺灰的雲朵。

天，和雲，和山的倒影，靜靜地躺在注滿了水的田隴裡。犁田的人把它們和著土塊帶水犁起，它們就和田裡茂盛的青豆之類糾纏在犁頭上，像圍勃一般，犁走兩步就纏成一大堆，好像整塊田都掛在那裡了，前邊的牛踉踉蹌蹌，並且停下來。

犁擱淺了！

「嘔！」

犁田的人大聲吆喝，舉起牛鞭向空一揮。

「嘔！媽的，我揍死你！」

牛一驚，奮勇向前，兩條牛藤拉得就如兩條鋼索，然而好像在地上紮了根，祇是不動。這是難怪呢，天和山都掛到犁頭上來了，怎麼會拉得起！

犁田的人滿臉晦氣，彎腰去清除那些扭纏在一塊

▼「天，和雲，和山……」至「犁罷田，便用十三齒耙……」為文章第二個部分，把視角轉換到「注滿水的田隴裡」，主角當然就是「犁田的人」，勾勒出犁田的人、還有好幫手牛群的動態模樣。

的累贅。故是犁又輕快起來了，牛在前面拉得十分有勁，人又有了吹口哨的心情。

犁罷田，便用十三齒耙「打粗坯」。然後拿「盪棍」燙平。至此，一塊田便像一領攤開了的灰色毛毯，又平坦，又燙貼。

這就可以插秧了。

蒔田的人全俯著腰，背向青天，彷彿一隻隻的昆蟲，然而這些昆蟲卻並不向前進，而是一隻隻的往後退著。男人光著暗紅色的背脊，太陽在那上面激起鋼鐵般的幽鈍的光閃，有如昆蟲的甲殼。然而晨風陣陣吹來了，給人們拂去了逐漸加強的暑熱。

年輕女人做田塍，或砍除田塍及圳溝兩旁的雜草。她們穿著豔麗的花布短衫，腰間用條花帶結紮著，那包在竹笠上的藍洋巾的尾帆，隨風飄揚著。她們一邊做著活，一邊用山歌和歡笑來裝點年輕活潑的生命。

▼插秧是做田最重要的一步。作者將插秧的農人比喻為昆蟲，正好與「激起鋼鐵般幽鈍光閃的太陽」形成強烈對比。

▼作者特地以一整段來描寫做田的女人們。並用了顏色的形容詞使畫面增添繽紛的視覺特徵。

這是一朵一朵的花。這樣的花開遍了整個尖山洞田，把它點綴得十分鮮活可愛。

鸕鷹在人們的頭頂的高空處非非非地鳴叫著，展開了大如車輪的勁翼畫著圓圈，一邊向著藏了野物的大地覓取自己所需要的東西，那是一條蛇，或是一隻死野鼠。在這樣的時候那是很豐富的，祇在田塍上、草叢裡、或小坡上。牠們在半天裡翱翔著、找尋著，小腦袋機警地時而向左，時而向右地注視下面，忽然，牠猛的一擺身，以雷霆萬鈞之勢俯衝直下。在飛起來時，牠的腳邊則已抓著一個很長的東西了。那是蛇，牠於是朝著山崖或樹林飛去。

整個田隴裡由東到西，再由南到北，都充滿著匆忙的人影，明朗快活的笑聲，山歌、小孩的尖叫、鳥鳴和水的無人能解的私語。土腥、草香、汗臭，及爛在田裡的青豆和死了的生物的，那揉在一起的氣味在

▼「鸕鷹在人們的頭頂……」此段，又回到景物的描寫，這是作者將書寫的範圍擴展到人們以外的小細節，對做田人家來說，在這片土地上的生存者都同是夥伴。

▼將整個場景做縮影與泛寫。寫田間的聲音、獨特的氣味，讓讀者可以完整認識田地的「五感」。

空氣中飄散著。太陽升得更高了。

一切都集中於一個快樂而和諧的旋律裡，並朝著一個嚴肅的目的而滾動著，進行著。

那個蒔田班子裡有人唱著恆春小調：

思啊；想伊……。

▼以「快樂而和諧的旋律裡，朝一個嚴肅的目的滾動著」傳遞作者的生命態度！再以做田人的小調做結，餘韻無窮。

當代作家映像館

鍾理和，台灣重要之文學作家，客家籍。一生筆耕不輟，作品中表現強悍的生命力，一九六〇年於病中修改作品時喀血而死，血濺書稿，因而被後人尊稱為「倒在血泊裡的筆耕者」。鍾理和的作品強調反封建反權威的革新精神，重視人性的尊嚴，展現悲天憫人的人道主義。其作品多寫台灣土地的故事，是擅寫農民生活的鄉土作家。著名作品有《夾竹桃》、《笠山農場》、《故鄉》等書。本文選自《鍾理和全集》，是鄉土散文的代表作。

文章重點看這裡

- 本文在短短的篇幅中，完整地描述了一項專業／技能，或生活方式，類似的題目有可能出現在考試中（例如：耕種、捕魚、種菜等）。這樣的題目方向明確，除了仔細描寫工作的方式（動態），也必須將周圍環境寫進去，方能使畫面豐富，動靜皆現。
- 〈做田〉在描寫上像是用長鏡頭一般，從遠景開始，先描繪四周風貌，再慢慢將鏡頭拉近，刻劃「做田」的過程。整篇文章中有視覺、聽覺、味覺等各種感官的素描，由遠景拉近，再往後拉遠拉深，整篇文章化作一幅具有動態及音律的油畫。

寫作技巧這樣用

1 人與自然的融合，風格樸實

本文共分十一段，文章開頭前三段先寫尖山洞田四周的自然風光，以自然界

的清新氣息，做為農人快樂工作的背景。從第四段才開始描寫「做田」的實際情況，一連串的動作和農人心情的變換，傳達健康、活潑的勞動氣息。最後，作者由視覺、聽覺、嗅覺三方面取材，將一切的景象、聲音、氣味結合在一起，組成「一個快樂而和諧的旋律」，人與大自然融合，充滿質樸而濃厚的生活氛圍。由此可見，本文雖然文字樸實，寫作技巧其實頗為高明。

2 結構完整，修辭適切

本文文字細膩，刻劃用心，但不浮誇。結構完整，畫面完成度高，修辭技巧發揮得恰到好處，是讀者書寫類似題目時可參考的好作品。

3 譬喻

- 籠著紫色嵐氣，彷彿仙人穿在身上的道袍。
- 天空清藍淨潔，恍如一匹未經漿洗過的丹士林布。
- 一塊田便像一領攤開了的灰色毛毯。
- 太陽在那上面激起鋼鐵般的幽鈍的光閃，有如昆蟲的甲殼。

4 轉化

• 天，和雲，和山的倒影，靜靜地躺在注滿了水的田隴裡。
• 天和山都掛到犁頭上來了。
• 蒔田的人全俯著腰，背向青天，彷彿一隻隻的昆蟲。
• 她們一邊做著活，一邊用山歌和歡笑來裝點年輕活潑的生命。這是一朵一朵的花。

5 誇飾

• 犁走兩步就纏成一大堆，好像整塊田都掛在那裡了。
• 天和山都掛到犁頭上來了，怎麼會拉得起！

槳聲燈影裡的秦淮河

作者：朱自清

原文

一九二三年八月的一晚，我和平伯同遊秦淮河；平伯是初泛，我是重來了。我們雇了一隻「七板子」，在夕陽已去，皎月方來的時候，便下了船。於是槳聲汩——汩，我們開始領略那晃蕩著薔薇色的歷史的秦淮河的滋味了。

秦淮河裡的船，比北京萬甡園、頤和園的船好，比西湖的船好，比揚州瘦西湖的船也好。這幾處的船不是覺著笨，就是覺著簡陋、侷促；都不能引起乘客們的情韻，如秦淮河的船一樣。秦淮河的船約略可分

說明

▼第一段簡單交代本文的寫作（時空）背景。像是電影一開始，都會先說明主角、地點、時間。而即便是簡單的背景交代，作者已開始使用形容詞將景物勾勒出來（「皎月」方來、槳聲「汩汩」），最後一句作為整篇文章圖像化的啟端，一連用了三

為兩種：一是大船；一是小船，就是所謂「七板子」。大船艙口闊大，可容二三十人。裡面陳設著字畫和光潔的紅木家具，桌上一律嵌著冰涼的大理石面。窗格雕鏤頗細，使人起柔膩之感。窗格裡映著紅色藍色的玻璃；玻璃上有精緻的花紋，也頗悅人目。「七板子」規模雖不及大船，但那淡藍色的欄杆，空敞的艙，也足繫人情思。而最出色處卻在它的艙前。艙前是甲板上的一部。上面有弧形的頂，兩邊用疏疏的欄杆支著。裡面通常放著兩張藤的躺椅。躺下，可以談天，可以望遠，可以顧盼兩岸的河房。大船上也有這個，便在小船上更覺清雋罷了。艙前的頂下，一律懸著燈彩；燈的多少，明暗，彩蘇的精粗，豔晦，是不一的。但好歹總還你一個燈彩。這燈彩實在是最能勾人的東西。夜幕垂垂地下來時，大小船上都點起燈火。從兩重玻璃裡映出那輻射著的黃黃的散光，反暈出一片朦朧的

個「的」使句子一氣呵成（薔薇色「的」歷史「的」秦淮河「的」滋味），彷彿帶領讀者，踩上船身，開始秦淮河的一場夜遊。

▼第二段走進本文所要描摹的畫中，首先我們踩上了船身。作者在第二段仔細地描寫秦淮河上這「船」的每個細節與角落。第二段一開頭先與其他地方的船相比較，作者覺得秦淮河的船最能「引起乘客們的情韻」，說出他寫這船的正當性。接著像是電影鏡頭一般，用特寫的方式

煙靄；透過這煙靄，在黯黯的水波裡，又逗起縷縷的明漪。在這薄靄和微漪裡，聽著那悠然的間歇的槳聲，誰能不被引入他的美夢去呢？只愁夢太多了，這些大小船兒如何載得起呀？我們這時模模糊糊的談著明末的秦淮河的豔跡，如《桃花扇》及《板橋雜記》裡所載的。我們真神往了。我們彷彿親見那時華燈映水，畫舫淩波的光景了。於是我們的船便成了歷史的重載了。我們終於恍然秦淮河的船所以雅麗過於他處，而又有奇異的吸引力的，實在是許多歷史的影像使然了。

秦淮河的水是碧陰陰的；看起來厚而不膩，或者是六朝金粉所凝麼？我們初上船的時候，天色還未斷黑，那漾漾的柔波是這樣的恬靜、委婉，使我們一面有水闊天空之想，一面又憧憬著紙醉金迷之境了。等到燈火明時，陰陰的變為沉沉了：黯淡的水光，像夢一般；那偶然閃爍著的光芒，就是夢的眼睛了。我們

一個個細看船的模樣。從艙口、船裡的紅木家具、窗格、躺椅，並接續著帶到船外的景色：「夜幕垂垂」、「朦朧煙靄」、「黯黯水波」、「間歇槳聲」。都是有順序的，將物與景建構好之後，變寫到「歷史的影像」，我們也知道接下來要寫秦淮河的景象了。

▼三、四、五段是同一個層次，都在寫作者遊覽秦淮河的所見與所思，依著船的前進，一段一段描摹。第三段的描寫從利涉

坐在艙前，因了那隆起的頂棚，彷彿總是昂著首向前走著似的；於是飄飄然如禦風而行的我們，看著那些自在的灣泊著的船，船裡走馬燈般的人物，便像是下界一般，迢迢的遠了，又像在霧裡看花，盡朦朦朧朧的。這時我們已過了利涉橋，望見東關頭了。沿路聽見斷續的歌聲：有從沿河的妓樓飄來的，有從河上船裡度來的。我們明知那些歌聲，只是些因襲的言詞，從生澀的歌喉裡機械的發出來的；但它們經了夏夜的微風的吹漾和水波的搖拂，裊娜著到我們耳邊的時候，已經不單是她們的歌聲，而混著微風和河水的密語了。於是我們不得不被牽惹著，震撼著，相與浮沉於這歌聲裡了。從東關頭轉灣，不久就到大中橋。大中橋共有三個橋拱，都很闊大，儼然是三座門兒；使我們覺得我們的船和船裡的我們，在橋下過去時，真是太無顏色了。橋磚是深褐色，表明它的歷史的長久；但都

橋到東關頭，再轉灣到大中橋。從上船的「天色還未斷黑」等到「燈火明，陰陰變為沉沉」；從水光的描繪，到沿路斷續的歌聲，先寫場景的整個樣貌，再寫秦淮河上物件的細節，同樣是由大寫小，下筆的思路依舊非常有次序。

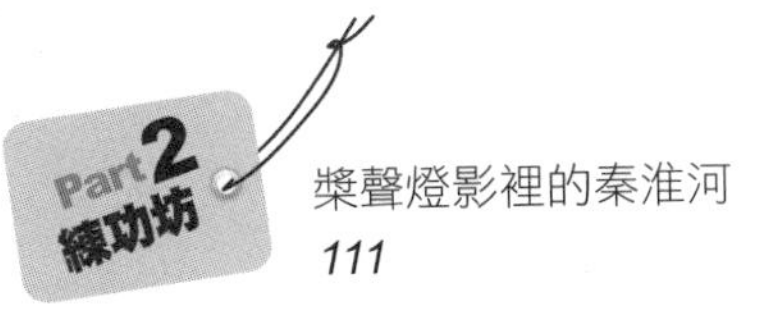

完好無缺，令人太息於古昔工程的堅美。橋上兩旁都是木壁的房子，中間應該有街路？這些房子都破舊了，多年煙熏的跡，遮沒了當年的美麗。我想像秦淮河的極盛時，在這樣宏闊的橋上，特地蓋了房子，必然是髹漆得富富麗麗的；晚間必然是燈火通明的。現在卻只剩下一片黑沉沉！但是橋上造著房子，畢竟使我們多少可以想見往日的繁華；這也慰情聊勝無了。過了大中橋，便到了燈月交輝，笙歌徹夜的秦淮河；這才是秦淮河的真面目哩。

大中橋外，頓然空闊，和橋內兩岸排著密密的人家的大異了。一眼望去，疏疏的林，淡淡的月，襯著藍蔚的天，頗像荒江野渡光景；那邊呢，郁叢叢的，陰森森的，又似乎藏著無邊的黑暗：令人幾乎不信那是繁華的秦淮河了。但是河中眩暈著的燈光，縱橫著的畫舫，悠揚著的笛韻，夾著那吱吱的胡琴聲，終於

▼我們可以發現，作者描寫的方式往往是由大到小，但在細節的描寫後又會把鏡頭拉遠。所以第四段到了大中橋，又從「一眼望去」的大景開始往小處細

使我們認識綠如茵陳酒的秦淮水了。此地天裸露著的多些，故覺夜來的獨遲些；從清清的水影裡，我們感到的只是薄薄的夜——這正是秦淮河的夜。大中橋外，本來還有一座複成橋，是船夫口中的我們的遊蹤盡處，或也是秦淮河繁華的盡處了。我的腳曾踏過複成橋的脊，在十三四歲的時候。但是兩次遊秦淮河，卻都不曾見著複成橋的面；明知總在前途的，卻常覺得有些虛無縹緲似的。我想，不見倒也好。這時正是盛夏。我們下船後，藉著新生的晚涼和河上的微風，暑氣已漸漸銷散；到了此地，豁然開朗，身子頓然輕了——習習的清風荏苒在面上，手上，衣上，這便又感到了一縷新涼了。南京的日光，大概沒有杭州猛烈；西湖的夏夜老是熱蓬蓬的，水像沸著一般，秦淮河的水卻儘是這樣冷冷地綠著。任你人影的憧憧，歌聲的擾擾，總像隔著一層薄薄的綠紗面冪似的；它儘是這樣靜靜

寫。河中眩暈的「燈光」、縱橫著的「畫舫」、悠揚的「笛韻」、吱吱的「胡琴聲」將秦淮河的夜攤開在讀者面前。接著作者下船，筆觸也跟著緩慢了下來，「豁然開朗」一段讓文章有稍稍歇息的感覺，全文的第三個層次在此落幕，因為作者準備在第四個層次（第六、七段）寫秦淮河的繁華與糾紛（本文高潮），可看出行文的節奏起伏相當明顯，文字的描繪與河的波滔擺盪都一同呈現在文章當中。

的，冷冷的綠著。我們出了大中橋，走不上半里路，船夫便將船划到一旁，停了槳由它宕著。他以為那裡正是繁華的極點，再過去就是荒涼了；所以讓我們多賞鑒一會兒。他自己卻靜靜的蹲著。他是看慣這光景的了，大約只是一個無可無不可。這無可無不可，無論是升的沉的，總之，都比我們高了。

那時河裡鬧熱極了；船大半泊著，小半在水上穿梭似的來往。停泊著的都在近市的那一邊，我們的船自然也夾在其中。因為這邊略略的擠，便覺得那邊十分的疏了。在每一隻船從那邊過去時，我們能畫出它的輕輕的影和曲曲的波，在我們的心上；這顯著是空，且顯著是靜了。那時處處都是歌聲和淒厲的胡琴聲，圓潤的喉嚨，確乎是很少的。但那生澀的，尖脆的調子能使人有少年的，粗率不拘的感覺，也正可快我們的意。況且多少隔開些兒聽著，因為想像與渴慕的做

▼第五段寫秦淮河畔的「鬧熱極了」與「天之所以厚秦淮河」，在手法上則是將眼前所見的秦淮河分為上下兩個空間。首先寫下方的空間，也就是秦淮河岸邊周遭的小細節，再聚焦於船內外的景況。

美，總覺更有滋味；而競發的喧囂，抑揚的不齊，遠近的雜遝，和樂器的嘈嘈切切，合成另一意味的諧音，也使我們無所適從，如隨著大風而走。這實在因為我們的心枯澀久了，變為脆弱；故偶然潤澤一下，便瘋狂似的不能自主了。但秦淮河確也膩人。即如船裡的人面，無論是和我們一堆兒泊著的，無論是從我們眼前過去的，總是模模糊糊的，甚至渺渺茫茫的；任你張圓了眼睛，揩淨了眥垢，也是枉然。這真夠人想呢。在我們停泊的地方，燈光原是紛然的；不過這些燈光都是黃而有暈的。黃已經不能明瞭，再加上了暈，便更不成了。燈愈多，暈就愈甚；在繁星般的黃的交錯裡，秦淮河彷彿籠上了一團光霧。光芒與霧氣騰騰的暈著，什麼都只剩了輪廓了；所以人面的詳細的曲線，便消失於我們的眼底了。但燈光究竟奪不了那邊的月色；燈光是渾的，月色是清的，在渾沌的燈光裡，滲

▼第五段的後半部，則寫秦淮河上方的空間，天空裡的月亮。作者寫秦淮河的四周圍，有著薰人的氛圍，還有令人陶醉的月光。在這一段裡，秦淮河上、秦淮河岸和秦淮河上

入了一派清輝，卻真是奇蹟！那晚月兒已瘦削了兩三分。她晚妝才罷，盈盈的上了柳梢頭。天是藍得可愛，彷彿一汪水似的；月兒便更出落得精神了。岸上原有三株兩株的垂楊樹，淡淡的影子，在水裡搖曳著。它們那柔細的枝條浴著月光，就像一支支美人的臂膊，交互的纏著，挽著；又像是月兒披著的髮。而月兒偶然也從它們的交叉處偷偷窺看我們，大有小姑娘怕羞的樣子。岸上另有幾株不知名的老樹，光光的立著；在月光裡照起來。卻又儼然是精神矍鑠的老人。遠處——快到天際線了，才有一兩片白雲，亮得現出異彩，像美麗的貝殼一般。白雲下便是黑黑的一帶輪廓；是一條隨意畫的不規則的曲線。這一段光景，和河中的風味大異了。但燈與月竟能並存著，交融著，使月成了纏綿的月，燈射著渺渺的靈輝；這正是天之所以厚秦淮河，也正是天之所以厚我們了。

空的美景，以光線的方式呈現，作者將船上的燈和月光融於一景，讓月亮變纏綿，讓燈光有渺渺靈輝，文字上顯露出全景式的美感。

這時卻遇著了難解的糾紛。秦淮河上原有一種歌妓，是以歌為業的。從前都在茶舫上，唱些大曲之類。每日午後一時起；什麼時候止，卻忘記了。晚上照樣也有一回。也在黃暈的燈光裡。我從前過南京時，曾隨著朋友去聽過兩次。因為茶舫裡的人臉太多了，覺得不大適意，終於聽不出所以然。前年聽說歌妓被取締了，不知怎的，頗設想了幾次——卻想不出什麼。這次到南京，先到茶舫上去看看，覺得頗是寂寥，令我無端的悵悵了。不料她們卻仍在秦淮河裡掙扎著，不料她們竟會糾纏到我們，我於是很張惶了。她們也乘著「七板子」，她們總是坐在艙前的。艙前點著石油汽燈，光亮眩人眼目：坐在下面的，自然是纖毫畢見了——引誘客人們的力量，也便在此了。艙裡躲著樂工等人，映著汽燈的餘輝蠕動著；他們是永遠不被注意的。每船的歌妓大約都是二人；天色一黑。她們

▼第六段開始至全文結束，是同一個事件的開展與延續。第六段至第九段是同一個層次，都針對「歌舫」而來。第六段的一開始便說：「這時卻遇著了難解的糾紛。」將這一段的氣氛帶往和前面敘述全然不同的情境中。作者原本的秦淮河之遊燈光月光均美而氣氛佳，但卻遇上了「歌舫」前來詢問是否需要點歌，但此時的秦淮河歌舫是會受到取締的，因此作者的友人連忙拒絕了，而作者本身也拒絕了

的船就在大中橋外往來不息的兜生意。無論行著的船，泊著的船，都要來兜攬的。這都是我後來推想出來的。那晚不知怎樣，忽然輪著我們的船了。我們的船好好的停著，一隻歌舫划向我們來的；漸漸和我們的船並著了。鑠鑠的燈光逼得我們皺起了眉頭；我們的風塵色全給它托出來了，這使我踧踖不安了。那時一個夥計跨過船來，拿著攤開的歌折，就近塞向我的手裡，說，「點幾齣吧」！他跨過來的時候，我們船上似乎有許多眼光跟著。同時相近的別的船上也似乎有許多眼睛炯炯的向我們船上看著。我真窘了！我也裝出大方的樣子，向歌妓們瞥了一眼，但究竟是不成的！我勉強將那歌折翻了一翻，卻不曾看清了幾個字；便趕緊遞還那夥計，一面不好意思地說，「不要，我們……不要。」他便塞給平伯。平伯掉轉頭去，搖手說，「不要！」那人還膩著不走。平伯又回過臉來，搖著頭道，

歌舫，並且如釋重負。秦淮河雖然繁華，卻也有著無奈和令人難解的糾紛。這一段是全文的轉折，另開了文章新的高潮。

「不要！」於是那人重到我處。我窘著再拒絕了他。他這才有所不屑似的走了。我的心立刻放下，如釋了重負一般。我們就開始自白了。

我說我受了道德律的壓迫，拒絕了她們；心裡似乎很抱歉的。這所謂抱歉，一面對於她們，一面對於我自己。她們於我們雖然沒有很奢的希望；但總有些希望的。我們拒絕了她們，無論理由如何充足，卻使她們的希望受了傷；這總有幾分不做美了。這是我覺得很悵悵的。至於我自己，更有一種不足之感。我這時被四面的歌聲誘惑了，降服了；但是遠遠的，遠遠的歌聲總彷彿隔著重衣搔癢似的，愈搔愈搔不著癢處。我於是憧憬著貼耳的妙音了。在歌舫劃來時，我的憧憬，變為盼望；我固執的盼望著，有如饑渴。雖然從淺薄的經驗裡，也能夠推知，那貼耳的歌聲，將剝去了一切的美妙；但一個平常的人像我的，誰願憑了理

▼第七段緊接著第六段，作者開始剖析這個歌舫糾紛背後的立場。這一段的書寫方式，也從寫景和抒情，轉變為說理的口吻。作者的思路清晰而有層次，先說自己是「受了道德律的壓迫」，之後便一路描繪這些歌舫女子的心是否會受傷、歌聲如何巧妙、生計的維持等。作者進而再分述自己這種道德感的壓迫是源自於兩個原

性之力去醜化未來呢？我寧願自己騙著了。不過我的社會感性是很敏銳的；我的思力能拆穿道德律的西洋鏡，而我的感情卻終於被它壓服著，我於是有所顧忌了，尤其是在眾目昭彰的時候。道德律的力，本來是民眾賦予的；在民眾的面前，自然更顯出它的威嚴了。我這時一面盼望，一面卻感到了兩重的禁制：一，在通俗的意義上，接近妓者總算一種不正當的行為；二，妓是一種不健全的職業，我們對於她們，應有哀矜勿喜之心，不應賞玩的去聽她們的歌。在眾目睽睽之下，這兩種思想在我心裡最為旺盛。她們暫時壓倒了我的聽歌的盼望，這便成就了我的灰色的拒絕。那時的心實在異常狀態中，覺得頗是昏亂。歌舫去了，暫時寧靖之後，我的思緒又如潮湧了。兩個相反的意思在我心頭往復：賣歌和賣淫不同，聽歌和狎妓不同，又干道德甚事？——但是，但是，她們既被逼的以歌為業，

因：「接近妓者總算一種不正當的行為」、「妓是一種不健全的職業」。這種內心欣賞歌妓的歌聲，但又不願接近歌妓的想法，形成作者內心種種混亂的糾紛。

她們的歌必無藝術味的；況她們的身世，我們究竟該同情的。所以拒絕倒也是正辦。但這些意思終於不曾撇開我的聽歌的盼望。它力量異常堅強；它總想將別的思緒踏在腳下。從這重重的爭鬥裡，我感到了濃厚的不足之感。這不足之感使我的心盤旋不安，起坐都不安寧了。唉！我承認我是一個自私的人！平伯呢，卻與我不同。他引周啓明先生的詩，「因為我有妻子，所以我愛一切的女人，因為我有子女，所以我愛一切的孩子。」

他的意思可以見了。他因為推及的同情，愛著那些歌妓，並且尊重著她們，所以拒絕了她們。在這種情形下，他自然以為聽歌是對於她們的一種侮辱。但他也是想聽歌的，雖然不和我一樣，所以在他的心中，當然也有一番小小的爭鬥；爭鬥的結果，是同情勝了。至於道德律，在他是沒有什麼的；因為他很有蔑視一

▼於第七段敘述完自己的顧慮後，作者在第八段則敘述友人的想法。第七段和第八段，則形成對歌妓有兩種不同觀點的立場。第八段作者說明友人的顧

切的傾向，民眾的力量在他是不大覺著的。這時他的心意的活動比較簡單，又比較鬆弱，故事後還怡然自若；我卻不能了。這裡平伯又比我高了。

在我們談話中間，又來了兩隻歌舫。夥計照前一樣的請我們點戲，我們照前一樣的拒絕了。我受了三次窘，心裡的不安更甚了。清豔的夜景也為之減色。船夫大約因為要趕第二趟生意，催著我們回去；我們無可無不可的答應了。我們漸漸和那些暈黃的燈光遠了，只有些月色冷清清的隨著我們的歸舟。我們的船竟沒個伴兒，秦淮河的夜正長哩！到大中橋近處，才遇著一隻來船。這是一隻載妓的板船，黑漆漆的沒有一點光。船頭上坐著一個妓女；暗裡看出，白地小花的衫子，黑的下衣。她手裡拉著胡琴，口裡唱著青衫的調子。她唱得響亮而圓轉；當她的船箭一般駛過去時，餘音還嫋嫋的在我們耳際，使我們傾聽而嚮往。

忌，是基於同情與尊重歌妓的立場，因此才拒絕點歌。作者自謙的敘述，從友人的立場來看，友人比他的層次更高一些。

▼文章的最後總結全文。作者在和友人的談話當中，又來了兩隻歌舫。作者和友人並沒有改變立場，一樣拒絕了。而這一段的文

想不到在弩末的遊蹤裡，還能領略到這樣的清歌！這時船過大中橋了，森森的水影，如黑暗張著巨口，要將我們的船吞了下去，我們回顧那渺渺的黃光，不勝依戀之情；我們感到了寂寞了！這一段地方夜色甚濃，又有兩頭的燈火招邀著；橋外的燈火不用說了，過了橋另有東關頭疏疏的燈火。我們忽然仰頭看見依人的素月，不覺深悔歸來之早了！走過東關頭，有一兩隻大船灣泊著，又有幾隻船向我們來著。囂囂的一陣歌聲人語，彷彿笑我們無伴的孤舟哩。東關頭轉灣，河上的夜色更濃了；臨水的妓樓上，時時從簾縫裡射出一線一線的燈光；彷彿黑暗從酣睡裡眨了一眨眼。我們默然的對著，靜聽那汩——汩的槳聲，幾乎要入睡了；朦朧裡卻溫尋著適才的繁華的餘味。我那不安的心在靜裡愈顯活躍了！這時我們都有了不足之感，而我的更其濃厚。我們卻只不願回去，於是只能由懊悔

字和氣氛，和文章前四段形成截然不同的情境，隨著作者自身的心境，轉變為憂傷的氣息。作者原本讚譽的月光、燈光與繁華的遊船，此時變成了：「漸漸和那些暈黃的燈光遠了，只有些月色冷清清的隨著我們的歸舟。我們的船竟沒個伴兒，秦淮河的夜正長哩！」接著，又來了一隻歌聲撩人的歌舫，更撥動的作者的神往與愧歉。在這繁華美麗的秦淮河背後，卻有著讓人不知該如何以對的糾紛。

而悵惘了。船裡便滿載著悵惘了。直到利涉橋下，微微嘈雜的人聲，才使我豁然一驚；那光景卻又不同。右岸的河房裡，都大開了窗戶，裡面亮著晃晃的電燈，電燈的光射到水上，蜿蜒曲折，閃閃不息，正如跳舞著的仙女的臂膊。我們的船已在她的臂膊裡了；如睡在搖籃裡一樣，倦了的我們便又入夢了。那電燈下的人物，只覺像螞蟻一般，更不去縈念。這是最後的夢；可惜是最短的夢！黑暗重複落在我們面前，我們看見傍岸的空船上一星兩星的，枯燥無力又搖搖不定的燈光。我們的夢醒了，我們知道就要上岸了；我們心裡充滿了幻滅的情思。

最後，作者如此作結：「我們的夢醒了，我們知道就要上岸了；我們心裡充滿了幻滅的情思。」充滿了無限的惆悵。

當代作家映像館

朱自清，中國當代著名詩人、散文家、學者，也是一名民主歌頌者。作品以散文聞名，以樸素真切的語言、情景交融的技巧達成作品的藝術境界。其寫景散文在現代文學的散文創作中占有重要地位，運用白話文描寫景致極具魅力，駕馭語言文字的高超技巧相當值得學習。本文是朱自清與友人俞平伯同遊秦淮河時所作之文，朱自清在這篇文章中把自己的感情與思緒，融合在風景描寫技巧中，是我們訓練記敘文及抒情文的最佳範本。

文章重點看這裡

- 文章段落層層推進的順序：本文內容雖長，但文章的結構卻是相當完整且有順序的。作者從秦淮河的「物」（遊艇）寫到「環境」，再寫「歷史」然後到當今的「人」（妓女）。由外部寫到內部，由古寫到今，層層堆疊，「物地時事人」俱全，結構工整，內容豐富。

- 修辭筆法繁複，不拘泥於某一種文類的敘述手法：本文用了大量的修辭法，無論是擬人、排比、層遞、摹寫等，不僅運用相當熟練、精準，更有著真誠的情感在裡頭，不會讓人覺得空有華麗詞藻。
- 本文成功地將華美的文采、誠摯的情感以及縝密的結構融合在一起，成為五四運動散文創作的經典文章，值得讀者仔細觀察、學習技巧。

寫作技巧這樣用

1 彷彿電影般的運鏡書寫

本文篇幅雖長，但書寫條理分明，循序漸進。這樣的寫作方式使得文字「圖像化」，能讓讀者閱讀文章像是親臨現場，閉上眼睛就能讓文字的描繪化作圖像，清楚地在腦海中呈現。這亦考驗著作者的「描摹」能力。

2 環環相扣的描摹法

描摹意即依樣描寫摹畫，作者在本文除了展現了細膩的描摹書寫，還有一個特色，就是「環環相扣」。

- 第二段描寫船的部分，寫窗格「雕鏤頗細，使人起柔膩之感」，接著說「窗格裡映著紅色藍色的玻璃」，然後寫玻璃「有精緻的花紋，也頗悅人目」，段落與段落間都是互相聯結又傳遞下去的，念起來也會有音韻的動態感。
- 寫船的「艙前」，然後寫進艙前裡面「放著兩張藤的躺椅」，然後「躺下」：都是一個鏡頭扣著下一個鏡頭（或動作）。躺下後看到「燈彩」，抬頭是「夜幕」，用眼睛看有「煙靄」，用耳朵聽有「槳聲」，將摹寫法使用感官描繪事物感覺的技巧發揮得淋漓盡致，十分精采。

3 善用排比、疊詞、形容詞使文章工整、華麗，且富有音韻

- 秦淮河里的船，比北京，頤和園的船好，比西湖的船好，比揚州瘦西湖的船也好。
- 燈的多少，明暗，彩蘇的精粗，豔晦，是不一的。
- 從兩重玻璃裡映出那輻射著的黃黃的散光，反暈出一片朦朧的煙靄；透過這煙靄，在黯黯的水波裡，又逗起縷縷的明漪。
- 一眼望去，疏疏的林，淡淡的月，襯著藍蔚的天，頗像荒江野渡光景；那邊呢，鬱叢叢的，陰森森的，又似乎藏著無邊的黑暗：令人幾乎不信那是繁華的秦淮河了。

• 南京的日光，大概沒有杭州猛烈；西湖的夏夜老是熱蓬蓬的，水像沸著一般，秦淮河的水卻盡是這樣冷冷地綠著。

4 融景入情、融情入事、融情入理的運用，營造豐富的藝術特色

• 融景入情：大中橋外，本來還有一座複成橋（景）……或也是秦淮河繁華的盡處了。我的腳曾踏過複成橋的脊，在十三四歲的時候。但是兩次遊秦淮河……，卻常覺得有些虛無縹緲似的。我想，不見倒也好（情）。

• 融情入事：這燈彩實在是最能勾人的東西（情）。夜幕垂垂地下來時……透過這煙靄，在黯黯的水波裡……聽著那悠然的間歇的槳聲，誰能不被引入他的美夢去呢？只愁夢太多了，這些大小船兒如何載得起呀？我們這時模模糊糊的談著明末的秦淮河的豔跡，如《桃花扇》及《板橋雜記》裡所載的（事）。

白馬湖之冬

作者：夏丏尊

原文

在我過去四十餘年的生涯中，冬的情味嘗得最深刻的，要算十年前初移居白馬湖的時候了。十年以來，白馬湖已成了一個小村落。當我移居的時候，還是一片荒野，春暉中學的新建築巍然矗立於湖的那一面，湖的這一面的山腳下是小小的幾間新平屋，住著我和劉君心如兩家。此外兩、三里內沒有人煙。一家人於陰曆十一月下旬從熱鬧的杭州移居於這荒涼的山野，宛如投身於極帶中。

那裡的風差不多日日有的，呼呼作響，好像虎吼。

說明

▼第一段開宗明義地交代時空背景，從「過去四十餘年的生涯中」可知本文為回憶的倒敘文，從作者當年移居的荒野開始談起，將鏡頭帶入本文的主要空間「白馬湖」。

▼第二段把寫作的重點改到

屋宇雖係新建，構造卻極粗率，風從門窗隙縫中來，分外尖削。把門縫窗隙厚厚地用紙糊了，椽縫中卻仍有透入。風颳得厲害的時候，天丈夜就把大門關上，全家吃畢夜飯即睡入被窩裡，靜聽寒風的怒號，湖水的泙湃。靠山的小後軒，算是我的書齋，在全屋子中是風最少的一間，我常把頭上的羅宋帽拉得低低地在油燈下工作至深夜，松濤如吼，霜月當窗，饑鼠吱吱在承塵上奔竄。我於這種時候，深感到蕭瑟的詩趣，常獨自撥劃著爐火，不肯就睡，把自己擬諸山水畫中的人物，作種種幽邈的遐想。

現在白馬湖到處都是樹木了，當時尚一株樹都未種，月亮與太陽卻是整個兒的，從山上起直要照到山下為止。在太陽好的時候，只要不颳風，那真和暖得不像冬天。一家人都坐在庭間曝日，甚至於喫午飯也在屋外，像夏天的晚飯一樣。日光晒到那裡，就把椅

描寫「風」的感覺與樣貌，把「白馬湖」這個空間的氛圍營造出來。

▼第三段有了第一段的背景、第二段的氛圍，第三、四段即可正式進入「白馬湖」的描繪。第三段用對比的方式，先寫太

凳移到那裡。忽然寒風來了，只好逃難似地各自帶了椅凳逃入室中，急急把門關上。在平常的日子，風來大概在下午快要傍晚的時候，半夜即息。至於大風寒，那是整日夜狂吼，要二、三日才止的。最嚴寒的幾天，泥地看去慘白如水門汀，山色凍得發紫而黯，湖波泛著深藍色。

下雪原是我所不憎厭的。下雪的日子，室內分外明亮，晚上差不多不用燃燈。遠山積雪，足供半個月的觀看，舉頭即可從窗中望見。可是究竟是南方，每冬下雪不過一、二次，我在那裡所日常領略的冬的情味，幾乎都從風來。白馬湖的所以多風，可以說是有著地理上的原因的，那裡環湖原都是山，而北首卻有一個半里闊的空隙，好似故意張了袋口歡迎風來的樣子。白馬湖的山水，和普通的風景地相差不遠；唯有風卻與別的地方不同。風的多和大，凡是到過那裡的

陽好、不颳風的時候，對比寒風的難受，終於讓讀者對白馬湖的整個景況有清楚的了解。

▼第四段是整篇文章情緒轉為深沉的段落，從寒風寫到下雪，並呼應開頭「在我過去四十餘年的生涯中，冬的情味嘗得最深刻的」，在本段說出「領略冬的情味，幾乎都是從風來」，前後呼應，並點出全文文眼「風」。

人都知道的。風在冬季的感覺中，自古占著重要的因素，而白馬湖的風尤其特別。

現在，一家僦居上海多日了，偶然於夜深人靜聽到風聲的時候，大家就要提起白馬湖來，說「白馬湖不知今夜又颳得怎樣厲害哩！」

當代作家映像館

夏丏尊，中國近代著名教育家、散文家，為五四新文學作家之一。夏丏尊提倡白話文，是中國最早提倡語文教學革新的人；自己也多用白話文寫作，文章風格自然醇厚，情感細膩。為了實現他的教育理想，曾邀請一批志同道合的朋友，在白馬湖營造了一個輕鬆的教育環境，本文即是作者遷居上海後，對在白馬湖春暉中學執教時的生活所作的回顧。

文章重點看這裡

- 本文雖是平鋪直敘的記敘文，但對於環境、空間的描寫卻是細膩且深刻的。如何在記敘文的書寫中表現出深沉、真摯的情感，是寫作的練習重點。
- 本文雖名為白馬湖之「冬」，但並不老套地直接寫冬天的景色，而是從「風」的描寫去體現冬天的氛圍與樣貌。語言雖是平實樸素，但內容卻是不落俗套的，營造出另一種空間感的韻味，是突出的記敘文範本。

寫作技巧這樣用

1 白描的寫作方式

本文並沒有使用太多華麗的修辭技巧，與徐志摩相比，本文可以說是「白」到無華麗技巧。然而，如何以這樣的記敘文引起讀者注意，就是寫作時需要思考的了。本文雖然是記敘文，但在段落上仍有「背景（十年前移居）→氛圍（冬天的風）→空間（白馬湖）」的畫面營造手法，因此文章的基本架構是完整的。

2 表現季節特性

以季節為題的作文題目相當常見，但如何在平凡的題目中抓住季節的某一個特性，並以此從不同角度書寫，就能看出寫作技巧的能力。這篇文章以冬天的風為主題，對於這個主題的細節，作者也有諸多描繪，例如「風差不多日日有的，呼呼作響，好像虎吼」為比喻法，「風從門窗隙縫中來，分外尖削」此兩句即將風的刺骨、蕭瑟表現出來。

要使文章有情感，除了描寫景物，還要把「自己」置入其中。因此作者就把自己在寒風中工作的狀況寫進去：「我常把頭上的羅宋帽拉得低低地在油燈下工作至深夜，松濤如吼，霜月當窗，饑鼠吱吱在承塵上奔竄」，短短幾句話，便能讓人感同身受了。

3 烘托對比技巧

烘托即從周圍或旁邊渲染，使主體或重點更加顯明。使用烘托對比手法可令讀者對文章描寫的空間有更深的體會。例如本文一開頭陳述十年前的白馬湖「還是一片荒野」，十年來已經是一個小村落。或提到自己的書齋，先說「全屋子中是風最少的一間」，然後再描寫在這書齋中工作的景況，言「把自己擬諸山水畫中的人物」其實也是把讀者變成白馬湖這山水中的人物了。

4 樸實優美的作品

〈白馬湖之冬〉以白描為主，刻劃景物的細膩處，使用幾個簡單的比喻加強氣候的描寫以及帶給人的感受；以對比手法反映環境的變化，不僅讓空間有畫面感，也像是讀者自己站在寒風中，而對題目上的地點有了深刻的感知。夏丏尊樸素而優美的文字語言，就如文中的陣陣寒風，在全篇文章中蕩漾、感染著讀者的心。

秋夜

作者：魯迅

原文

在我的後園，可以看見牆外有兩株樹，一株是棗樹，還有一株也是棗樹。

這上面的夜的天空，奇怪而高，我生平沒有見過這樣的奇怪而高的天空。他彷彿要離開人間而去，使人們仰面不再看見。然而現在卻非常之藍，閃閃地䀹著幾十個星星的眼，冷眼。他的口角上現出微笑，似乎自以為大有深意，而將繁霜灑在我的園裏的野花草上。

我不知道那些花草真叫什麼名字，人們叫他們什

說明

▼作者用目標景物當作破題，直接先把棗樹寫出來。

▼第二段開始寫環境了，寫深秋的夜空。作者先說夜空「奇怪而高」、難以捉摸的特點。然後寫天空與人之間難以消弭的距離，突出其對人間的冷漠無情。

麼名字。我記得有一種開過極細小的粉紅花，現在還開著，但是更極細小了，她在冷的夜氣中，瑟縮地作夢，夢見春的到來，夢見秋的到來，夢見瘦的詩人將眼淚擦在她最末的花瓣上，告訴她秋雖然來，冬雖然來，而此後接著還是春，蝴蝶亂飛，蜜蜂都唱起春詞來了。她於是一笑，雖然顏色凍得紅慘慘地，仍然瑟縮著。

棗樹，他們簡直落盡了葉子。先前，還有一兩個孩子來打他們別人打剩的棗子，現在是一個也不剩了，連葉子也落盡了。他知道小粉紅花的夢，秋後要有春；他也知道落葉的夢，春後還是秋。他簡直落盡葉子，單剩幹子，然而脫了當初滿樹是果實和葉子時候的弧形，欠伸得很舒服。但是，有幾枝還低亞著，護定他從打棗的竿梢所得的皮傷，而最直最長的幾枝，卻已默默地鐵似的直刺著奇怪而高的天空，使天空閃閃地

▼第三段緊連著上段末句，本段描寫小粉紅花善良、弱小但作著春來的夢。小粉紅花比擬的對象應是當時的青年知識分子，因為他們都是在淒冷夜氣中瑟縮的一群。

▼第四、五段描寫棗樹的形貌與狀態，為全文核心。棗樹落盡葉子，又受小孩欺負，還知小粉紅花的夢，暗示棗樹歷經滄桑的堅忍，更體貼他人。

鬼𥄉眼；直刺著天空中圓滿的月亮，使月亮窘得發白。

鬼𥄉眼的天空愈加非常之藍，不安了，彷彿想離去人間，避開棗樹，只將月亮剩下。然而月亮也暗暗地躲到東邊去了。而一無所有的幹子，卻仍然默默地鐵似的直刺著奇怪而高的天空，一意要制他的死命，不管他各式各樣地𥄉著許多蠱惑的眼睛。

哇的一聲，夜遊的惡鳥飛過了。

我忽而聽到夜半的笑聲，吃吃地，似乎不願意驚動睡著的人，然而四圍的空氣都應和著笑。夜半，沒有別的人，我即刻聽出這聲音就在我嘴裏，我也即刻被這笑聲所驅逐，回進自己的房。燈火的帶子也即刻被我旋高了。

後窗的玻璃上丁丁地響，還有許多小飛蟲亂撞。不多久，幾個進來了，許是從窗紙的破孔進來的。他們一進來，又在玻璃的燈罩上撞得丁丁地響。一個從

▼第六、七段在室外景物的描寫後，作者用一句話作為全文轉折，寫夜遊的惡鳥和自己的笑聲。

▼末段寫從窗紙破孔進來的小飛蟲，他們為追求光明有著不惜犧牲的精神。雖

上面撞進去了，他於是遇到火，而且我以為這火是真的。兩三個卻休息在燈的紙罩上喘氣。那罩是昨晚新換的罩，雪白的紙，摺出波浪紋的疊痕，一角還畫出一枝猩紅色的梔子。

猩紅的梔子開花時，棗樹又要作小粉紅花的夢，青蔥地彎成弧形了……。我又聽到夜半的笑聲，我趕緊砍斷我的心緒，看那老在白紙罩上的小青蟲，頭大尾小，向日葵子似的，只有半粒小麥那麼大，遍身的顏色蒼翠得可愛，可憐。

我打一個呵欠，點起一支紙煙，噴出煙來，對著燈默默地敬奠這些蒼翠精緻的英雄們。

然有些莽撞，有的被燒死，但作者藉由這樣的小英雄，對現世的抗爭者表達敬意。不直接說明，以借喻及象徵手法，傳遞了作者的心情。

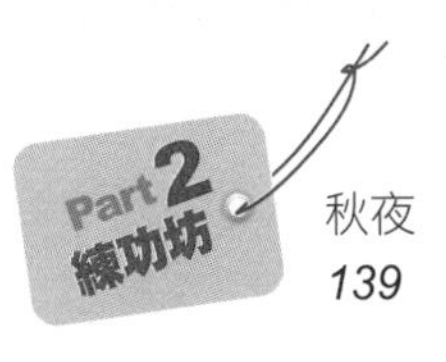

當代作家映像館

魯迅，原名周樹人，魯迅為筆名。中國現代著名作家，新文化運動領導人。中國現代文學的奠基者和開山巨匠，在西方世界享有盛譽的中國現代文學家、思想家。魯迅各類文學作品對於五四運動以後的中國社會思想、文化發展均有一定的貢獻，對韓國、日本思想文化領域亦有重要的影響，被譽為「二十世紀東亞文化地圖上占最大領土的作家」。

本文是魯迅於一九二四年所作的一篇敘事兼抒情的散文，表面上為描繪自家後園的景物，實則暗指對舊／惡勢力的憤怒。此與一九二四年的時空背景有關，當時因來自帝國主義的侵略與統治，民主革命處於低潮狀態，舊思維與復古思潮竟又重新被提倡，面對社會的變故和強大的非民主強權，作者的徬徨與堅持反帝反封建的態度，都表現在此文的文字中。

文章重點看這裡

- 本文章文字精煉，善用修辭，並以景物描寫暗諷、象徵時事，是作文的最佳範本。
- 本文約可分兩部分，第一部分寫戶外景，接著把鏡頭轉向室內，第二部分則以第一人稱寫室內的狀態。由外景↓內景，在結構上是有著層序性的。
- 文章開頭像是電影鏡頭的「特寫」手法，不僅在開場就強調兩株棗樹傲然獨立、凜然不可侵犯的風貌，又形成全文整體意境中的骨脊，特別鮮明突出。
- 如何善用象徵手法，寫出景物的特殊外觀、性格來與社會現實互為連接，是學習的重點。在本文中，作者取「棗樹」的經歷作為精神核心，棗樹經歷寒霜，葉子都落盡，還被孩子打棗，接著用擬人手法，將棗樹加入人性，清醒冷靜，頑強不屈。透過一層層修辭的妙用，呼應到社會現實的狀況，不僅有藝術價值，更具時代意義，因此能成為經典佳作。

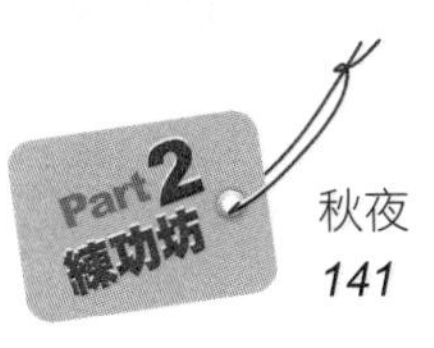

寫作技巧這樣用

1 象徵

本文通篇使用象徵手法，以棗樹和天空的尖銳對立與鬥爭為軸心，精心構築了一個完整、且具有強烈時代特點的意象世界，賦予這些於秋夜後，在園中有著不同狀態的角色們與現實社會相比擬的性格，例如：

- 奇怪而高的天空：象徵黑暗、壓迫的邪惡勢力。
- 在冷的夜氣中瑟縮作著春的到來的夢的小紅花：象徵善良的弱者。
- 聳立在後園的兩棵棗樹：象徵與黑暗勢力對抗的進步力量、革命者。

通過對這些景物的描繪，表達了作者對惡勢力的憤怒與奮力一搏，並對英勇抵抗邪惡的革命者給予崇敬和讚美。

2 擬人

除了象徵的暗示，也用了大量的擬人技巧，才能細膩地寫出景事物的原有特徵，並將之人格化，把既有的狀態寫成是有意識的作為。如描寫天空和棗樹的特徵及對抗，是物與人的雙重融合，這樣寫既有生動的形象性、畫面感，又有很強的意識性、生命感，物人合一，形神兼備，栩栩如生，使文章成功地將作者的意念傳達出去。

- 天空的擬人化：閃閃地映着幾十個星星的眼，冷眼。他的口角上現出微笑，似乎自以為大有深意……。
- 棗樹的擬人化：他知道小粉紅花的夢，秋後要有春；他也知道落葉的夢，春後還是秋。

Part 3

晉級坊

進階祕訣

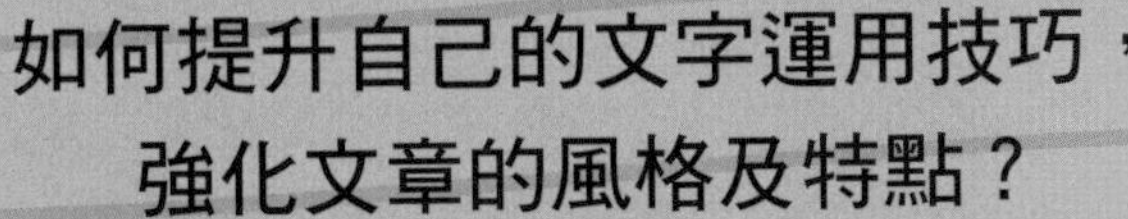

如何提升自己的文字運用技巧，
強化文章的風格及特點？

語句演練篇

學習如何蒐集寫作題材，於正式寫作前先做好基本的準備，並了解各文體的特色及觀摩名作後，接下來就是提升自我的文筆實力了。首先，必須從文辭、語句的練習開始，學會運用修辭技巧，使一般詞句產生不同的變化，強化文字的意象，並正確地使用詞語，適切地引用名言佳句，使文章更具說服力。未經任何修飾的直白文字，不但很難吸引讀者的目光，更談不上可由此構成一篇美文佳作，因此，修辭技巧的使用是寫作不可或缺的重要習題之一，它可使一句平淡無奇的詞語或句子變得饒富趣味。例如描述一個物體，可在其前後加上細節的形容，比單單寫出該物體有變化得多。適時地引用名人言論、俗詞諺語，則是可加強文章說服力的好方法。這些詞語的修飾及應用，皆必須建立在正確、適當，不錯用、濫用的前提下，才能達到畫龍點睛的效果，否則要是錯誤百出便本末倒置了。

文章語句也要添加調味料！

——活用文法、強化修辭

一、文法修辭的重要性

文章想要吸引人注意，在第一時間便獲得他人的青睞，莫過於優美的字詞文句了。而如何使字詞文句呈現優美感呢？文法修辭在此時便顯出其重要性。在字詞文句當中，加入適切的文法修辭，會使得文章像一條緩緩而流的溪水，清秀又流暢；更如同在百花園中被採擷的一束芬芳，使讀者頓感神清氣爽，顯得文學色彩濃厚。

此外，在字裡行間流露出的人生體驗與情感細膩度，可藉由文法修辭而深化其意象，使得行文有如流水一般；也可使讀者透過文法修辭所賦予的文字穿透

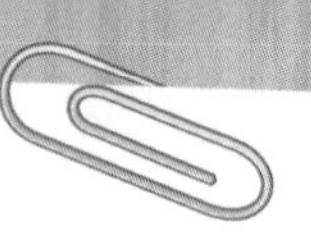

力，對文章留下深刻的印象。久而久之，作者會養成個人的文法修辭風格，自然有了屬於自己寫作的風景線。一篇架構好的文章，還要再搭配上有血有肉的文法修辭，才有錦上添花的效果。

- **範例：**她的笑就像就是初春的桃花，清新淡雅的香味總使人不由自主駐足，想好好端詳那粉嫩無瑕的花瓣。

1 過度濫用文法修辭的問題

雖然我們鼓勵讀者在寫作時可適時使用文法修辭增添文章的精采度，但若通篇內容盡是各類修辭的使用，而缺乏個人的真實思想與情感，便容易流於矯情造作，甚至空洞不實，導致本欲強化的樣態與情感，反倒給人戴上面具的作嘔感。

- **反例：**她的笑就像就是初春的桃花，也像是初夏的荷花，又像是深秋的菊花，更像是寒冬裡的梅花。清新淡雅的香味總使人不由自主駐足，想好好端詳那粉嫩無瑕的花瓣。

【說明】此例同時運用到太多的譬喻修辭，讓人抓不準到底要強調什麼內涵，不如縮小修飾詞句的範圍，才能夠精準且深刻，使人一目了然。

2 少用文法修辭的問題

單調的文字敘述，容易流於枯燥乏味，就像一條快要乾枯的河水，缺乏生機也毫無活力。如同沒有修飾的文字，便沒有文采可言，不但欠缺創意，更無法支撐通篇文章，也難以令人窺見個人的感受及文章的深度。

- 反例：她笑起來迷人到不行。

【說明】此文句除了過於簡短外，也沒有修辭可言，還多了口語化的缺點。建議在作文時盡量避免寫出這樣的句子，應修改成流暢優美且具文采的語句。

二、修辭法介紹及舉例

1 譬喻法

「借彼喻此」，凡是兩件或兩件以上的事物中有相似的點，運用「那」有類似點的事物，來比方「這」件事物的，稱之為「譬喻」。通常會用比較淺顯的文字，說明深奧的內容，或用具體的文字說明抽象的意義。換句話說，就是用兩項人事物中的相似處，然後以此喻彼。

• 範例：我相信你給我的誓言，就像一定會來的春天。（張韶涵〈遺失的美好〉）

• 範例：我們在這世界上，每個人都是短暫的過客，但不知為什麼，常又自以為此程有什麼神聖的意義。（愛因斯坦〈我心目中的世界〉）

2 轉化法

描述一件人事物時，轉化其原本的性質，如以物擬人，或以人擬物，讓字詞文句所表達的內容看起來更多元化，也更富有想像的空間。

• 範例：聽，海哭的聲音，嘆息著誰又被傷了心，卻還不清醒。（張惠妹〈聽海〉）

• 範例：問何物能令公喜？我見青山多嫵媚，料青山見我亦如是。情與貌，略相似。（辛棄疾〈賀新郎〉）

3 摹寫法

將感官對於事物的各種感覺，加以形容描述。包含眼睛的視覺，鼻子的嗅覺，耳朵的聽覺，皮膚的觸覺，嘴舌的味覺等，皆屬於摹寫的範圍。

• 範例：黃金葛爬滿了雕花的門窗，夕陽斜斜印在斑駁的磚牆。（周杰倫〈上海

一九四三〉）

‧範例：相思樹是墨綠的，荷葉桐是淺綠的，新生的竹子是翠綠的，剛冒尖兒的小草是黃綠的。（張曉風〈魔季〉）

4雙關法

在語句行文中，經常讓一個字、詞、句同時兼顧兩種以上的意義，而使內容更加有意涵，也可以讓讀者有更多思考的方向與空間。

‧範例：這段時間我忙得不可開交，忙著各種比賽，以及大大小小的考試接踵而至；偶爾還要準備寫文章，但師長改了又改，我只好修正且一遍遍地抄，都快要變成「抄人」了。

5引用法

使用經典的話語、典故、俗諺，或運用大眾對於名人意見的信服、權威的崇拜，來強化自己在文章中或者言論中的說服力。

‧範例：無絲竹之亂耳，無案牘之勞形。南陽諸葛廬，西蜀子雲亭。孔子云：「何陋之有？」（劉禹錫〈陋室銘〉）

6 借代法

在說話或文章中，不直接講出事物原本的名稱，借用相關的詞語替代。一來突出事物的特徵，讓人留下深刻的印象；二來啟發讀者的聯想。也可讓文句簡練、一針見血。

- **範例**：天青色等煙雨，而我在等你。（周杰倫〈青花瓷〉）

7 排比法

用三句或三句以上結構相似的文句進行組合，用來表達所描寫的人事物範圍的同質性或相似性。

- **範例**：你是我的眼，帶我領略四季的變換；你是我的眼，帶我穿越擁擠的人潮；你是我的眼，帶我閱讀浩瀚的書海。（蕭煌奇〈你是我的眼〉）
- **範例**：頃刻間這田野添深了顏色，一層輕紗似的金粉糝上了這草、這樹、這通道、這莊舍。頃刻間這周遭瀰漫了清晨富麗的溫柔，頃刻間你的心懷也分潤了白天誕生的光榮。（徐志摩〈我所知道的康橋〉）

8 層遞法

運用三種或三種以上的人事物，按照一定的順序，層層遞進或層層遞減描述說明，讓讀者感受文句的優美。

- **範例：**籬外有四野的山，繞山的水，抱住水的岸，以及抱住岸的草。（張曉風〈情懷〉）

9 映襯法

將兩種相反或相對的觀念或事實，擺放在一起互相比較、襯托，讓彼此的對照更加鮮明活潑。

- **範例：**不要引導他走上安逸舒適的道路，而要讓他遭受困難與挑戰的磨鍊和策勵。（麥克阿瑟〈麥帥為子祈禱文〉）

10 倒反法

言語表面的意思和說話者心中真正的想法相反，造成一種幽默式的諷刺手法，不會給人太過尖酸的感覺，卻能夠使人會心一笑。

- **範例：**她罰我跪下，重重地責罰了一頓。她說：「你沒有老子，是多麼得意的

事！好用來說嘴！」她氣得坐著發抖，也不許我上床上睡。（胡適〈母親的教誨〉）

11 呼告法

朝著特定的對象，此對象可以是任何人、事、物，並且使用呼喊的口氣，來表達自己想說的事情與感受。

• 範例：主啊！請陶冶我的兒子，使他成為一個堅強的人，能夠知道自己什麼時候是軟弱的；使他成為一個勇敢的人，能夠在畏懼的時候認清自己，謀求補救；使他在誠實的失敗之中，能夠自豪而不屈，在獲得成功之際，能夠謙遜而溫和。（麥克阿瑟〈麥帥為子祈禱文〉）

12 感嘆法

運用嘆詞或助詞，表現內心的喜怒哀樂等各種情緒。用呼聲來表露情感，強調內心的驚訝、讚嘆、傷感、惋惜、歡笑、嘲諷、憤怒、鄙夷、希望或需要等思緒。

• 範例：啊！輪迴的記憶在風化，我將它牢牢記下。（信樂團、戴愛玲〈千年之戀〉）

• 範例：噫！菊之愛，陶後鮮有聞。蓮之愛，同予者何人？牡丹之愛，宜乎眾矣！
（周敦頤〈愛蓮說〉）

13 移覺法

感官摹寫中的移覺，乃是將視覺、聽覺、嗅覺、味覺、觸覺五種感官經驗的表達互相溝通，打破一般的敘述模式，讓感官間互通互用，又叫通感。

• 範例：走在春日喧囂的山林小徑上，耳畔清靜，蹲下來，卻能看見熱鬧鼎沸的聲音，一株株細嫩的幼苗剛從柔軟的黑泥中探出綠色的新芽。（王家祥〈春天的聲音〉）

14 設問法

在言語裡或文章中設計問題，目的是要引起聽者或讀者的思考與注意。又可分為激問、提問、疑問等三種方式。

• 範例：燕子去了，有再來的時候；楊柳枯了，有再青的時候；桃花謝了，有再開的時候。但是，聰明的，你告訴我，我們的日子為什麼一去不復返呢？
（朱自清〈匆匆〉）

15 頂真法

前一句句尾的字詞文句，當作下一句的開頭。可以營造出特別的語序，並美化字句使之感覺順暢。

- **範例**：大河源於小溪，小溪來自高山。（藍蔭鼎〈飲水思源〉）
- **範例**：知之者不如好之者，好之者不如樂之者。（孔子《論語．雍也》）

16 回文法

運用兩組相同（相似）的詞語，以相反的詞序組成呈現，可營造出迴環不絕的形式與感受，讀來也能琅琅上口。

- **範例**：孤單是一個人的狂歡，狂歡是一群人的孤單。（阿桑〈葉子〉）
- **範例**：文章是案頭之山水，山水是地上之文章。（張朝〈幽夢影〉）

17 誇飾法

在文章裡或言語中，以超過客觀的事實的方式刻意誇大或縮小描述，強化讀者的內心感受。

- **範例**：誰在懸崖沏一壺茶，溫熱前世的牽掛，而我在調整千年的時差。（信樂

團、戴愛玲〈千年之戀〉）

18 倒裝法

刻意顛倒字詞文句的順序。可以只是內容字句的顛倒，但字數不更動；也可以使用賓語（受詞）提前的方式，較為複雜。

- 範例：如傳世的青花瓷自顧自美麗，你眼帶笑意。（周杰倫〈青花瓷〉）
- 範例：七八個星天外，兩三點雨山前。舊時茅店社林邊，路轉溪橋忽見。（辛棄疾〈西江月〉）

19 轉品法

在行文構句時，轉變字詞原本的詞性，像是將名詞轉成副詞來使用，或形容詞轉成動詞來使用等。

- 範例：你髮如雪淒美了離別，我等待蒼老了誰。（周杰倫〈髮如雪〉）
- 範例：京口瓜洲一水間，鍾山只隔數重山。春風又綠江南岸，明月何時照我還？（王安石〈泊船瓜洲〉）

20 類疊法

直接重複或間接重複運用同一個字詞或語句的修辭手法。創造語調上的和諧效果，突出某種意念，強調某種情感。

・範例：圈圈圓圓圈圈，天天年年天天的我，深深看你的臉。（林俊傑〈江南〉）

21 象徵法

任何一種抽象的觀念、情感或看不見的事物，可經由某種意象的媒介，間接加以陳述表達者，即為象徵。

・範例：這是一首簡單的小情歌，唱著我們心頭的白鴿。（蘇打綠〈小情歌〉）

寫作一點靈

平鋪直述的文字雖然淺白，卻容易流於索然無味，適度活用修辭變化字詞文句，可使文章更顯得生動活潑。

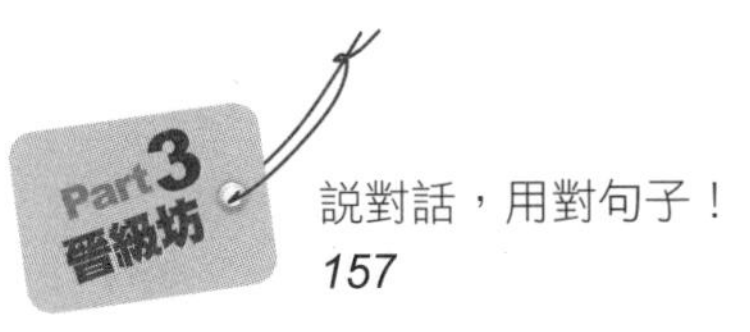

說對話，用對句子！——正確的詞語應用

一、詞語應用的重要性

在行文或說話時，我們可以藉由許多辭彙的運用，來強調所要表達的思維內容。如果能夠精準地使用各類詞語，可使自己的字詞及文句深度較他人顯眼許多。若能充分地運用詞語，便可讓看起來平淡的語句，變得像一顆顆閃耀動人的星辰。當你的文字或者口語表達能力愈佳，能被看見與重視的機會就愈多。

相對地，一旦缺少了詞語應用的內化過程，所表達出來的文章內容就會顯得生硬而口語化。過於口語化的句子，較缺乏邏輯語感，也會讓敘述顯得不清不楚，更無法呈現深刻的內涵，亦會使得文字中理性、感性或知性的力量被削弱。

×錯誤版：從山頂往下看，整個風景超美麗的，我看得都呆住而且傻了眼。

○正確版：由山頂鳥瞰，我所走過的巷弄街道、我所居住的城鎮，以及我來時的行路，都渺小的像是精心製作的玲瓏模型，使我不禁想起孔子所說的「登泰山而小天下」。

×錯誤版：這場演唱會，人多到整個就是爆滿，超誇張的。

○正確版：這場萬眾矚目的演唱會，吸引各年齡層的歌迷搶票觀賞，且場場座無虛席。原先預計兩個鐘頭的演唱會，也在粉絲熱情的回應下，破天荒的延長至三個鐘頭。

試著想想看，什麼樣的行業或角色，不會使用到詞語應用的技巧？幾乎沒有一個行業或角色能倖免於詞語應用的範疇。例如，身為一位醫師，需要向病患解釋病情及相關問題。然而其解釋所使用的詞語，不能太過於學術性，因為一般沒有受過相關專業訓練的患者是聽不懂的，所以醫師必須將自己所要表達的內容，轉化成病患易懂卻又不失專業的詞語。

作為一位公務人員，常需要向民眾說明業務辦理的情況與相關資訊，說明的內容不能過於文謅謅，也不能太隨便，所以要將所要表達的事物轉化成可以讓一

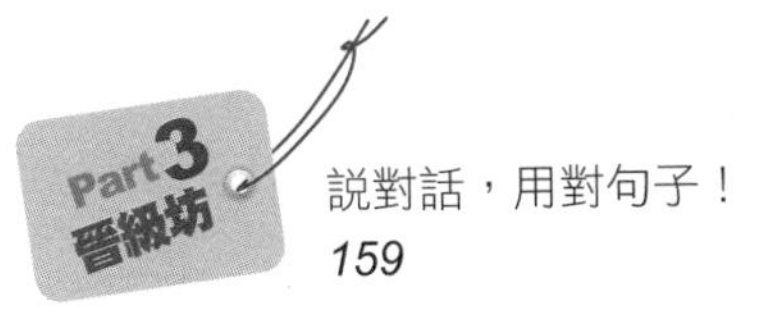

般民眾聽得懂、又不失其職位專業的詞語。

從事業務銷售的人員，經常需要向消費者推銷或建議購買產品，若只是用單調又無趣的詞語推銷，必無法引起顧客的購買欲望，那麼業績將會受影響而不能提升。所以業務員必須使用美化過的詞語，串接成有邏輯的內容，以吸引消費者的注意，甚至勾起消費者產生非擁有不可的念頭，才能成功讓消費者買單。

即便是莘莘學子（小學生、中學生、大學生皆屬之），也需要在課堂上用適切的詞語表達自己的想法。學生平時除了要和師長、同學溝通及交流想法外，需要上台報告時，更是表達能力的一大考驗。又或者在考試時，需要使用特定的文字和順暢的邏輯語感寫出正確答案。這些情形都得擁有良好的詞語應用能力，才能夠獨當一面，並深獲他人青睞。

二、詞語應用決定文章風格

優秀的詞語應用能力，可以翻轉或決定一篇文章的風格取向。換言之，論說文有論說文較為適合使用的詞語，抒情文有抒情文較為適合的詞語。舉王鼎鈞所撰寫的〈三種成長〉一文為例：

人是生物的一種，不斷在成長之中：年齡在成長之中，學識技能在成長，品德也在成長。

「天增歲月人增壽」，年齡的增長出於自然，但進德修業要靠自己努力，稍一懈怠，就會停止甚至倒退。人生最迫切的問題就是如何使這三者同時成長，免得馬齒徒增，光陰空過，所謂寸陰是競，正是此意。

在人們的感覺上，光陰如順流而下的波浪，品德卻如逆流而上的船舶，前者稍縱即逝，後者步步費力，相形之下，頗欠公平，誠然。然而光陰的消逝，有一定的數量和速度（例如每天二十四小時），固然沒有辦法減少，可是也不會增加。吾人追求知識，鍛鍊技能，涵養德性，開拓胸襟，卻可以憑主觀的意願，提高進度。種瓜得瓜（瓜大），種豆得豆（豆小），而種瓜種豆，操之在我。人生的責任在此，樂趣也在此。

光陰是不會停止的。既然如此，我們也要使品學日有進境，不息不止，這才是一個充實而圓滿的生命。

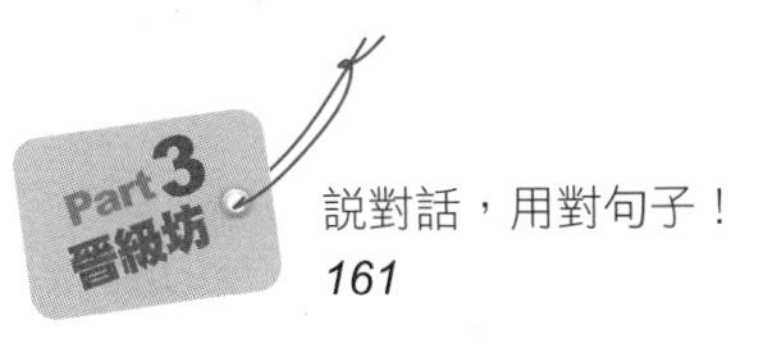

由文中不難發現，作者使用了大量較為偏向議論說明的詞語，像是涵養德性、開拓胸襟、操之在我、懈怠、逆流而上等，均屬於較為剛強且理性的用語。

徐志摩撰寫的〈我所知道的康橋〉一文：

我在康橋時雖沒馬騎，沒轎子坐，卻也有我的風流：我常常在夕陽西晒時，騎了車迎著天邊扁大的日頭直追。日頭是追不到的，我沒有夸父的荒誕，但晚景的溫存卻被我這樣偷嘗了不少。有三兩幅畫圖似的經驗至今還是栩栩地留著。只說看夕陽，我們平常只知道登山或是臨海，但實際只須遼闊的天際，平地上的晚霞有時也是一樣的神奇。有一次，我趕到一個地方，手把著一家村莊的籬笆，隔著一大田的麥浪，看西天的變幻。有一次，是正衝著一條寬廣的大道，過來了一大群羊，放草歸來的，偌大的太陽在牠們後背放射著萬縷的金輝，天上卻是烏青青的，只剩這不可逼視的威光中的一條大路、一群生物！我心頭頓時感著神異性的壓迫，我真的跪下了，對著這冉冉漸隱的金光。再有一次，是更不可忘的奇景，那是臨著一大片望不到頭的草原，滿開著豔紅的罌粟，在青草裡亭亭地像是萬盞的金燈，陽光從褐色雲裡斜著過來，幻成一種異樣的紫色，透明似的，不可逼視，剎那間在我迷眩了的視覺中，這草田變成了……，不說也罷，說來你們也是不信的！

由文中不難發現，裡面使用了大量較為偏向抒情敘述的詞語，像是晚景的溫存、萬縷的金輝、神異性的壓迫、冉冉漸隱的金光、萬盞的金燈等，均屬於較為柔和且溫潤的詞語。

詞語應用要能依據主題及旨要選取適切的材料，也才能夠進一步闡述說明自己的中心思想，文意表達才會清楚，也才可凸顯內容的精確度，並使語句通順流暢。一旦沒有辦法在詞語的使用上精準熟練，便容易出現冗詞贅句或錯誤句法，或者在句型上較缺乏變化，了無新意，也會貽笑大方。以下舉例說明詞語的正確使用方式。

×錯誤版：在同學會中，媽媽開心地和多年來沒有見面的老友們互道久仰。

○正確版：在同學會中，媽媽開心地和多年來沒有見面的老友們互道久違。

【說明】久仰是指初次見面的客套話語；而久違才是朋友久別後相見的詞語。

×錯誤版：泰國曼谷最近風靡鶴唳，草木皆兵，你此行出差務必要謹慎。

○正確版：泰國曼谷最近風聲鶴唳，草木皆兵，你此行出差務必要謹慎。

【說明】風靡是指很風行的意思，形容事物在一個時期中極其盛行；而風聲鶴唳是指聽到風聲和鶴叫聲，都疑心是追兵。形容人在驚慌時疑神疑鬼。

×錯誤版：喪禮中，他一身紅衣，更增添了肅穆之感。

○正確版：喪禮中，他一身玄衣，更增添了肅穆之感。

【說明】既然場合是喪禮，按照常理來說，就不會出現紅色等相關的色系，因此務必使用符合的顏色詞語，以免讓人摸不著頭緒。

×錯誤版：公司錄用你，真是秀才遇到兵，難怪業績蒸蒸日上。

○正確版：公司錄用你，真是劉備遇孔明，難怪業績蒸蒸日上。

【說明】秀才遇到兵，是指有理說不清的意思，但是句子中所要呈現的內容為正向意義的業績蒸蒸日上，因此語詞務必要修正。

×錯誤版：一遇到難處理的事情，每個人都忙著羅生門，沒有人想要盡自己的力量去負責。

○正確版：一遇到難處理的事情，每個人都忙著打太極，沒有人想要盡自己的力量去負責。

【說明】羅生門是指對同一件事情，由於立場不相同而講出不一樣事實的歧異狀況；而根據文句內容應該是指推卸或不負責任，因此詞語務必要調整。

×錯誤版：每個星期六，全家總是在河邊騎著腳踏車，享受著御風的快樂；蔚藍的河水，在陽光的照射下閃閃發亮的光芒。

○正確版：每個星期六，全家總是在河邊騎著腳踏車，享受著御風的快樂；蔚藍的河水，在陽光的照射下閃閃發亮。

【說明】文句中很明顯的出現了冗詞贅字的問題，當然有多種修改語詞的方式，只要能潤順字詞語句，使意思完整無誤即可。

寫作一點靈

適切並正確的使用詞語，是我們清楚表達自己思想的基礎。無論在說話或者寫文章時，都需靈活運用。

適宜的拾人牙慧，切忌掉書袋！

——斟酌引用名言佳句為文章加分

一、名句引用的重要性及注意事項

一篇優秀的文章，不外乎有掌握到主旨題眼的重點，和段落結構的工整平穩，以及思想觀念的正面積極，還有故事範例的適切使用。而最能為文章畫龍點睛的，非經典流傳世代的名言錦句莫屬了。當我們引用知名的話語、詩詞、典故、俗諺等，除了可以強化自己的言論、觀點或是情感面的說服力外，還可讓整篇文章的文字充滿力量，並饒富生命力。

名句的運用，盡量做到古今中外各類齊備，正面反面皆能為之，不單單只是淺層表面的詞句意義，還須有深刻透徹的生命厚度與意涵。

借助名人睿智的言語，等於讓自己的文章論點得到名人的支持；獲得名人的代言，自然能提升文章的可信度。所以無論是名句引用的重要性，名言佳句的出處，還是名句應用的多元性，皆須重視。還有一點須注意的是，通常引用名言佳句都會加上引號「　」，因為引號能夠吸引讀者或閱卷者的注意力，因此在使用名句時，別忘了要加上標點符號以作強調！

以羅家倫〈運動家的風度〉為例，看經典文章如何引用名言：

養成運動家的風度，首先要認識「君子之爭」。「君子無所爭，必也射乎。揖讓而升，下而飲，其爭也君子。」這是何等的光明，何等的雍容。運動是要守著一定的規律，在萬目睽睽的監視之下，從公開競爭而求得勝利的；所以一切不光明的態度，暗箭傷人的舉動，和背地裡占小便宜的心理，都當排斥。犯規的行動，雖然可因此得勝，且未被裁判者所覺察，然而這是有風度的運動家所引為恥辱而不屑採取的。

有風度的運動家，要有服輸的精神。「君子不怨天，不尤人。」運動家正是這種君子。按照正道做，輸了有何怨尤。我輸了只怪我自己不行；等我充實改進以後，下次再來。人家勝了，是他本事好，我只有佩服他；罵他不但是無聊，而且是無恥。歐美先進國家的人民，因為受了運動場上的訓練，服輸的精神是很豐富的。這種精神，常從體育的運動場上，帶進了政治的運動場上。譬如這次羅斯福與威爾基競選，在競選的時候，雖然互相批評；但是選舉揭曉以後，羅斯福收到第一個賀電，就是威爾基發的。這賀電的大意是：我們的政策，公諸國民之前，現在國民選擇你的，我竭誠地賀你成功。這和網球結局以後，勝利者和失敗者隔網握手的精神一樣。此次威爾基失敗以後，還幫助羅斯福作種種外交活動；一切以國家為前提，這也是值得讚許的。

有風度的運動家，不但有服輸的精神，而且更有超越勝敗的心胸。來競爭當然要求勝利，來比賽當然想創紀錄。但是有修養的運動家，必定要達到得失無動於衷的境地。運動所重，乃在運動的精神。「勝固欣然，敗亦可喜。」正是重要的運動精神之一；否則就要變成「悻悻然」的小人了！

此節錄的文章範例中，「君子之爭」、「君子無所爭，必也射乎。揖讓而升，下而飲，其爭也君子」、「君子不怨天，不尤人」、「勝固欣然，敗亦可喜」，皆為名句引用的內容。

名句引用固然可幫助文章內容的提升，但如果濫用或者誤用名言佳句，不但會貽笑大方，還可能導致語句的意思不通順，甚至使得文章偏離主旨，反倒是自曝其短了。因此在運用名言錦句時，務必清楚欲引用的名句意涵再下筆，否則寧可文句質樸通順，也不要為了強求使用名句而紕漏百出。

若是引用的名言錦句確定出自於何人何書，宜將出處清楚交代，一來能展現自己的博學多聞，二來也有加分效果。而若不確定名句的出處，便以「古人說」、「有人說」或者「前賢說」等替代，因名句引用的出處不正確，是一項非常嚴重的錯誤。

名言錦句在一篇文章中的擺放位置，以首段或末段最為適宜，如此能使文章首尾相互呼應，讓此文看來巧妙華美，音韻鏗鏘有致。若是能力所及，也能夠段段引用，可顯得自身文采斐然，字句重量十足。但切忌句句皆引用他人的話語，而是須視情況斟酌運用，免得名言的使用過於氾濫而令人有矯情造作或說教訓誡之感，失卻了自身獨到的見解與文章內容的創新。

×錯誤版：魯迅先生便曾以「不做無益事，一日當三日，人活五十歲，我活百五十」的生活哲學來自勉，所以，他每日在著書立說、從事學術研究和教育工作之外，還要親自處理諸多繁雜事務，但由於能充分掌握、支配瑣碎時間，做建設性的運用，因此仍然生活得從容自如，處處流露出一個溫藹學者的修養與風範，從不覺得時間不敷使用。

○正確版：胡適先生便曾以「不做無益事，一日當三日，人活五十歲，我活百五十」的生活哲學來自勉，所以，他每日在著書立說、從事學術研究和教育工作之外，還要親自處理諸多繁雜事務，但由於能充分掌握、支配瑣碎時間，做建設性的運用，因此仍然生活得從容自如，處處流露出一個溫藹學者的修養與風範，從不覺得時間不敷使用。（陳幸蕙〈生命中的碎珠〉）

×錯誤版：手上的斧頭雖然一小把，但「讀書破萬卷，下筆如有神」，只要多劈幾次，終究能將一棵堅硬的橡樹砍倒。

○正確版：手上的斧頭雖然一小把，但「騏驥一躍，不能十步；駑馬十駕，功在不舍」，只要多劈幾次，終究能將一棵堅硬的橡樹砍倒。

【說明】「讀書破萬卷，下筆如有神」的意思是指讀書的重要性。而「騏驥一躍，不能十步；駑馬十駕，功在不舍」的意思是即便才智平庸的人，如果可以努力不懈，也能趕得上聰明的人。

二、名句引用的準備工作

平時應當勤於閱讀，當見到不錯的名言佳句時，可將其記下來，再放入自己的記憶庫中，等到寫作或演說時，就能依照當下的主題適時地提取使用。能夠記憶愈多類型的名言錦句愈好，代表你能夠運用的文字範疇愈加廣闊。

身為文學名著《海狼》、《白牙》的作者傑克·倫敦，被稱為「啃書骨的人」，為什麼呢？因為他的讀書方法相當仔細周密。他在讀完書時，會把書裡頭比較重要的觀點及名言錦句抄寫在紙條上，而這些紙條有的被插在梳妝鏡的鏡縫中，有的則被晒衣繩懸在家中，如此一來，他便能隨時隨地閱讀了；此外，他還在自己的口袋裡裝入一疊疊的讀書卡片，這樣外出時即能夠隨時拿出卡片來朗讀。經過這種反覆琢磨、來回咀嚼的功夫，書的骨頭和精華當然都被他咬碎與吸取了。由此可見，平時就得勤於蒐集名言錦句，以免在寫作時才有「句到用時方恨少」之慨嘆。

三、名句引用的類型

1 明確指出引用語句的出處

• 範例：晚清名臣林則徐說：「子孫若如我，留錢作什麼，賢而多財，則損其志；子孫不如我，留錢作什麼，愚而多財，益增其過。」這句話細想起來非常有道理：子孫不成材，好吃懶做，金山銀山，都會坐吃山空，那麼出生時，含在他嘴裡的金湯匙，長大後，就會變成插在他背上的金匕首。（洪蘭〈捨者大智慧〉）

【說明】節錄文中的「子孫若如我，留錢作什麼，賢而多財，則損其志；子孫不如我，留錢作什麼，愚而多財，益增其過」，已經有清楚表示所引用的出處為晚清林則徐之話語。

2 沒有明確指出引用語句的出處

・範例：有風度的運動家是「言必信，行必果」的人。運動會要舉行宣誓，義即在此。臨陣脫逃，半途而廢，都不是運動家所應有的。「任重而道遠」和「貫徹始終」的精神，應由運動家表現。所以賽跑落後，無希望得獎，還要努力跑到的人，乃是有毅力的人。（羅家倫〈運動家的風度〉）

【說明】節錄文中的「言必信，行必果」之句子，沒有清楚說明出處，只以引號標示。此句話引用自《論語．子路》，為孔子所說的話語。意思是講話要有信用，做事要堅決果斷。

寫作一點靈

在文章中適宜地引用名言佳句，可增添文章論點的說服力。但切忌濫用名句，更不能沒有自己的觀點。

語文能力的具體展現！——不可忽視的語感練習

一、語感能力影響文章素質

我們寫作時所使用的語言能力，通常泛指聽、說、讀、寫等四種基礎能力。這四種基礎能力，如果透過思維能力的鍛鍊，便能逐漸形成寫作時具有質地而別具風味的語感。每個人聽、說、讀、寫的能力又經常表現在自我對於語言使用的敏感度，以及迅速領悟文字表達的能力上。語言和文字的意義並不單純，有時候一個字或詞語的涵意相當複雜，除了有它本身的基本意義外，還有在不同使用的條件下的引申義，或是不同語境下的歧異性。

不同的年齡層、不同的時代、不同的地域或族群，語言和文字的意義都可能產生不同指涉的情況。而不同的使用時機，語言和文字的意義也有差別。我們如果要真正的去了解一個詞語或文字的多種意義，就必須要在日常生活中對它們運用的情況有相當的認識，這樣才能了解不同情況下的語言和文字各具有何種意義。當我們累積大量語言和文字的使用經驗，並在實際的運用情境中，試著領悟語言和文字的歧異性，那麼當我們寫作時，就能夠利用過去的使用經驗，在合情合理的情境下，善用語言和文字的多義性，來書寫一篇文章。如此，能讓文章本身看起來更為豐富。

因此，我們可以在日常生活中多留意自己在使用語言和文字時，有哪些特別的意義，或是令自己印象深刻的用法。我們若想在寫作時能快速的產生語言與文字的語感，就必須在日常生活的使用經驗中了解語言和文字正確的表面意義，以及背後的深層意義。若能夠不斷地練習和思索每一個字彙和語詞的表意與深意，就能夠在適當的時機，用富含情味的方式表達出來，便能夠引出語言和文字的相關聯想和推論。

我們無法憑空想像所有語言和文字的意義，以及歧異性。想要多方的認識語言文字的表義與深義，只能透過不斷的自我要求與訓練。平常能夠自我訓練語感

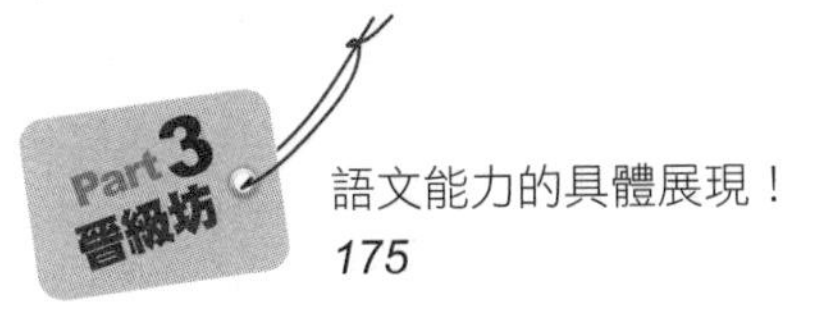

的人，才能夠在臨場寫作時掌握語文的使用時機。語感能力強的人，在寫作或是閱讀文章的過程中，能夠有效而正確迅速的理解到語言文字的表義與深義，辨別出語言文字使用時機的正確或錯誤。

在一篇作文中，作者的語感能力可以從大處的謀篇來發揮，也能夠由小處的詞彙來展現。運用適切的語言文字時，若能夠從整體著眼，讓用字用詞與篇章段落看起來妥貼，並力求達到恰如其分，就是基礎的語感表現了。語感能力在一篇作文裡，有時會被視為作者語文能力的高低。換句話說，若能提高語感能力，便是提高文章本身的素質。因此，在一般的國文教育中，無論是大量的閱讀名家作品，或是練習寫作，其實都是注重學生語感能力培養的一環。

語感是作文與口語能力的具體表現，和個人平常累積的語文知識與文學素養有關，通常也具有生活體驗和思想情趣等個人特色。如果一個人的語文知識、文學素養、日常體驗、思想養成與情趣幽默都很有深度，那麼這個人的語感程度通常也會顯得較強。因此，自我訓練語感能力，不只是能夠在寫作時表現亮眼，也能夠培養自我的氣質和給予他人良好的觀感。

二、透過閱讀學習名家語感

1〈桃花源記〉

我們先閱讀以下這篇〈桃花源記〉，試著理解陶淵明在撰寫這篇名著時所使用的特殊「語感」。例如「落英繽紛」、「彷彿若有光」、「豁然開朗」、「雞犬相聞」、「皆嘆惋」、「尋向所志」等。

晉太元中，武陵人捕魚為業，緣溪行，忘路之遠近。忽逢桃花林，夾岸數百步，中無雜樹，芳草鮮美，落英繽紛，漁人甚異之；復前行，欲窮其林。林盡水源，便得一山。山有小口，彷彿若有光，便舍船，從口入。初極狹，纔通人；復行數十步，豁然開朗。土地平曠，屋舍儼然。有良田、美池、桑、竹之屬，阡陌交通，雞犬相聞。其中往來種作，男女衣著，悉如外人；黃髮垂髫，並怡然自樂。見漁人，乃大驚，問所從來，具答之，便要還家，設酒、殺雞、作食。村中聞有此人，咸來問訊。自云先世避秦時亂，

率妻子邑人來此絕境，不復出焉；遂與外人間隔。問今是何世？乃不知有漢，無論魏、晉。此人一一為具言所聞，皆嘆惋。余人各復延至其家，皆出酒食。停數日，辭去。此中人語云：「不足為外人道也。」

既出，得其船，便扶向路，處處誌之。及郡下，詣太守，說如此。太守即遣人隨其往，尋向所誌，遂迷不復得路。南陽劉子驥，高尚士也，聞之，欣然規往，未果，尋病終。後遂無問津者。

〈桃花源記〉一開始先點出文章的背景為東晉太元年間，內文主角為一位武陵地方的漁夫，地點則是桃花林與桃花源的入口。接下來，文章敘述「忘路之遠近，忽逢桃花林」，我們可以練習與善用「忘」、「忽」這樣的寫法，表現出一種心靈與地域上的徵狀。「路」與「林」是連接空間的管道，也是時間狀態的象徵，因此，使用「忘」與「忽」，能夠讓讀者進入陶淵明設計的情境，這也是他獨特的語感展現。

至於在進入桃花源之前所出現的景象，有水，有山，又有山洞，這全是陶淵明由自己的生活經驗中所擷取出來的元素，因此自然而然地將「欲窮其林。林盡水源，便得一山。山有小口，彷彿若有光」、「有良田美池桑竹之屬，阡陌交通，雞犬相聞。」等使用於文章之中。

陶淵明本身住過的地方，例如柴桑里和栗里都在廬山下，也都靠近水邊，因此他便能夠得心應手地寫乘舟、入山的情況。由此可知，要培養讓人印象深刻的語感，多數是以個人的實際經驗加以敘寫鋪陳的。像陶淵明便將桃花源寫成一個真實存在的地方，以此增加它的可靠性。然而，又不能為了要有真實性而拋棄了神話性，因此利用自己周遭居住的環境為藍本，來描摹出一個虛幻的神奇世界，便能夠同時滿足真實與虛構的情境。在這當中，又為了不失卻真實感，陶淵明便利用了親身的體驗，寫下這些既華麗又引人入勝的詞語。

另外，我們還可以學習的是，每個人都有自己嚮往的桃花源，並且，希望那個能夠通往桃花源的洞口就在身邊。因此，當陶淵明知道當時慧遠大師已將廬山變成一個世外桃源時，也使他自然而然地將廬山當成自己筆下的桃花源所臨摹的對象。

2〈蘭亭集序〉

接下來，我們試著看另外一篇文章來學習寫作時的名家語感。我們要看的這篇文章，自古以來以重視此文的書法表現居多，而仔細觀察這篇文章的內容，便能夠很輕易地察覺它的特殊語感與精美文句。我們要看的是王羲之的〈蘭亭集序〉，這篇名作的寫作緣由，乃是導因於王羲之平常喜好道家修行的服藥煉丹與修身養性，因此，他不喜歡住在京師建康。當他初次來到浙江時，便有著終老於此的念頭。浙江紹興市西南的蘭渚山景色秀美而清幽，許多高人雅士都居住於這個地靈人傑之處。謝安在還沒有當官時，也曾在這裡住過。其他包括孫綽、李充、許詢、支遁等人，都是以文章聞名於世的名士，也都在這個地方建有住宅。這些名人雅士，都和王羲之有共同的志趣嗜好。王羲之曾經和志趣相投的好友幾十人，宴集於會稽山北的蘭亭（而這裡名為蘭亭，是因為在傳說裡的春秋越王勾踐曾經在此種植蘭草）。王羲之在宴會時，為自己與會好友一起寫的詩集作了序言，並且以這篇序言抒發了自己的感慨。我們先看看這篇〈蘭亭集序〉的內容：

永和九年，歲在癸丑，暮春之初，會於會稽山陰之蘭亭，修禊事也。群賢畢至，少長咸集。此地有崇山峻嶺，茂林修竹，又有清流激湍，映帶左右。引以為流觴曲水，列坐其次，雖無絲竹管弦之盛，一觴一詠，亦足以暢幽情。

是日也，天朗氣清，惠風和暢，仰觀宇宙之大，俯察品類之盛，所以游目騁懷，足以極視聽之娛，信可樂也。

夫人之相與，俯仰一世，或取諸懷抱，晤言一室之內；或因寄所託，放浪形骸之外。雖取舍萬殊，靜躁不同，當其欣於所遇，蹔得於己，快然自足，不知老之將至。及其所之既倦，情隨事遷，感慨係之矣。向之所欣，俛仰之間，已為陳跡，猶不能不以之興懷。況修短隨化，終期於盡。古人云：「死生亦大矣。」豈不痛哉！

每覽昔人興感之由，若合一契，未嘗不臨文嗟悼，不能喻之於懷，固知一死生為虛誕，齊彭殤為妄作。後之視今，亦猶今之視昔，悲夫！故列敘時人，錄其所述，雖世殊事異，所以興懷，其致一也。後之覽者，亦將有感於斯文。

這篇文章描繪在永和九年癸丑年暮春三月初三日的這一天，已經是上巳節，王羲之約了好友們一起在會稽山北的蘭亭聚會。接下來，他使用了「群賢畢至，少長咸集。」我們可以留意「群」、「畢」、「少」、「咸」這樣的用法，用簡

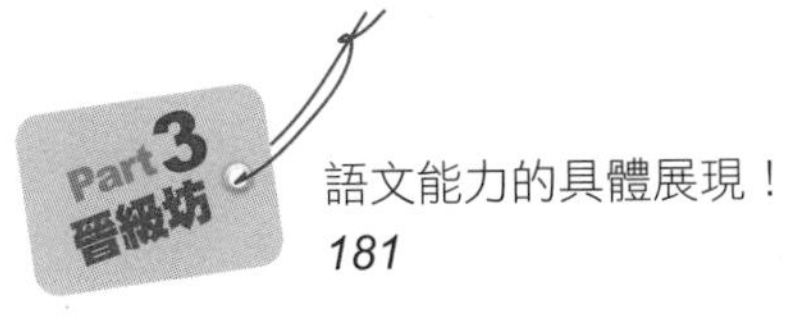

單的字提升文章節奏。這句話的意思是指，因為這一天人們都有洗濯的習俗。當地有名望的賢德之士無論老少，都聚集於此。接著，他使用了「此地有崇山峻嶺，茂林修竹，又有清流激湍，映帶左右。引以為流觴曲水，列坐其次，雖無絲竹管弦之盛，一觴一詠，亦足以暢幽情。」這樣的句子來描寫景色，意思是這個地方有崇山峻嶺，茂密樹林和修長的青竹，還有湍激清澈的流水，而大家列坐在流水的旁邊，用流觴曲水的方式來喝酒，雖然沒有音樂助興，但是喝一杯酒詠一首詩，也足夠讓大家很暢快地表達各自的幽雅情懷。這些使用華麗語感所塑造的風景，和陶淵明描述的桃花源，有著異曲同工之妙。緊接著，風景的美感帶出了這一天的天氣是明朗的，天空是清和的，風是柔柔的，都洗滌著每一個人的心。如果我們抬頭，遙望宇宙的宏大，再低頭去俯視人間物種的繁盛，這樣整天觀覽而敞開胸懷，讓身心都沉浸在大自然的奧妙中，會多麼地快樂。

在第一段裡，王羲之運用了大量的華麗詞藻，展現了他過人的語感。接下來的第二段，他又以較為樸實的語句，表現他的心境。他說人與人之間的交往，都只在這短暫的一生中。有些朋友，因為抱負相同，能夠在一間房間裡會晤切磋；有些朋友，則因為信仰理念的鴻溝，因此讓彼此都超脫在世俗外。接下來的句子，

雖然純樸，卻鏗鏘有力：「雖取舍萬殊，靜躁不同，當其欣於所遇，蹔得於己，快然自足，不知老之將至。」意指雖然不同的人對得失的看法都不相同，但有些人卻能保持靜心，並且不被名利所誘惑，有些人卻動心了。那些被世俗名利所誘惑的人，只是暫時得到一點好處便沾沾自喜，卻不知道他的生命也已到盡頭了。王羲之用了簡樸而有力的語言，娓娓道出人世間的真相，令人看來感慨萬千。他認為，人即使有一天厭倦了獲得的名利情，但一旦事過境遷後，也只能感慨而已。因此，人所喜歡而執著的那些東西，以更宏大的觀點看來，低頭和抬頭的瞬間，都只是古蹟罷了。這一段的末尾，回到道教的理念。王羲之說做人的目地就是修煉返本歸真，從而超脫生死，可是，有些人卻執著於常人的名利情，因此失去了修道機緣，導致無法超脫生死而令人惋惜。

整篇文章的「意在言外」，都是由道家的思想出發，因此每個語句都充滿著道家的語感。王羲之說，只要當他看到前人感慨的緣由，和他的感慨契合，未免就會對前人的文章感到哀傷。甚至，他心裡也不明白為何有的人會如此執迷不悟。這裡指有些人相當執著，為了常人的名利情而失去了修道的機緣。在這方面前人早就有和王羲之一樣的想法，但有些人還是無法體悟，也不知道做人的目的是為

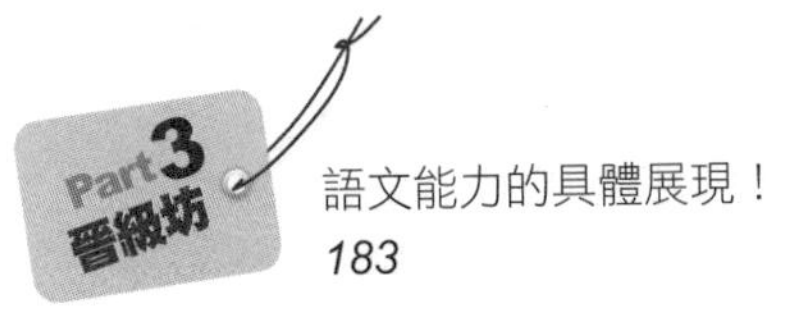

了什麼？雖然，每個人都知道將生和死同等看待的確有些荒謬，將長壽和短命視為同樣的輕重也不合理，然而，將來的人如果回頭看像這次一樣的聚會，不也就像現在的人看前人一樣地可悲？

緣此，王羲之一一記下參加這次聚會的人，並且抄錄他們的詩作。雖然時代不同，情況也會不同，但人的興致都是一樣的，將來的讀者也會對這些詩作有所感慨。王羲之的寫作語感，之所以能夠超越時間和空間的限制，是緣於自我「思想」層面的積累。就如同前面所說的，我們在語言或文字的使用過程，若能融入人生的哲學，所寫的文章自然看起來更有質感而具深度。

從上述對〈蘭亭集序〉的賞析，我們可理解王羲之從道家思想出發的感懷，除了是對自己或未來的人所言，同時也是寫給他那個時代的某些人看的。有些人不知道做人根本的目的是什麼，在名利情的誘惑下隨波逐流迷失了本性。所謂的「快然自足，不知老之將至。」便是呈現出一般人活在自我的滿足中，無法通達道家真正的理想境界。

3 由理想來培養語感

閱讀和參考了以上兩篇文章後，我們應當了解在日常生活中培養自己的信仰和理念是一件重要的事，可藉由當中的重要思想，來訓練自己寫作時的思維與用詞。所謂的信仰和理念，未必指宗教，也可以是一種理想，例如桃花源、種樹、未來的夢想等，讓自己尋找這樣的理想去發展正面積極的詞語，並使用於文章當中。但要記得，這篇文章必須時時刻刻在字裡行間不斷地和自己的信仰與理想聯結，以逐漸形塑出自己的風格。此外，不要害怕修改與嘗試，應當要在日常生活中多多進行書寫修潤，也要嘗試使用一些新的文字和語言，並觀摩名家的作品，發展出有自我獨特風格又能夠吸引他人的語言和文字，藉以提升自我的語感能力。如此反覆地練習，便能夠讓自己在寫作時，能夠敏捷而自然地寫出適切並讓人感到驚豔的文字。

寫作一點靈

語感會影響一個人對語言文字的領悟速度。強化語感訓練，可提升個人的表達能力，進而提高文章的素質。

組織文章篇

振筆疾書前必須先布局好文章的段落次序，文章分為幾段？每一段主要書寫些什麼？如何起頭與結束？這些都是下筆前必須規劃好的。這樣我們在進行文章的撰寫時才能有次序、條理，而不是抓到什麼就寫什麼。省略事先的段落安排，不但無法節省寫作時間，反而更容易因缺乏規劃，邊寫邊想，使得寫作時程拉長，且容易脫離主旨。一篇文章除了中段較大篇幅的主述重點外，開頭和結尾如何落筆也是該文成敗的關鍵，開頭貴在能引起讀者的高度興趣，結尾則必須統合文章精華，或點出此篇文章要義。若文章的開頭不足以打動人心，那麼便可能使得讀者沒耐性繼續閱讀，讓此篇文章因開頭的平淡而乏人問津。同樣地，若文章的結尾缺乏力道，無法令人留下深刻印象，甚至因不知如何作結而草率結束，那麼一篇可能的佳作便在最後功虧一簣了。這些都是我們在組織一篇文章時，不可輕忽的部分。

流暢銜接，完整結構！——段落的次序與安排

一、段落安排的原則性

文章中所謂段落的安排，實際上是綱要的進化與展現，換句話說，在已經確立主旨但尚未下筆寫作的時候，會先安排每一段的綱要，依照著綱要所書寫出來的文字，才能夠看出每一個段落的實際內容及鋪排。而在擬完綱要後，接下來部署段落的動作，有一些原則性必須特別留意。

1 一體原則

整篇文章的內涵一定要維持一致性，所提出的主張與觀點，從頭寫來務必始終如一，萬萬不可寫到一半時就亂了腳步；雖然文章的每一個段落均各自獨立成

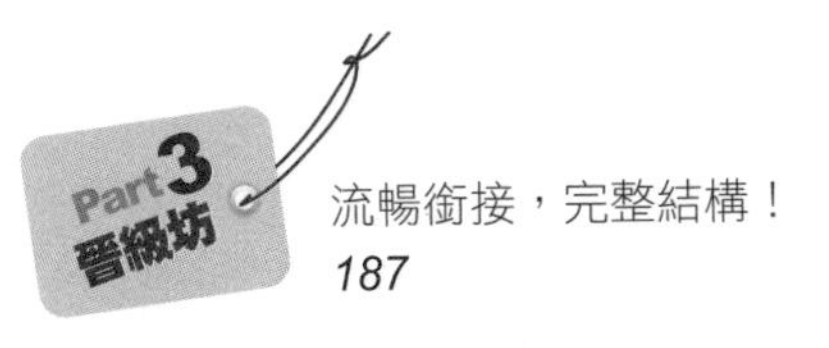

段，但都必須得忠於主旨的支配及帶領，無論各段內容的正面論述、反面論述等，都不可違背中心思想；此外，內容通篇的情調、語氣等方面，也都須有完整的統一性，如此讀來才能有一氣呵成之感，並使讀者或閱卷者留下深刻的印象。

2 次序原則

段落的鋪陳要有層次感，或可說是秩序感，內容材料的使用與觀念要依照次序作前後排列，才能讓內文有清楚的條理與妥善的安排。各個觀點的呈現要循著一定的次序，所配置的材料也要妥貼穩當，無論是由遠而近、由近而遠；由過去到現在、由現在到過去；由上而下、由下而上；由外而內、由內而外；由小到大、由大到小；先反後正、先正後反；先合後分、先分後合等，都不能有凌亂失序的問題出現，否則會使整篇文章看起來亂無章法，讀者也不會明白你所想要表達的想法。

3 貫串原則

文章有所謂的文氣，要使其內容的氣勢開展能夠前後連貫、一鼓作氣，不要出現脫節的狀況，否則容易使內文偏離主旨及中心思想。通篇文章須自頭至尾連貫一氣，文句與文句之間，段落與段落之間，題材與題材之間，都要相互承接、彼此呼應，使文義及內涵流暢通順。

4 關鍵原則

全文的主旨，也就是文章的重點與關鍵處得妥適安排。在一篇文章裡頭，須將重要的文句安置在最恰當的位置，方能凸顯中心思想。作為重點的材料不僅要完好，還要充實，其位置可在一篇之首，也能安排在一篇之末，端看題目的性質及作者的觀點而決定。

5 均勻原則

文章的各個段落不可太長或太短，原則上開頭（起）與結尾（合）的段落行數較少，而中間段落的承與轉，通常是整篇文章的高潮處，所以段落行數會較頭尾再多一些。此外，還要掌握起頭語句須具吸引力，正文內容要有說服力，及結論收尾要具震撼力的訣竅，如此才不會使文章出現虎頭蛇尾或頭重腳輕的問題。

以明代張岱的〈湖心亭看雪〉為例，此文為段落安排妥善且架構脈絡完整的文章：

崇禎五年十二月，余住西湖。大雪三日，湖中人鳥聲俱絕。是日更定矣，余拏一小舟擁毳衣爐火獨往湖心亭看雪。霧淞沆碭，天與雲，與山，與水，上下一白，湖上影子惟長堤一痕，湖心亭一點，與余舟一芥，舟中人兩三粒而已。

到亭上，有兩人鋪氈對坐，一童子燒酒，爐正沸。見余大喜，曰：「湖中焉得更有此人？」拉余同飲。余強飲三大白而別，問其姓氏，是金陵人客此。

及下船，舟子喃喃曰：「莫說相公痴，更有痴似相公者。」

文章的篇幅雖然不長，但由內容不難發現共可分成四個段落，涵蓋作文基本架構的起、承、轉、合。一般而言，起是文章的開頭；承是接續開頭的文字再加以闡發；轉則是另起新義或再深入探討論點、作進一步分析；合則是文章的結論。再回過頭來看〈湖心亭看雪〉，開頭的第一段將時間、地點以及當下所處的環境情景等交代清楚，為接下來後文的賞雪舉止做出條件上的鋪陳，讓讀者能快速地進到文內的情境。第二段則是承接第一段所描繪的環境情景，作者在此時出遊，運用特別的量詞還有視覺摹寫的角度敘述，使當下的雪景如詩如畫地傳達出來。第三段則加入了一段巧遇金陵人的情節作插曲。由第一段和第二段的內容來看，在那無人且靜謐的狀態中，作者賞雪的行徑可以顯現出他與眾不同的品味與嗜好，而正當讀者覺得作者是獨一無二的文人雅士時，作者卻突然巧遇一樣為賞雪而來的他人，讓文章的情境在這個段落出現轉折。結尾的第四段則用舟子的話語做出結論：「莫說相公痴，更有痴似相公者。」讀者一般讀完第三段時，內心應該也已出現「湖中焉得更有此人」之感了，而舟子的一番話，就像是在代替所有的讀者道出心中的想法一樣。

二、段落安排的具體做法

1 開頭

文章的開頭最好能夠引起讀者的興趣，進而導入主題，且要針對主題點出關鍵，甚至須有提示通篇重點旨要的作用。此外，內容起頭處要小而美、巧而精，

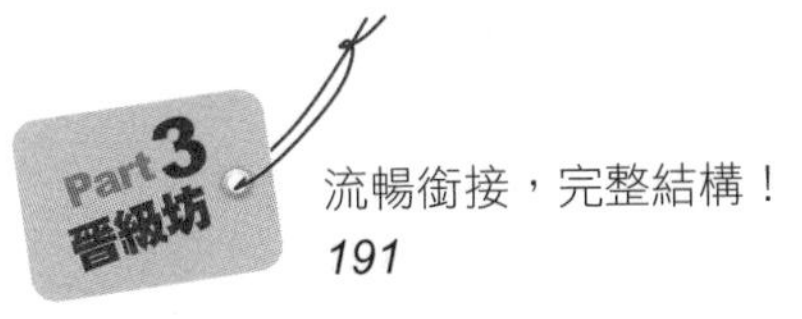

做到引人入勝、誘人深入內容的妙境，即便是引論，也須喚起讀者的注意和興趣，如此才能使讀者想往下繼續閱讀。因此精煉、有力、鮮明的文字就是文章開頭的訣竅了。

2 正文

正文顧名思義就是整篇文章的主要內容，基本上須詳細論述，當然也可視實際情況在某些部分作簡寫，不重要的細枝末節不需寫入。一般而言，正文可以寫成一段或是分成數段，內容得豐富而充實，分成前「承」後「轉」兩大段落，也能將這兩大段落分述成數段。寫作的技巧與手法，會因為段落的多寡而有所變化，例如在論說文中的正文部分，可以先「正論」後「反論」，前「正例」後「反例」；或者前「正論、正例」，後「反論、反例」；也可以是前「正、反論」，後「正、反例」等組合方式。

3 結尾

文章的結尾作用為總結全文，使文章作適切扼要的收尾，因此結論必須明快且有力。一篇文章的結論若有力，能讓全文生色，增加論辯或抒情的效果。完美的結尾包含揭示全篇重點、呼應全文旨要、補充行文動機、提醒問題關鍵，或引用名人錦句、運用例證譬喻、勉勵實現理想等。千萬要記住，不可讓結論陷入多而冗長的窘境，更不能夠再另立新論，否則內容會沒完沒了，先前所擬定的段落綱要及後續的架構安排也就白費了。

寫作一點靈

段落安排得當，可使文章段落與段落間顯得井然有序，銜接流暢無礙。文章的結構便可因此而趨於完整。

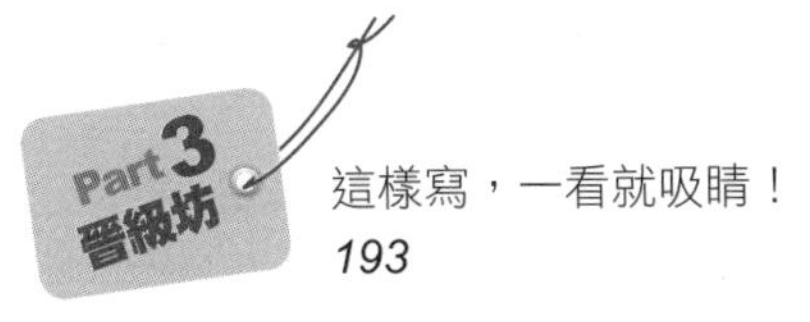

這樣寫，一看就吸睛！

——好的開頭是成功的一半

開頭下筆如有神助

如果一本書的開頭別具特色，那麼讀者從一開始翻閱，目光便會深深地被書的內容所吸引而不能自休；反之，若一本書的內容精采絕倫，卻因為開頭較為平淡無奇，那麼耐心度不夠的讀者，很有可能會選擇不再繼續讀下去，就此錯過了接下來的絕述妙論。所以一篇好的文章，在開頭便得吸引讀者或閱卷者進入作者的文字世界中。

即便「正文」屬於文章最為重要的區塊，但是如果沒有良好、適切的「開頭」，便難以勾起讀者或閱卷者的興致仔細閱讀文章；這就好比結交新朋友一般，文章的開頭是給人的「第一印象」，想要讓分數或注目度提高，開頭一定要寫得好。

因此，這也是古人歸結出優秀的好文章應有「鳳頭」、「豬肚」、「豹尾」的結構，「鳳頭」的意思是指文章的開頭要如鳳鳥的頭冠般，擁有色彩斑爛的冠毛來吸引人注意。當讀者或閱卷者覺得文章的開頭很好，便會有耐心繼續閱讀之後的內容，也會再深入理解作者所營造的文字語境。

文章展開的方法有許多種，無論使用哪一種開頭法落筆為文，目的都是想要讓讀者或閱卷者受到吸引進而閱讀後續的篇幅。特別是各類應試的命題作文，如果可以讓批閱了數以百篇或千篇作品後的閱卷老師對你的作品留下深刻的「第一印象」，那麼這就是所謂的好的開始，距離高分的目標也就不遠了！

所有文章的下筆方式，只要能夠吸引讀者或閱卷者繼續往下瀏覽，都算是成功的方法。平常我們在練習寫作時，可以嘗試針對意思相近的主題，利用不同的開頭法鋪寫文章，學習生動地運用各類寫作技巧，長期累積下來，便能在應試時信手拈來、下筆成章，寫出新穎的文章開頭。

至於要怎麼書寫出足以吸引人心的文章開頭呢？以下提供一些常用的下筆方式，皆各有巧妙。只要我們時常練習並靈活運用，日後寫出來的作品必有更多元化的風格！

1 破題法

也稱作開門見山法、直起法或者揭旨法，是指文章一開始便直截了當說明主題的意義，道破題目的旨要，直指出題目的中心思想。換言之，即開頭就安排文章的主旨，不拐彎抹角也不繞圈子，將描述的主要人、事、物都擺出來，然後引導進入正文內容，作者的觀點直接表述、統領全文，這是一種在寫作為文時相當安全又便捷的方法。

梁實秋先生的〈鳥〉一文，即是使用破題法的方式來表示他對於鳥類的喜愛：

我愛鳥。

從前我常見提籠架鳥的人，清早在街上遛達（現在這樣有閒的人少了）。我感覺興味的不是那人的悠閒，卻是那鳥的苦悶。胳膊上架著的鷹，有時頭上蒙著一塊皮子，羽翮不整地蜷伏著不動，那裡有半點瞵視昂藏的神氣？籠裡的鳥更不用說，常年的關在柵欄裡，飲啄倒是方便，冬天還有遮風的棉罩，十分地「優待」，但是如果想要「摶扶搖而直上」，便要撞頭碰壁。鳥到這種地步，我想牠的苦悶，大概是僅次於黏在膠紙上的蒼蠅；牠的快樂，大概是僅優於在標本室裡住著罷？

2引用法

文章開頭率先引用和題目相關的俗諺或古今中外的名人佳句，接著簡明地闡述並引出主旨，來確立通篇的中心關鍵思想與觀點。可引用名言佳句，將中心思想點明；也可以引用人物的言語，凸顯人物的個性；或者是引用詩詞，創造文字與讀者之間的共鳴；抑或是引用經典俗諺來說明事理。這個方法能夠讓主題在篇頭圓活鮮明，提升文章的美感及強化內容的說服力。

羅蘭女士的〈讀書之樂〉一文，即是使用引用法的方式來說明讀書這件事的相關樂趣與道理：

古人說：「三日不讀書，便覺言語無味，面目可憎。」乍聽之下，這話似乎說得很嚴重。可是，仔細一想，卻覺得十分有理。

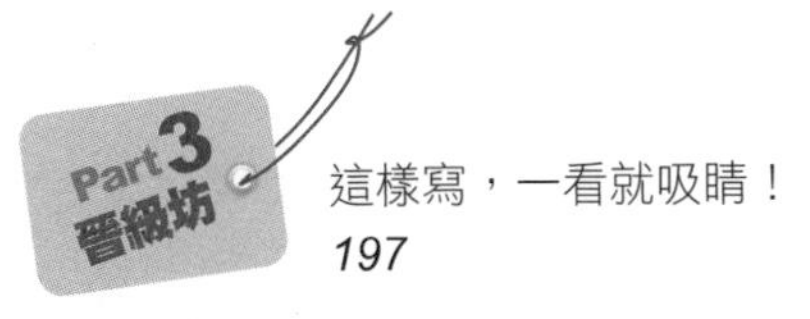

一個喜歡讀書的人，假如好久沒有接近書本了，那必定因為他忙，或因他心思分散在其他瑣碎拉雜的事情上，使他沒有時間或沒有心情讀書。而這些瑣碎的生活項目使人忙碌，正是造成一個人思想膚淺庸俗的最大原因。思想膚淺庸俗形之於外的時候，言語就自然無味，面目也必隨之可憎了。

3舉例法

在文章一下筆就先舉出事例，而且務必要具體呈現，才可以用來當作自己觀點或想法的論證，進而引導進入主題，因此所舉之例子必須和主題有絕對的相關性。

宋晶宜女士的〈雅量〉一文，即是使用舉例法的方式來鋪陳她對於雅量的見解：

> 朋友買了一件衣料，綠色的底子帶白色方格，當她拿給我們看時，一位對圍棋十分感興趣的同學說：

「啊，好像棋盤似的。」

「我看倒有點像稿紙。」我說。

「真像一塊塊綠豆糕。」一位外號叫「大食客」的同學緊接著說。

我們不禁哄堂大笑，同樣的一件衣料，每個人卻有不同的感覺。那位朋友連忙把衣料用紙包好，她覺得衣料就是衣料，不是棋盤，也不是稿紙，更不是綠豆糕。

人人的欣賞觀點不盡相同，那是和個人的性格與生活環境有關。

4 問答法

此法又稱作設問法或是詰問法，就是按照主題的立意與事理的關鍵重點，在文章一開頭便刻意設計問題，而後再引導進入正文。可以是懸而未決的疑問，製造懸疑並供閱讀者思考；也可以是有問有答的方式，活潑生動；抑或是利用答案在問題反面的問答法，讓題意更加明朗化，並求事理開通。不過此法要留意問題的層次，因為設下懸念就是想要引人入勝，過於濫用便失去了此種方法的價值性。

清代彭端淑的〈為學一首示子姪〉即是以問答法開頭，以引起讀者注意並思考問題的意義為何：

> 天下事有難易乎？為之，則難者亦易矣；不為，則易者亦難矣。人之為學有難易乎？學之，則難者亦易矣；不學，則易者亦難矣。

5 解釋法

當作文題目的意思比較深奧時，或者所談論的內容是一般人較為生疏的事情，抑或是作者有某種強烈、特別的主張及觀點，便可以用此法先將題目的涵義重新解釋一次，其蘊含全文的相關論點，作為文章的起筆。不過此法較流於平鋪直敘，特色不夠鮮明，假若沒有這個必要，盡量不要利用解釋法作開頭較佳。

陳火泉先生的〈青鳥就在身邊〉即是以解釋法開頭，正面說明幸福就在身邊的種種道理與真諦：

幸福是一種心靈的感受，所謂幸福感，就是本身的欲望得到滿足的時候，所體會的喜悅之感。人的一生，都在企求幸福，都在企求快樂，希望自己和自己所愛的人都能快樂平安地活下去。

6 比喻法

如果遇到難以論述的抽象題目時，一下子不好理出思緒，便可先藉由性質或是形象較為相似的易懂事物或比喻來做說明，然後再引導進入至中心旨要；通常所要解釋的道理，在經過比喻之後，會較為容易了解，要注意的是，所用來比喻的事物，一定要和內容裡所說的道理具有非常密切的關聯性。

張騰蛟先生的〈那默默的一群〉即是以比喻法開頭：

像兵士們護衛著疆土那樣，負責道路清潔的那默默的一群，以忠實的態度，護衛著一條條長長的街道和巷弄，凡被認為是垃圾的那些東西出現在他們的防區，他們便予以清除。就這樣，這些街道和巷弄才可以經常保有一張清潔的容顏。

7映襯法

在文章開頭時，如果運用映襯法，也就是將內容性質相反的人事物，相互比較一番，那麼所要說明的事理便會非常明顯地傳達出來了。

清代彭端淑的〈為學一首示子姪〉即是以問答法以及映襯法的方式開頭，想引起讀者注意並思考問題的意義為何：

> 天下事有難易乎？為之，則難者亦易矣；不為，則易者亦難矣。人之為學有難易乎？學之，則難者亦易矣；不學，則易者亦難矣。

8情境描寫法

用描摹周遭環境或者刻劃人物的方式當作文章的開端，可以是描繪人物、動物的外貌與形態，也可以是敘述建築物的外觀，給予人一種鮮明生動的印象與觀感。這種在文章的起頭就先描寫人、物、景的方式，可以有效地渲染氛圍，給予人身臨其境之感，且也能將人物再做烘托，為觸景生情做鋪陳。

張秀亞女士的〈憶父〉即是以情境描寫法開頭，追憶自己的父親，真情感人：

黃昏時候，如此淒寒，外面的雨愈下愈大了，竹編的短牆外，有一個穿藍衣裳的老人走過，手中執了一把黑布雨傘。雨絲沾上了他皤然的鬢邊，灰白的鬍……但他的脣邊，依然浮漾者一絲溫藹的微笑，好似陰雲後面的一線晴暉。……我匆匆的走下石階，才要打開門迎他進來，接過他手中滴落著雨珠的舊布傘，……但一聲輕雷，碎在天邊，那幻影突然消失了，我方才意識到父親已逝世十年了，我迷茫的立在冷雨中，心頭感到一陣凜寒。

9 倒敘法

從事情的結果寫起，引人入勝，再回過頭來敘述事情的原因和經過，先說出結果，再談原因，以造成懸念，增強文章的吸引力，此法只適合寫人記事的文章。

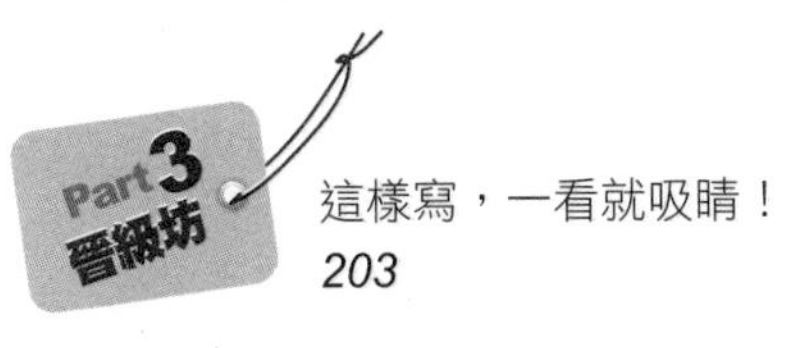

王鼎鈞先生的〈紅頭繩兒〉便是開頭用倒敘法，並以時間為主軸，細數其對紅頭繩兒的思念：

一切要從那口古鐘說起。鐘是大廟的鎮廟之寶，鏽得黑裡透紅，纏著盤旋轉折的紋路，經常發出蒼然悠遠的聲音，穿過廟外的千株槐，拂著林外的萬畝麥，薰陶赤足露背的農夫，勸他們成為香客。

10 對話法

顧名思義便是用對話當作開頭，接著才引出內容的旨要與重點。宋晶宜女士的〈雅量〉一文開頭，除了使用舉例法的方式之外，也運用了對話法來加以鋪陳其對於雅量的看法。

從上述介紹較具代表性的文章開頭方法例子來看，不難發現文章的開頭其實本無定法，可說是千變萬化，亦因人而異或隨題而變。總之，只要可以引發讀者的興致，集中讀者的注意力，令讀者想要一讀再讀，便能算是理想的開頭了。作文開頭下筆的方式要多做練習或模擬，而參加各類寫作測驗或應試時，須以自己最熟練的方法為佳，別冒險嘗試自己不夠有把握的開頭法。此外，這些方式雖然屬於第一段的開頭方法，但也能用於其他各段的開頭，甚至在同一段裡頭，也可以同時運用多種方式，如先以破題法開頭，再用解釋法及引用法輔助，這樣的效果也能使文章起始的呈現更為豐富。

寫作一點靈

一篇文章的開頭是該文予人的第一印象，因此必須謹慎下筆，力求馬上可吸引住讀者目光，即是成功的開始。

不能想到什麼就寫什麼！

——下筆順序必須有條理

起、承、轉、合

一般作文的文章組織，均須依照起、承、轉、合的順序下筆。

所謂的「起」，指的是按照題目，在第一個段落或文章前面的一至兩個段落作一個開頭，可當成整篇文章的序言。在「起」的部分，通常以開門見山法的方法表達。

所謂的「承」，主要指的是以承接第一段，或文章前面的一至兩個段落，以「正面」或是「承接」的方式寫出來。在「承」的部分，如果可以舉出實例，或是引用其他人、事、物當成佐證更好。

所謂的「轉」，主要是指以承接第一段，或是之前幾個段落中的意思，但從「反面」或是「歧出」的方式寫出來。在「轉」的部分，通常也需要舉出實例，或引用其他人、事、物豐富內容，並能與「承」的部分相互對照。

所謂的「合」，主要是綜合「承」和「轉」這兩個段落的觀點，敘述說明整篇文章的精要之處，並以回歸到「正面」或是「呼應題目」的角度書寫。最後，再書寫個人對於整篇文章與題目的看法。

1 起、承、轉、合為最佳下筆順序

前文〈蓋房子前要先週詳設計〉中提到清代鄭燮的〈寄弟墨書〉，是一篇結構完整，並有起、承、轉、合的清晰脈絡之文。

我們在下筆寫作時，應特別注意的是脈絡要清楚，架構須完整。而讓人能夠一目了然整篇文章意旨的最佳方式，就是下筆時以起、承、轉、合的順序來撰寫，不僅讓讀者能夠很清楚地看到作者的寫作意圖，也讓讀者能夠很快地掌握到整篇文章的重心。

〈寄弟墨書〉的整體架構便相當工整，令人讀來很快就能抓到文章的重心。

〈寄弟墨書〉的第一段以抒發自己的心情為主，先敘述收到家書後，得知今年秋天收穫很豐富的喜悅。第二段則是正面地提倡「農夫」的地位。以一般人對四民的先後順序的印象為依據，針對士、農、工、商分別加以討論，藉此表達了自己相當敬重農夫的心意。「士」在古時是入則孝出則弟，己立而立人，然而到了現在卻是無論做官者與未有一官半職的不發達者，皆造成人民很大的不便。農的部分是耕種養民，工的部分是可制器利用，商的部分則能夠搬有運無。因此，相較起來，士應該放在四民之末，而農則應從四民的第二順位，往前推到第一順位。第三段以叮嚀的口氣，告知家人對待農人須以禮相待。第四段主要為期許自身，在置產時能夠不貪多，要能知足，還有保持悲憫的心態。

利用起、承、轉、合作為下筆的順序，主要是欲使整篇文章顯得更具有說服力，讓讀者更能夠跟上作者的意識。而起、承、轉、合這樣的寫作架構，也讓作者在寫作時，可以更加得心應手。當有了起、承、轉、合為寫作的依據，作者才不會在恣意發揮時，因為沒有一個寫作的順序可以憑依，導致最後整篇文章天馬行空而方寸大亂，甚至常常會連自己都不知道自己在寫些什麼。

起、承、轉、合是寫作時重要的下筆順序，也是構思整篇文章時的好方法。

但撰寫文章仍需注意立論的基礎穩不穩固，整篇文章的邏輯、前後觀點有沒有衝突等。因此利用「承」和「轉」這兩大段落的對照，可以讓我們在寫作時，將正面與承接的觀點盡量放在同一個段落，而反面與轉折的部分也盡量放在同一個段落，接下來兩相對照與比較後，再以「合」的段落檢視文章的末尾是否呼應了主題，或是有沒有解決不同觀點的衝突，對於主題的多層次想法有沒有調和。當我們在看名家的作品時，也可以注意他們的「起、承、轉、合」，以學習這樣的下筆順序，運用於我們自己的寫作上。

2 起、承、轉、合為最佳文章架構

楊衒之的〈白馬寺〉也是一篇具有起、承、轉、合而文字精煉的文章：

白馬寺，漢明帝所立也，佛入中國之始。寺在西陽門外三里御道南。帝夢金神長丈六，項背日月光明，胡人號曰佛。遣使向西域求之，乃得經像焉。時白馬負經而來，因以為名。

明帝崩，起祇洹於陵上。自此以後，百姓塚上，或作浮圖焉。

寺上經函，至今猶存。常燒香供養之，經函時放光明，耀於堂宇，是以道俗禮敬之，如仰真容。

浮圖前，柰林、蒲萄異於餘處，枝葉繁衍，子實甚大。柰林實重七斤，蒲萄實偉於棗，味並殊美，冠於中京。帝至熟時，常詣取之，或復賜宮人。宮人得之，轉餉親戚，以為奇味，得者不敢輒食，乃歷數家。京師語曰：「白馬甜榴，一實值牛。」

這篇〈白馬寺〉出自於《洛陽伽藍記》。《洛陽伽藍記》裡的文章，大多數為寫景的記敘文，說理清晰、文字精簡，我們可以多加閱讀參考，作為自己寫作時的範例。

〈白馬寺〉的前三段都是寫景記述。第一段寫白馬寺是由漢明帝所建立的，說明當佛教傳入中國開始，白馬寺在西陽門外三里御路南面，而明帝夢見了長一丈六尺金神，頭頸背後還有有日月光明，這個金神在外國被稱作佛，因此皇帝便派使臣到西域求經和像。當時是由白馬背負經文到來，因此命名為白馬寺。第一段的「起」，下筆便很清楚地說明這篇文章主角的背景。

第二段的「承」，敘述在明帝逝世之後，皇陵上便建造了佛教的精舍，從此以後，連百姓墳上也有人建造寶塔。從下筆的順序來看，「承」續了第一段的「起」。

第三段話鋒一轉，回到白馬寺中的景色。寺裡面的經函一直到現今還保存著，而且僧人經常燒香來供奉它，經函也常常放出光明照耀在堂屋上，因此僧徒與一般人也禮敬它，就如同仰望著佛。第三段從白馬寺本身來敘述佛法不可思議的景象。

第四段則是「合」。第四段敘述了寶塔前的石榴、葡萄和別的地方都不同，枝葉繁多，果實也特別地大。石榴重達七斤，而葡萄比棗還大，味道都相當特別而甜美，是京城中最美味的水果。皇帝常常在果子成熟時，親自採摘，或賞賜給宮人，宮人得到這些水果會再轉送親戚。得到的人，不捨得隨便就吃掉，因此不斷轉送，如此經過了好幾家。最後的結論，以「京城裡常常會說：『白馬寺甜榴，一個價值像一頭牛。』」為全文收束。

整篇文章相當樸實，謹守著起、承、轉、合的下筆順序，讓讀者讀來能夠很清楚地了解「白馬寺」的由來、特色和奇蹟。這也達到了作者寫作的目的，也就

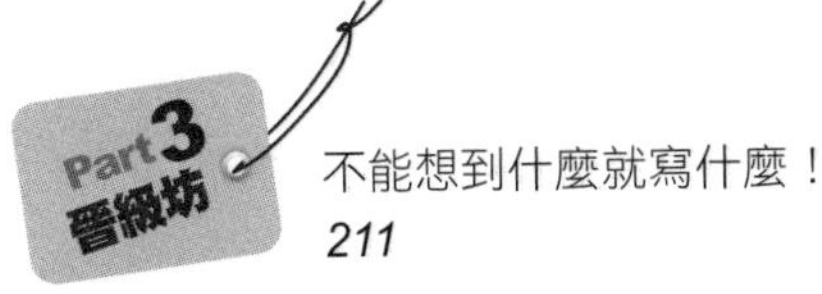

是將白馬寺的一切告知讀者。尤其是第四段，不但表現了在第二段中強調白馬寺受到皇帝重視的部分，也承接了第三段白馬寺有特殊奇蹟之處，因此皇帝會在水果成熟時來摘採，而這些在白馬寺成熟的水果都特別地甜美有價值。

一般名家在寫作時，經常會檢視自己文章的起、承、轉、合是否流暢而吸引人。因此當我們自己下筆時，亦可以注意自己是否能夠藉由起、承、轉、合而好好地創作發揮。

寫作一點靈

除非你是橫空出世的天才作家，能隨意下筆，不按次序撰文，依然可完成佳作。否則還是得依順序寫作。

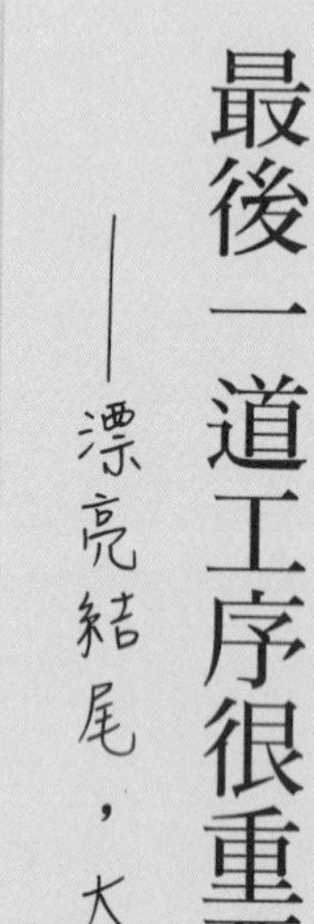

最後一道工序很重要！——漂亮結尾，大功告成

一、用特出的結尾為文增色

每篇文章的長度不一，但開頭和結尾始終都是最受到讀者注意的地方。一篇文章中間的轉折和內容的鋪陳，或許還無法引人入勝，但如果有一個漂亮的結尾，往往可以為整篇文章增色不少。以屈原的〈卜居〉為例，這篇文章以失意政客問卜為開端，中間充滿了許多不遇的怨辭，還有「蟬翼為重，千鈞為輕；黃鐘毀棄，瓦釜雷鳴。」這樣的名句，但結尾才是最精采之處，在這個世上，也有許多事情是上天和卜卦無法處理的，需依靠自己的意志和理念行事，才能破除自己的疑惑。換句話說，屈原〈卜居〉的重點不在卜卦，也不在文章中不斷重複提出來的那些

疑惑，而是在告訴自己，也告訴讀者，需要依靠自己鋼鐵般的意志去做自己認為對的事情：

屈原既放，三年不得復見。竭知盡忠，而蔽鄣於讒。心煩慮亂，不知所從。往見太卜鄭詹尹，曰：「余有所疑，願因先生決之。」詹尹乃端策拂龜，曰：「君將何以教之？」

屈原曰：「吾寧悃悃款款朴以忠乎？將送往勞來斯無窮乎？寧誅鋤草茆以力耕乎？將遊大人以成名乎？寧正言不諱以危身乎？將從俗富貴以媮生乎？寧超然高舉以保真乎？將哫訾栗斯、喔咿嚅唲以事婦人乎？寧廉潔正直以自清乎？將突梯滑稽如脂如韋以絜楹乎？寧昂昂若千里之駒乎？將氾氾若水中之鳧，與波上下，偷以全吾軀乎？寧與騏驥亢軛乎？將隨駑馬之跡乎？寧與黃鵠比翼乎？將與雞鶩爭食乎？此孰吉孰凶？何去何從？世溷濁而不清：蟬翼為重，千鈞為輕；黃鐘毀棄，瓦釜雷鳴；讒人高張，賢士無名。吁嗟默默兮，誰知吾之廉貞！」

詹尹乃釋策而謝曰：「夫尺有所短，寸有所長；物有所不足，智有所不明；數有所不逮，神有所不通。用君之心，行君之意。龜策誠不能知此事。」

屈原的〈卜居〉以對話為主要的表現方式，結論也是以對話作結，屬於較特殊的一種寫作方法。這篇文章不僅表現了屈原的志向與心境，同時也展現了結論未必為固定形式，只要能夠發揮結論本身的作用即可。

一般來說，我們還可將一篇文章的結尾，分成總結全文、呼應主題、驚鴻一瞥等三類。

1總結全文

所謂的「總結全文」，指的是在結論的部分，要能夠總結全文的精要，並從精要當中得到這篇文章最重要的結果。當我們將結論當成總結全文的段落時，要記得不能只是將前面所說過的一切，全部再敘述一次，而是要能夠從中提出一個精要的啟發，免得使人感到文句重複。

2呼應主題

所謂的「呼應主題」，指的是在結論的部分，能夠對於整篇文章的主旋律輔以配樂的作用。需注意的是，在整篇文章結束時，不要讓人有流水帳，或是過於鋪張的感覺。利用結論來呼應主題時，也要小心別讓讀者有枯燥之感。

3 驚鴻一瞥

所謂的「驚鴻一瞥」，指的是在文章結論的部分，用特殊的方式、出人意表的方法，或是宏言警句，讓讀者有耳目一新之感。同樣地，在追求讓讀者有新感受的同時，也須記得不要偏離整篇文章的主題了。

二、學習寫出漂亮的結尾

接下來，我們來閱讀兩篇範文，學習這兩篇文章處理結論的方式。分別為屠本畯的〈蛇虎告語〉與蘇軾的〈記先夫人不殘鳥雀〉。

1 〈虎蛇告語〉

先看屠本畯〈蛇虎告語〉一文：

東蒙山中人喧傳虎來。艾子采茗，從壁上觀。

聞蛇告虎曰：「君出而人民辟易，禽獸奔駭，勢烜赫哉！余出而免人踐踏，已為厚幸。欲憑藉寵靈，光輝山岳，何道而可？」虎曰：「憑余軀以行，可耳。」蛇於是憑虎行。

未數里，蛇性不馴。虎被緊纏，負隅聳躍，蛇分二段。蛇怒曰：「憑得片時，害卻一生，冤哉！」虎曰：「不如是，幾被纏殺！」

艾子曰：「倚勢作威，榮施一時，終獲後災，戒之！」

〈蛇虎告語〉第一段敘述人們都在相互的宣傳消息說山裡的老虎來了，而當時艾子正在採茶，就躲在旁邊觀看。第二段承接第一段，敘述艾子聽到了蛇對老虎說：「你一出來，人類就全都躲避了，連飛禽走獸都嚇得逃散，真是聲勢顯赫啊！而我每一次出門，如果能夠避免被人踐踏的話，那就非常非常幸運了。我真想藉著你的恩寵，大顯神威照耀這座山岳，不知道有什麼辦法可以作得到呢？」老虎說：「你只要靠著我的身體走出去，就可以了。」於是蛇就依靠著老虎走出去了。第三段描述牠們走沒幾里路，蛇的本性便開始流露出來。老虎被蛇緊緊地纏繞在險要的地勢上，於是老虎高高地跳躍起來，蛇因此被摔成兩段。蛇憤怒地說：「依靠你一下子，卻害了自己一生，真是冤枉。」老虎說：「我如果不這麼做的話，就要被你給纏死了。」在結論時，敘述者艾子現身說法：「仗著別人的權勢而作威作福，就算獲得了短暫的榮耀，最後還是會招來後患，一定要警惕。」〈蛇虎告語〉使用寓言的方式行文，最後以警語提醒讀者文章本身欲傳達的主題。

2〈記先夫人不殘鳥雀〉

另一篇蘇軾的〈記先夫人不殘鳥雀〉，在結論也有相同的處理方式：

> 吾昔少年時，所居書室前，有竹柏雜花，叢生滿庭，眾鳥巢其上。武陽君惡殺生，兒童婢僕，皆不得捕取鳥雀。數年間，皆巢於低枝，其可俯而窺也。又有桐花鳳四五，翔集其間。此鳥羽毛，至為珍異難見，而能馴擾，殊不畏人。閭裡間見之，以為異事。
>
> 此無他，不忮之誠，信於異類也。有野老言：「鳥雀巢去人太遠，則其子有蛇、鼠、狐狸、鴟、鳶之憂，人既不殺，則自近人者，欲免此患也。」

> 由是觀之，異時鳥雀巢不敢近人者，以人甚為於蛇、鼠之類也。苛政猛於虎，信哉！

〈記先夫人不殘鳥雀〉分成四段，以起、承、轉、合的方式完成。第一段寫自己回憶起年少時所住的書房前面有竹子、柏樹和各類雜花，長滿庭院，許多鳥兒都在上面築巢。

第二段緊接第一段，母親不喜歡殺生，因此家裡的兒童婢僕都不准捕捉鳥雀。過幾年後，鳥雀都築巢在低枝上，只要低下頭便可看到巢裡剛出生的小雛鳥。又有桐花鳳四、五隻飛翔聚集在竹叢花木間，這種鳥的鳥羽珍貴奇異，且其性情溫馴又不怕人。鄉里的人看到這種情形，都以為是稀奇的事。

第三段話鋒一轉，說明這也沒有什麼特殊的原因，只要誠心相處，不去嫉害與歧視，就算不是同類也能獲得信賴。曾經有老人說：「鳥巢築得離開人太遠，牠們的蛋和雛兒，就會有受到蛇、鼠、狐狸、鴟、鳶等飛禽走獸傷害的憂慮。因此人只要不殘殺牠們，那麼牠們自然就會和人親近，為的是要免去其他野獸的傷害。」

第四段總結全文，敘述後來鳥雀的巢不敢築在靠近人的地方，恐怕是因為人比蛇鼠一類的動物更為殘酷所造成的。最後，蘇軾點出名句：「苛刻的施政比老虎更兇猛！」

結尾想寫得漂亮，要能有總結全文、呼應主題、驚鴻一瞥等表現，這些都需透過多加練習才能達成。因此，閱讀名家作品，當成我們學習模仿的對象是必要的。現在就以屠本畯與蘇軾的寫法，嘗試開始練習修改自己的文章結論。

寫作一點靈

文章最後通常是該篇文的總結，應深思後謹慎下筆，千萬不可草草結束，否則就白費了前頭的苦心營造。

提升技巧篇

在我們學會了詞語的修飾、應用及文章的組織、鋪排後，如何更進一步地提升作文的層次而使之成為優美的作品呢？首先，我們必須注意整篇文章的安排及銜接上，是否通達流暢、合情合理？若非有特殊的用意，在一般字句與字句、段落與段落間，不宜出現突如其來的詞語或情境跳接，也就是文句務必有條不紊，情節需要合乎邏輯。接著，我們可在時序的安排上做變化，例如從事件結束後的時間點往前敘述，必然與依照時序書寫的文章呈現出截然不同的樣貌。除了在結構上做變化，內容更是一篇文章的血肉，因此最好能提出異於他人的獨到觀點或見解，較容易使你的作品在茫茫的文字海中被人看見並脫穎而出。最後，也是最重要的是，我們為文寫作貴在真情流露，千萬不要為了寫作而編造情感，運用大量華麗文字堆砌，使得辭溢乎情，將使文章顯得矯揉造作，反而大大降低了文章的可看性。

跳躍性思考在這裡用不得！

——寫作首重因果關聯

組織文章的基礎

一般來說，文章是作者和讀者之間溝通的橋梁。作者不僅要能將自己想說的話用最佳的方式表達出來，同時也要考慮到讀者閱讀時的情況。以高中生應試的角度來說，我們寫應考的作文時，要能夠合乎主題與題目的要求，並留意自己的寫作能不能讓閱卷者感受到情感與合理性。以一個上班族或應徵工作者來說，當我們寫一篇文章時，要能夠將自己的觀點有效率而簡潔地表現出來，並且須考量客戶或面試官在看這篇文章時的情況，特別是自己的觀點能不能引起對方注意，以及整篇文章的內容合不合理，或有沒有衝突。

多數人在求學階段的寫作，是大量地嘗試各種題目；許多人在求職時也相當努力，反覆地修改自己面試時的文章。然而，絞盡腦汁的結果，未必能夠有效地發揮出自己的實力，仍需要經過系統性的鍛鍊，才能夠在筆試或面試的過程中不臨陣失常。一篇文章的完成，除了主題、內容、修辭之外，架構更是一大重點。就像自己在家裡摸索做飯一樣，往往無法因此而成為烹飪大師，多數人仍然需要經過一定的訓練，才能夠成為一個合格廚師或美味料理者。這個「系統」，我們可以稱之為文章的組織或結構。系統訓練，就是文章結構的寫作訓練。

寫作時，我們除了須了解要怎麼觀察、怎麼取材、怎麼感覺、怎麼思考之外，怎麼組織也是必要的鍛鍊。透過「組織文章」，我們能夠掌握一篇文章的「因果關聯」。當一篇文章的結構是穩定而可靠的，它的內在因果關聯是合理的，才能夠讓讀者在閱讀時相信作者、貼近作者。一篇文章的基礎結構，通常可大致分為「三段論法」與「起、承、轉、合」這兩種。

1 三段論法

三段論法可以分成兩種，都與因果關聯有關。第一種為首論、次論、結論；

第二種為大前提、小前提、結論。無論是哪一種，對於我們的寫作都相當受用。三段論法主要用於論說文，而寫景文、記述文與抒情文也均適用。如果三段論法的因果關聯為「先因後果」，那麼首論與大前提就是「因」，而結論就是「果」；如果是使用「先果後因」，那麼首論與大前提就是「果」，而結論就是「因」。運用三段論法，可以使整篇文章看起來很有氣勢，讓讀者感受到作者敘述立論是相當井然有序的。

酈道元的〈孟門山〉僅有三段，卻將孟門山的雄偉壯闊寫得栩栩如生：

河水南逕北屈縣故城西。西四十里有風山，上有穴如輪，風氣蕭瑟，習常不止。當其衝飄也，略無生草。蓋常不定，眾風之門故也。

風山西四十里，河南孟門山。山海經曰：「孟門之山，其上多金、玉，其下多黃堊、涅石。」淮南子曰：「龍門未闢，呂梁未鑿，河出孟門之上，大溢逆流，無有丘陵高阜滅之，名曰洪水。大禹疏通，謂之孟門。」故穆天子傳曰：「北登孟門九河之磴。」孟門，即龍門之上口也。實為河之巨阸，兼孟門津之名矣。

此石經始禹鑿，河中漱廣，夾岸崇深，傾厓返捍，巨石臨危，若墜復倚。古之人有言：「水非石鑿，而能入石。」信哉！其中水流交衝，素氣雲浮，往來遙觀者，常若霧露沾人，窺深悸魄。其水尚崩浪萬尋，懸流千丈，渾洪贔怒，鼓若山騰，濬波頹疊，迄於下口。方知慎子下龍門，流浮竹，非駟馬之追也。

酈道元好學博聞，著有寫景豐富的《水經注》。《水經》原本只是中國古代地理書，記錄中國主要水道，文字簡潔乾淨。酈道元為《水經》作注，並且補充河流兩岸的歷史故事、名勝古蹟與風土景物。我們作文如果需要寫景時，可以參考《水經注》的寫法，特別是酈道元如何組織一篇文章，以及在記敘時運用了哪些方法，讓文章更具可看性。

〈孟門山〉的第一段先寫地理位置，之後援引三種古書，說明其形成原因，以及和龍門有關的傳聞。這邊的大前提，是敘述當我們觀看孟門山時，應該要從龍門的背景看起。第二段著力於描繪黃河水流經龍門時種種洶湧險急的氣勢，讓人如臨其境，看來有驚心動魄之感。這裡是小前提，寫孟門山的位置與地質。結論為河水本身，是這篇文章的收束與重點，既寫山石的奇異，又寫山型的險峻，但都在襯托河水奔流的激盪。這些水勢都是從大前提與小前提中的那些地形開始發展出來，最後變成奔騰不息的壯闊河流。

2 起、承、轉、合

林伺環的〈口技〉大致可分為四段，為記敘文中的佳篇：

京中有善口技者。會賓客大宴，於廳事之東北角，施八尺屏障，口技人坐屏障中，一桌、一椅、一扇、一撫尺而已。眾賓團坐。少頃，但聞屏障中撫尺一下，滿坐寂然，無敢嘩者。

遙聞深巷中犬吠，便有婦人驚覺欠伸，搖其夫語猥褻事。初不甚應，婦搖之不止，則二人語漸間雜，床又從中戛戛。夫囈語。既而兒醒，大啼，夫令婦兒乳，兒含乳啼，婦拍而嗚之。夫起溺，婦亦抱兒起溺。床上又一大兒醒，絮絮不止。當是時，婦手拍兒聲，口中嗚聲，兒含乳啼聲，大兒初醒聲，床聲，夫叱大兒聲，溺桶中聲，一齊奏發，眾妙畢備。

滿坐賓客，無不伸頸側目，微笑默歎，以為妙絕。

既而夫上床寢，婦又呼大兒溺，畢，都上床寢。小兒亦漸欲睡。夫茀聲起，婦拍兒亦漸拍漸止。微聞有鼠作作索索，盆器傾側，婦夢中咳嗽之聲。

賓客意少舒，稍稍正坐。

忽一人大呼「火起」，夫起大呼，婦亦起大呼。兩兒齊哭。俄而百千人大呼，百千兒哭，百千犬吠。中間力拉崩倒之聲，火爆聲，呼呼風聲，百千齊作；又夾百千求救聲，曳屋許許聲，搶奪聲，潑水聲。凡所應有，無所不有。雖人有百手，手有百指，不能指其一端；人有百口，口有百舌，不能名其一處也。

於是賓客無不變色離席，奮袖出臂，兩股戰戰，幾欲先走。

忽然撫尺一下，群響畢絕。撤屏視之，一人、一桌、一椅、一扇、一撫尺而已。

〈口技〉的因果關聯與組織方式，使得整篇文章具有很強的臨場感。甚至，我們彷彿能身歷其境，進入文中那靜夜裡的現場，和其他在場的觀眾們一起感受著口技人的神乎其技。這篇〈口技〉約可分為四大段落，以起、承、轉、合的方式，呈現出口技趣味的一面。

第一大段落中，先敘述在京城裡有一個擅長口技的人。某天，他趕上一戶大擺酒席宴請賓客的人家。客廳的東北角安放了一座八尺高的圍幕，表演的口技人就坐在圍幕裡面，裡面只放了一張桌子、一把椅子、一把扇子、一塊醒木而已。客人們一起圍坐在圍幕前面。過了一會兒，只聽到圍幕裡面醒木一拍，全場安靜下來，沒有人敢大聲說話。在第一大段落，寫的便是口技表演的起「因」。

第二個大段落，先敘述了從遠處可以聽到深長的小巷中有狗叫聲，接著是婦女驚醒後打呵欠和伸懶腰的聲音。這個婦女搖著丈夫說起夫妻之間的事，丈夫說著夢話，開頭不怎麼答應她，婦女便將他搖個不停，於是兩人之間的說話聲逐漸混雜，而床裡頭又發出「戛戛」的響聲。過了一下子，小孩子醒了，大聲哭著，丈夫於是叫妻子撫慰孩子餵奶，孩子含著乳頭哭，婦女哼唱著哄他睡覺。丈夫起床小解，婦女也抱著孩子起床小解。這時，床上另一個大孩子醒了，大聲嘮叨個沒完。在這個時候，婦女用手拍孩子的聲響、口裡哼著哄孩子的歌聲、孩子含著乳頭的哭聲、大孩子剛醒過來的聲音、床發出的聲音、丈夫責備大孩子的聲音、小解進入瓶中的聲音、小解入桶中的聲音……同時響起，各種特殊的聲音效果全都有了。第二個大段落，是「承」接上一個段落的因，呈現出口技者的絕技。

第三個大段落，敘述滿座的賓客聽見了上述的表演，沒有一個不伸長脖子，斜眼微微笑著默默讚嘆，認為這個表演十分奇妙。過了一會兒，丈夫打呼聲響起來了，婦女拍孩子的聲音也緩緩地停了下來。隱隱約約之間，可以聽見有老鼠活動的聲音，盆子、器皿歪倒了，婦女則在夢中發出了咳嗽聲。此時，賓客們的心情稍微鬆弛下來，逐漸端正了坐姿。忽然之間，有一個人大聲呼叫：「起火啦」，丈夫便起身大聲呼叫，婦人也大聲呼叫。兩個小孩子一齊哭起來。一會兒，有成百上千人大聲呼叫、成百上千的小孩哭叫、成百上千條狗吼叫。中間夾雜著劈里啪啦房屋倒塌的聲音、烈火燃燒爆裂的聲音、呼呼的風聲，千百種聲音一齊響了起來。在這當中，又夾雜著成百上千人的求救聲音、救火的人們拉倒燃燒著的房屋時一齊用力的呼喊聲、搶救東西的聲音、潑水的聲音。在房屋起火燃燒的危急情況下應該有的聲音，沒有一樣沒有的。即使一個人有上百隻手，每隻手有上百個指頭，也不能指出其中的哪一種聲音來。即使一個人有上百張嘴，每張嘴裡有上百條舌頭，也不能說出其中的一個地方來。第三個大段落，則是「轉」，很巧妙地將口技原本讓人覺得有趣的部分，忽然一轉，成為讓人聽了很害怕的大火現場。

第四個大段落是敘述在這種情況下，客人們全都嚇得變了臉色離開座位，挽起衣袖露出手臂，所有的人兩條大腿都直打哆嗦，皆想搶先跑掉。忽然之間，醒木一拍，各種大火裡的聲響全部消失了。撤去圍幕一看裡面，只有一個人、一張桌子、一把扇子、一塊醒木。這是起承轉合的「合」，從大火現場回歸到口技人本身的表演現場。

〈口技〉不單純是表現了口技者精采絕倫的技術，更值得我們留意的是作者本身的寫作。林伺環利用了因果關係，以及起、承、轉、合的寫作基礎，將整篇文章寫得合情合理，又使人心情隨之起伏。在第一個大段落裡，出現了「一張桌子、一把椅子、一把扇子、一塊醒木而已」的敘述，而在整篇文章的最後，也是「一個人、一張桌子、一把椅子、一把扇子、一塊醒木」。從頭至尾，一切都只是口技者的表演，起因是「京中有善口技者」，結果為所有的表演段落都在這個很會口技的人的掌握之中。文章中所有的句子，幾乎都跟隨著「口技」這個主題發展。「口技」是所有段落和句子的因，所有段落和句子都是「口技」這個主題的果。

第二個大段落和第三個大段落之間，也發展出特殊的因果關係。第二個大段落先從輕鬆尋常的經驗展現口技者的能力，接下來在第三個大段落，口技者則「火」力全開，讓現場每個聽眾的耳朵裡都蔓延著大火。通常，記敘文會讓人感到繁瑣而冗長，這篇〈口技〉卻讓人覺得很有魅力，很值得我們借鏡。當我們在練習文章架構和因果關係時，也可以特別留意自己是否在敘述情節發展的過程中，忽略了一開始欲表達的主旨。在完成一篇文章或寫作的過程中，要時時提醒自己，這個段落或這幾個句子，有沒有偏離主題？因為主題是整篇文章的「因」，只要偏離了，就會顯得失焦。而利用起、承、轉、合的穩定結構，則是在「合」的部分，要再次審視整篇文章的因果關係，是否合情合理。

寫作一點靈

一篇好的文章必須有邏輯性，因此不能忽視時序事件的因果關聯，跳躍性的思考方式不適合放在文章中。

敘述方式不只一種！——善用時序營造變化

敘述順序的基礎運用

當我們在組織一篇文章時，需要留意如何描述文中事件的順序。這個用來描述事件順序的方式，便稱為時序運用。一般來說，只有在超過三千字以上的中長篇文章裡，會使用多重的時序，通常我們會在一篇不長的文章中只使用單一時序。許地山〈梨花〉單純寫梨花在雨中的場景，卻因為姊妹兩人個性不同，而產生不同的感受。〈梨花〉的內文簡短，以順敘法的方式，吟味出特殊的風味：

她們還在園裡玩，也不理會細雨絲絲穿入她們的羅衣。池邊梨花的顏色被雨洗得更白淨了，但朵朵都懶懶地垂著。

姊姊說：「你看，花兒都倦得要睡了！」

「待我來搖醒它們。」

姊姊不及發言，妹妹的手早已抓住樹枝搖了幾下。花瓣和水珠紛紛地落下來，鋪得銀片滿地，煞是好玩。

妹妹說：「好玩啊，花瓣一離開樹枝，就活動起來了！」

「活動什麼？你看，花兒的淚都滴在我身上哪。」姊姊說這話時，帶著幾分怒氣，推了妹妹一下。她接著說：「我不和你玩了，你自己在這裡罷。」

妹妹見姐姐走了，直站在樹下出神。停了半晌，老媽子走來，牽著她，一面走著，說：「你看，你的衣服都溼透了，在陰雨天，每日要換幾次衣服，教人到哪裡找太陽給你晒去呢？」

落下來的花瓣，有些被她們的鞋印入泥中；有些黏在妹妹身上，被她帶走；有些浮在池面，被魚兒銜入水裡。那多情的燕子不歇把鞋印上的殘瓣和軟泥一同銜在口中，到梁間去，構成它們的香巢。

〈梨花〉運用的時序發展為「順敘法」。將一件事情從開始到結束，完整地按照時間發展清楚敘述完成，便是在時序上的順敘。除了「順敘法」之外，一般作文常見的時序運用，尚有「倒敘法」、「插敘法」、「補敘法」、「分敘法」等，以下分別說明。

1 順敘法

所謂的「順敘法」，是指按照時間的先後，將事情發生的經過或人物成長的過程進行敘寫的方式。運用順敘法撰寫文章，容易將內容與人、事、物的發生過程寫得清楚而有條理。但也容易因平鋪直述造成文章的呆板單調，因此須特別修飾內容。

2 倒敘法

所謂的「倒敘法」，是指將一個事件的結局，或者是事件裡最突出的部分，提前到文章最前面的段落進行敘述，接著再按事件的發展順序，進行結局或突出處的敘述。倒敘法容易吸引讀者閱讀，也能營造出讓人想一探究竟的感覺，但需注意將結局或事件最突出處提前至前面段落，後面的敘述必須要能合情合理，才不至於使讀者看起來感到荒謬。

3 插敘法

所謂的「插敘法」，指的是由於文章作者基於表達上的需要，因此將敘述的線索中斷，或是暫時將某個段落抹去，再插進和該事件有關的另一件事情。這是為了讓讀者能夠更了解故事情節的發展，或者是為了對某種情況與現象的產生原因有所交代，也可能是為了對人物進行基本資訊的簡介而呈現的敘述方式。但使用插敘法要注意必須符合主題意旨，若隨意發展情節或內容，很容易節外生枝而導致主題不彰。

4 補敘法

所謂的「補敘法」，指的是利用少量的敘述，針對人物或事件進行簡短的補充。其主要的運用，並非在事件進行的過程中直接說明一些枝節問題，而是將零星瑣碎的材料放在整篇文章的最後補充，以加強主要事件的氛圍。同樣地，使用補敘法時，注意莫長篇大論，免得使文章看起來過於累贅。

5 分敘法

所謂的「分敘法」，指的是同時敘述兩件或兩件以上、在同一時間不同地點發生的事情。運用分敘法時，要特別留意多個事件熟輕孰重，對於想要表達的主題，這些事件的影響又如何。水能載舟，亦能覆舟，小心謹慎的使用分敘法，能夠讓文章更添光采，但若不慎，則可能讓文章顯得混亂。

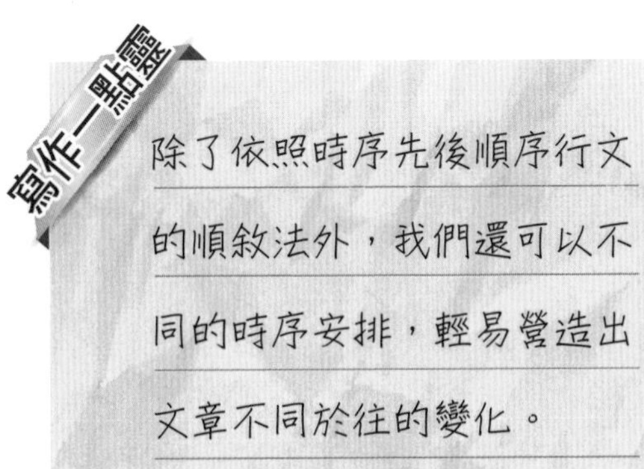

脫穎而出的關鍵！——提出獨到的觀點或見解

一、如何培養個人獨特的觀點

我們在面對升學的作文寫作時，可能會遇到一些看起來較為普遍的題目，或是在應徵工作時碰上平淡無奇的作文試題。當面臨這種情況時，就必需展現自己豐富的想像力，或是提出特殊的觀點，以求在眾多的考生或競爭對手中脫穎而出了。畢竟，大多數人面對尋常的題目時，多半也都以平淡無奇的內容寫作，因此我們若能提出獨特的觀點，便很容易突出。不過，獨特的觀點並非一蹴可幾，而是需要透過不停地自我要求與練習，才能夠在每一次的寫作時敏捷地寫下獨到而令人印象深刻的觀點。

獨特觀點的練習是以「思考」為中心慢慢培養而成的。當我們閱讀一篇文章時，我們可以先想想「如果是我會怎麼寫」或是「如果是我不會怎麼寫」，這樣就能夠逐漸累積出自我的正反兩面觀點。在平常的時候，我們也可以留意時事及網路上的文章，通常可以發現一些讓人驚豔的觀點。這時候可以作筆記，將這些與眾不同的觀點記下來，以便寫文章時能夠使用。還有，我們也可以透過社群的方式，鍛鍊自己的思辨能力，例如在學校裡參加辯論社，或是在社區裡和親朋好友鄰居等聊時事，都可以獲得不同觀點的啟發。當我們獲得這些材料時，可先整理這些不同的觀點之間是如何對立、衝突、妥協和調和的，再試著將之放進自己的文章當中。

獨特的觀點可以從獨特的個性培養起，也就是平常我們必須要求自己的生活要有獨特之處。大多數人的日常生活皆千篇一律，因此我們需要在日復一日的生活中為自己創造一些不尋常的小事。例如，我們可能每天上下課或上下班都走同樣的路線，但偶爾可以走另一條路線，也許是比較遠的，也許是較容易塞車的，也或許是自己未曾走過的路。接著，我們必須用心留意，當我們走不同路線時，與原本習慣走的路線有什麼不同之處。寫文章也一樣，通常我們行文寫作時會有某種慣性，但偶爾要讓自己練習使用另一種寫法，或放棄原本習慣的寫作順序，完全用另一種方式或格式來呈現，在經過這些不同的寫作經驗後，摸索出自己的獨特性。所謂的獨特觀點，便是和大多數人不同的觀點。因此，我們平常還要留意的是大多數人可能具備何種觀點，當我們在寫作時，便可有兩種做法：第一種是完全避開大多數人的觀點，只敘述自己的觀點；另一種方式，是先寫下大多數人的觀點，然後再敘述自己獨到的觀點。

二、經典文章中的特出觀點

在這裡我們同樣先閱讀名家作品，再進行觀摩後的寫作。我們在閱讀的過程中要找出名家的獨特觀點，接下來要求自己，以名家的文章題目為題另寫一篇文章，但需要提出和這篇名家作品完全不同的觀點。下面我們以林語堂的〈大自然的享受〉當觀摩對象，請先找出這篇文章中和一般大眾不同的觀點之處，然後再以〈大自然的享受〉為題，另寫一篇和林語堂不同觀點的文章。接下來，請試著每個星期以一篇報紙上的副刊文章為範本，找出其獨特觀點之處，然後再以它的題目為標題，練習寫出不同觀點的文章。如此反覆練習，便可培養出自己獨特的思辨能力與寫作時的獨到觀點。

在這行星上的無數生物中，所有的植物對於大自然完全不能表示什麼態度，一切動物對於大自然，也差不多沒有所謂「態度」。然而世界居然有一種叫做人類的動物，對於自己及四周的環境，均有相當的意識，因而能夠表示對於周遭事物的態度：這是很可怪的事情。人類的智慧對宇宙開始在發出疑問，探索它的祕密，而尋覓它的意義。

人類對宇宙有一種科學的態度，也有一種道德的態度。在科學方面，人類所想要發現的，就是他所居住的地球的內部和外層的化學成分，地球四周的空氣的密度，那些在空氣上層活動著的宇宙線的數量和性質，山與石的構成，以及統御著一般生命的定律。這種科學的興趣與道德的態度有關，可是這種興趣的本身純粹是一種想知道和想探索的欲望。在另一方面，道德的態度有許多不同的表現，對大自然有時要協調，有時要征服，有時要統制和利用，有時則是目空一切的鄙視。最後這種對地球目空一切的鄙視態度，是文化上一種很奇特的產品，尤其是某些宗教的產品。這種態度發源於「失掉了樂園」的假定，而今日一般人因為受了一種原始的宗教傳統的影響，對於這個假定，信以為真，這是很可怪的。

對於這個「失掉了的樂園」的故事是否確實，居然沒有一個人提出疑問來，可謂怪事。伊甸樂園究竟是多麼美麗呢？現在這個物質的宇宙究竟是多麼醜惡呢？自從亞當和夏娃犯罪以後，花不再開了嗎？上帝曾否因為一個人犯了罪而咒詛蘋果樹，禁止它再結果呢？或是他曾否決定要使蘋果花的色澤比前更暗淡呢？金鶯、夜鶯和雲雀不再唱歌了嗎？雪不再落在山頂上了嗎？湖沼中不再有反影了嗎？落日的餘暉、虹影和輕霧，今日不再籠罩在村落上了嗎？世界上不再有直瀉的瀑布、潺潺的流水，和多蔭的樹木了嗎？所以，「樂園失掉了」的神話是什麼人杜撰出來的呢？什麼人說我們今日是住在一個醜陋的世界呢？我們真是上帝縱容壞了的忘恩負義的孩子。

……

以今日的實際事實而言，大自然的景色、聲音、氣息和味道，與我們的視覺、聽覺、嗅覺、味覺等感官之間，是有著一種完美的，幾乎是神祕的協

調的。這種宇宙的景色，聲音和氣息與我們的知覺之間的協調，乃是極完美的協調，這種協調成為目的論（伏爾泰所譏笑的目的論）最有力的理由。可是我們不必都變成目的論者。上帝也許曾請我們去參加這個宴會，或許不會請我們。中國人的態度是：不管上帝有沒有邀請我們，我們都是要參加宴會的。當菜餚看來那麼美味可口，而我們的胃口又這麼好的時候，不去嘗嘗盛宴的味道，可就太不近情了。讓哲學家們從事他們的形而上的研究，探索出我們是否也是被邀請的賓客吧；那個近情的人卻趁菜餚還沒有冷的時候，狼吞虎嚥起來。飢餓往往是和健全的常識結連在一起的……（節錄自林語堂〈大自然的享受〉）

1 新的發現

在林語堂〈大自然的享受〉裡，很明顯地，他用基督教當中的某些觀點來看大自然的一切。我們若採取和他不同的角度，用其他宗教的觀點，例如道教、佛教、回教或民間信仰的觀點來描寫「大自然的享受」，可能就會產生完全不同的論述。另一方面，林語堂用了宗教的譬喻來描寫大自然的發現，我們也可以用完全不同的思維來處理這個課題，例如用自己親身的體驗、童話故事、神話傳說等來書寫關於大自然的一切，就能產生和林語堂不同的觀點，也就會有新的發現。

2 新的體會

林語堂這篇〈大自然的享受〉，表現出對大自然的熱愛和詠嘆。而這是百分之百正面的寫法，完全忽略了人類對於大自然的破壞。我們可以試著從反面的觀點來寫人類對大自然的破壞，然後再「反省」人類的種種行為已經危害到我們「曾經的享受」，最後，再導引至我們若想保有對大自然的享受，就必須中止我們對大自然的騷擾。透過不同的角度來看大自然，不但能保有我們對大自然的熱愛，也能夠在寫作時展現我們不凡的獨到觀點。

寫作一點靈

想在文章中寫出不流於俗的獨到觀點，必須從平時就開始培養自己的思辨能力，多看、多聽、多思考。

寫出動人的文章並不難！——情感真實才能打動人心

一、表達真感情但不宜濫情

寫作時最重要的技巧並非修辭方法的使用，而是真實情感的流露。無論是寫景或是寫物，或針對某一個議題進行論說，融入真實的自我情感，才能夠感動自己也感動讀者。情感的展現，對於一篇作文可說是成功與否的關鍵。以細膩的筆觸寫出自我最為真誠的感受，通常能讓讀者有身歷其境的感覺，甚至能讓讀者的情緒隨著作者的思緒與情感而起伏。由於人類的情感往往會受到周遭人、事、物的影響，因此，當我們想在文章內展現自我的情感時，通常會以親身經歷過的人、事、物或所見所聞為依據，表達出喜、怒、哀、樂等不同的情緒。然而，喜、怒、哀、樂等情感的寫法，沒有一定的套路可依循，也沒有任何硬性的寫作規定。我們可以配合著「獨特觀點」等方式，來突顯出自我真實的喜、怒、哀、樂。最重要的是，無論表現何種情緒，都必須要能合理，不能夠無限制地濫情，或陳腔濫調，或為賦新辭強說愁。只有能夠說服自己的真實筆觸，才能夠如實地傳達真正的情感，也才能夠說服讀者。

情感的表達以抒情文的書寫最為常見，抒情的文章比論說、記敘文的難度要高一點，原因在於情感本身是抽象的，且具有高度的個人色彩。如果寫得過於濫情，在一篇文章中將自己的情感百分之百的宣洩，讀者看起來會覺得文章過於矯情，也很難讓讀者感同身受。若在寫文章時，我們過於克制自己的情緒，又會讓讀者覺得作者過於冷血，好像是一個無動於衷的旁觀者。因此，寫抒情文時我們通常會使用第一人稱的方式進行撰寫，不但能讓讀者相信這些都是作者的親身經歷，也讓讀者知道作者並沒有置身事外。

面對我們身處的這個世界，我們不可能毫無情感。從對國家民族的情感，到生活周遭事物的感觸，小至對寵物、對小花小魚的感覺，都是我們情緒表現的所在之處。偶爾我們會遇到較不熟悉的主題，或是很少碰觸的議題，這個時候若想要加入自己的情感，可用想像的方式來進行。但所謂的想像並非天馬行空，亦須符合現實情況。例如，題目為某場戰爭，雖然我們沒有真正上過戰場，卻可以透過電視新聞的播放獲得相關訊息，這時我們便可以寫下對新聞報導戰地時的感受。又或者當我們需要針對某個城市進行書寫時，我們未必去過那個城市，卻可以透過閱讀旅遊雜誌蒐集相關資訊，觀賞城市相關的照片或明信片，再記下自己觀看這些圖片和文章時的真實感受，便能夠有所依據而不失真地敘寫文章了。

二、如何表現真實的情感

1 真實情感的呈現

雖然我們在寫作時要追求情感的真實，但情感這個概念本身是非常抽象的。鄭振鐸在〈黃昏的觀前街〉裡描寫一個城市，但卻不是單純的詠嘆城市的偉大或進步，而是很真切地寫下對於一個城市的感受。例如他說：「它比城市多了些鄉野的荒涼況味，比鄉村卻又少了些質樸自然的風趣。疏疏的幾簇住宅，到處是綠油油的菜圃，是蓬篙沒膝的廢園，是池塘半繞的空場，是已生了荒草的瓦礫堆。

晚間更是淒涼。」將整個城市的基調寫得相當生動，又引人好奇為何一個城市會有這樣特殊的情景。他在描繪城市大街的過程中，還將這個城市和其他城市比較一番：「『不夜之城』的巴黎，『不夜之城』的倫敦，你如果要看，你且去歌劇院左近走著，你且去辟加德萊圈散步，准保你不會有一刻半秒的安逸。」經過比較，只有一個委尼司（威尼斯）城和觀前街較為類似：「有觀前街的燠暖溫馥與親切之感的大都市，我只見到了一個委尼司……」像這樣能夠如實呈現自身感受，但卻又不失於泛濫的情感，就是我們寫作所要追求的目標。情感的具體化，要透過真實的事物來呈現。大至一個國家或城市，小至一件個人的隨身物品，只要能夠產生情感，就能夠憑藉這些載體，將自己想要訴說的情緒表現出來。

2 真實情感的變化

真實的情感未必是呆板的，可以有千變萬化的表現方式。例如鄭振鐸如此描繪一個城市：「那末鱗鱗比比的店房，那末密密接接的市招，那末耀耀煌煌的燈光，那末狹狹小小的街道，竟使你抬起頭來，看不見明月，看不見星光，看不見一絲一毫的黑暗的夜天。她使你不知道黑暗，她使你忘記了這是夜間。」便運用

了真實的感情，以環境、天氣、日夜的方式，將對一個城市的真正體悟，具體而多樣地表現出來。真實的情感也以細膩的觀察力，結合具體的事物，活潑而生動地展現出來。

寫作一點靈

文章的情感貴在真實，若缺乏真感情而矯揉造作，再怎麼優美的文章也只是華美文字的堆砌，無法感動人心。

筆記欄

Part 4

大師坊

特殊應用

如何在有限的時間或字數內完成文章？
寫作還可應用在哪些方面？

限定寫作篇

寫作最理想的狀態是可讓作者無所限制的恣意發揮，創作自己想紀錄、呈現的題材，書寫、修潤至作者最滿意的程度再發表。不過在許多時候，我們無法自由創作，往往有題材、時間或字數的限制。那麼，我們該如何在制定的規範內完成一篇文情並茂的文章呢？平時我們即必須依照前幾篇提到的寫作步驟及技巧加強練習命題作文，並在一定的時間內寫完，那麼在考試時，便不會慌了手腳而不知如何下筆。近年新興的文體「微寫作」則是一種篇幅十分輕薄短小的文類，在短短的三五行內即敘述完一件事。它不僅有字數極少的特點，更重要的是此類創作必須在有限的字數內完整交代事件，並包含了基本的起承轉合及文法與修辭技巧，也就是此類創作乃為一篇富含情思、內涵的小短文，而不只是單純記事的枯燥文字。限定寫作固然限制了我們的文字與創意，卻也是訓練自己快速寫作的一帖良方。

在短時間內完成一篇文章！

——限時寫作策略

一、考試時間有限，你必須快想快寫

以往學測國文科考試時間為一百分鐘，指考國文科考試更是只有八十分鐘，扣掉選擇題的作答時間，留給包含作文在內的非選擇題的理想作答時間約五十分鐘，時間不多。大考變革後，將作文考試獨立出來。雖有八十分鐘的作答時間，卻要寫兩篇作文，不見得較為容易。也就是說，作文的書寫時間相當有限，要在高壓與緊迫的時間內完成一篇文章，實非易事。

這樣有時間限制的寫作，我們只能事先擬定策略，並經過練習，才能在大考時迅速理解題目，並快速進入寫作的狀態，短時間內在腦海構思與題目相關的事

件、經驗，並能立即下筆，且可適時運用修辭技巧，增加文章美感。使得在限時內完成的文章能夠具有完整的文章結構、基本的修辭技巧，且能緊扣題旨，成為一篇正式的文章。

二、理解必備要素，快速寫出好文

限時寫作有時間的限制，題目也已經訂好，不像平常的寫作可以慢慢構思、細細修正。因此，在這裡先提出兩個好文章必須具備的要素，理解這兩個要素，在限時寫作時謹記這些要求，警惕自己的作文必須要「切合主題」且敘述有「邏輯」：

1 切合主題

主題從題目來，是貫穿文章的中心思想，是文章顯示出來的總體意識，必須在寫作的過程中時時提醒自己：書寫的內容是否仍在主題範圍內？一篇文章基本的品質，就是要能切合主題，如果偏離主題，講些八竿子打不著的東西，即便文筆技巧再優美，引用再多的詩詞佳句亦皆枉然。因此，不僅需在寫作過程中時時警惕自己「是否切題」，在文章完成後更必須再次確認，確認主題是否正確、題旨是否突出、主題意義是否鮮明。

2敘述邏輯

文章的邏輯通常可搭配段落結構，也就是「起、承、轉、合」來運用。寫文章的敘事邏輯例如：由遠景（大景）寫到近景（細部）、由靜態寫到動態、由當下寫到過往等，如果一下子描述歷史，一會兒又跳到現在的情境，或是描寫景物沒有層次上的推進，都會造成文章結構混亂，也容易影響「起、承、轉、合」的結構。因此書寫邏輯是與結構編排相關聯的，邏輯若縝密，文章的論證也就嚴謹，文章亦能有很強的說服力。

例如許地山〈春的林野〉首段：

> 春光在萬山環抱裡，更是泄漏得遲。那裡底桃花還是開著；漫游底薄雲從這峰飛過那峰，有時稍停一會，為底是擋住太陽，教地面底花草在他底蔭下避避光皺底威嚇。

便是標準的從大景起文，再從太陽寫到地面，可以清楚看到文章的敘述邏輯。

或是徐志摩〈翡冷翠山居閒話〉：

陽光正好暖和，決不過暖；風息是溫馴的，而且往往因為他是從繁花的山林裡吹度過來，他帶來一股幽遠的淡香，連著一息滋潤的水氣，摩挲著你的顏面，輕繞著你的肩腰。

這一段都是寫觸感，但是從比較廣大的陽光，寫到風吹，再寫香味，然後是水氣。同樣有著一層一層的漸進感，文章若有這樣明確的邏輯，讀起來也會特別順暢。

三、限時寫作三步驟

謹記「切合主題」與「敘述邏輯」的原則後，就能訓練自己在看到題目後，立即有所反應，並以基本的幾個步驟開始文章的書寫。有了主題與邏輯的基礎後，再組成詞句、構成段落，並加入修辭，在重要語詞前加入形容詞，強化語句，就能用更快速的思考與效率完成文章。

要在限制的時間內完成作文，可以分成三步驟。依照這三步驟於平日練習書寫，便能在考試時有方法地將文章組織起來。

1審題

在考試時，作文給你的第一個（有可能也是唯一一個）方向，就是題目。能夠正確審視題目，在最快的時間內抓住命題者的意圖，全面且精準地理解題目的要求，明確立意，確定文體——才能夠開始動筆。花在審題的時間愈少，你就有愈多時間可以動筆寫作，因此對題目有所反應，且是迅速、正確的反應，相當重要。

你必須在看到題目後迅速於腦中反應和題目有關的事件或經驗。例如題目若是〈回家〉（九十四年指考題目），你可以想：我要寫誰的回家好呢？如果寫我自己回家的經驗，好不好發揮？或是寫爸媽回家的經驗，再抒寫自己的感覺。若能從自己的經驗或接觸過的事件引發聯想，就能夠更迅速地開始動筆。

如果題目與景物相關，更可以寫自己曾經去過或接觸過的環境。如夏丏尊在〈白馬湖之冬〉中寫道「在我過去四十餘年的生涯中，冬的情味嘗得最深刻的，要算十年前初移居白馬湖的時候了。十年以來，白馬湖已成了一個小村落。當我移居的時候，還是一片荒野。」這就是一個很好的以自己經驗切題的開頭。

考試時看到題目，你必須快速地理解構成題目詞語間的關係，例如因果關係、條件關係、對比關係等。例如題目為〈學校和學生的關係〉（一〇〇年學測題目），你可能需要先辨明「學校」和「學生」的互相依存，或是「空間」與「身分」的關係；也可以先以自身為例，由例子解釋題目，再進入關係的辯證。

或者題目為〈生命的價值與價格〉，作者王統照的寫法是從一破題就先講價值：

> 評定生命的價值，可以從我們的兩句老話裡得一個有力的反證，「死有重於泰山，有輕於鴻毛。」

這就是立刻切題的寫作法了，再加上引用，便是一個很能吸引人的開頭。唯有把握題目的涵義，才能在開始書寫時深入地挖掘文題內在的意義。

2 構思（內文與段落）

一旦我們腦中對題目開始有所感觸後，便能開始構思：這篇作文要寫多長，要有幾段？最基本的架構法，即是四段式分法，也就是將文章分為「起、承、轉、合」四個部分。

若能迅速從題目所引發的經驗再約略分為四個階段，就能擬出大略的文章架構。例如題目若為〈逆境〉（九十八年指考題目），而你想以八八風災為例，便能將事件約略分為幾個段落：

(1)先寫事件如何或為何造成了你的「逆境」？原本平順的生活因為此事件而有了怎樣的改變？是為「起」。

(2)逆境產生後，生活的困頓有哪些面向？這些生活的改變是否引發了你對生命的感觸？是為「承」。

(3)對生命有了新的體悟後，在面對人事物的相處上，有了怎樣的轉折？而「逆境」是否也不再是那麼難以承受？是為文章的「轉」。

(4)末段收尾以經驗闡述逆境帶給你的成長或領悟。例如在逆境中成長，似乎在一夜間長大，也因此更關心社會，讓自己能產生同理心去幫助那些還在逆境中的人們。以「合」束全文。

針對即將要開始寫的文章進行構思，可迅速規劃段落，並在寫作時控制字數，避免第一段過長，導致後面沒有內容可寫而虎頭蛇尾。有清楚的構思，妥善分配段落，才能使文章架構完整，在限時內交出有層次的文章。

3成文

有了前面對段落分配的構思後，便能開始動筆作文。通常可以破題直接切入主題，因為時間與字數上的限制，考試時多半毋須鋪陳，直接切入主題，先對題目進行描述。

例如題目為〈我眼中的瀟灑〉，開頭可寫：「何為瀟灑？我認為……」或「在我眼中的瀟灑，是能夠勇敢、能夠堅決、能夠獻己於他人……」後面的敘述便容易接續下去。

或如〈故都的回憶〉開頭寫：

正像巴黎繼承了古羅馬帝國的精神，北京也繼承了中華帝國黃金時代的精神。巴黎是西方都市之都，北京則是東方的都市之都。如果你到過巴黎，你會覺得它不但是法國人的都市，而且是你自己的城市。

這樣的開場不僅立刻寫出「故都」的重要意義，且搭配排比眉目清楚，可讓讀者或閱卷老師立刻明瞭你的寫作論點與技巧。

另外，考試時的作文除了開頭必須切題、能引人入文，在結尾的部分也相當重要。漂亮的開頭能引人入勝，有力的結尾則能使人對全文完整理解。在限時寫作中，結尾通常以總結法收筆，用簡要的文字，對前面的內容進行合攏。或是先總結，再提出呼告，在與全文有所呼應的基礎上，作進一步的推展。

文章結尾的重要性還有若你在寫作過程中，不小心離題或寫到細枝末節去，就必須把握結尾，總結全文，在末段趕緊扣住題目，讓閱卷者知道你還記得題目的主旨為何。

四、結語

限時寫作是讀者在考試時會遇到的特殊狀況，在非常有限的時間內，不僅須做答題的分配，還要快、狠、準地寫出一篇作文。因此平常就要訓練自己對題目的敏感度，例如以過往作文題目練習，在腦海中構思文章的結構，預想每個段落要寫什麼，才能在正式上考場時發揮精準「審題」的能力。交出一篇有著完整結構，文筆不俗，且有畫龍點睛修辭技巧的好文章。

寫作一點靈

不是每次都會有足夠的時間讓我們構思寫作，必須訓練自己能夠在短時間內完成一篇首尾俱足的文章。

篇幅短小內容完整！——微寫作的技巧

一、關於微寫作

長篇文章可以要求結構完整、要求段落分明，在起、承、轉、合的準則下，一篇完整的文章有一定的規則可循。然而生活在追求速度與效率的時代裡，我們所接觸或使用的文字卻愈來愈短。就像在臉書上，你的貼文字數如果太多，長篇大論，不僅按讚數將非常少，也沒有太多人願意花時間好好看你的論述或觀點。

現下的時代是「微縮訊息」時代，我們接觸的重要訊息與文字都不斷要求精簡、精準、精快。因此例如報紙標題、新聞內容、廣告文案，甚至是電子郵件，都要求文字的簡潔有力。但這裡所說的簡潔有力非如廣告文案那種短小精簡的句子，而是有其內容，有所敘事，但篇幅短小的「微寫作」。

微寫作要求在短小篇幅的文字內傳達大量的想法，因此微寫作並非只是寫簡短的東西，其仍有中心主旨或訊息意義要傳達。最簡單的例子，就是你可想想如何在臉書貼文時，用更簡短，而依然有頭有尾、有基本結構的文章，去闡述你想訴說的議題。微寫作或許不是考試時的形式範本，但卻是我們生活中更需具備的溝通及書寫能力。

二、微寫作的四大書寫要點

微寫作的重點在於運用精煉且準確的文字表達文意。微寫作要寫的好，更要對題目的審思明確，因為若能在審題時精確抓到題目的主旨，就能在下筆直接切題，而減少冗字或多餘的句子了。進一步則可追求文字的凝鍊及藝術表現，寫出文情並茂的微寫作短文。

審題是基本功，無論是長篇或微寫作，都必須謹記對題目的解讀與認知，對於接下來的落筆都有著很大的影響。準確地審題後，微寫作通常有以下四種技巧，讀者們也可以以範例為題自己寫寫看：

1 直接切題

微寫作沒有多餘篇幅讓你鋪陳，通常第一句話就要直接切題，直接進入你想敘述的內容，使讀者只讀了幾句開頭，就能立即抓到你想強調的重點或議題。例如以〈綠色生活〉為題：

> 不知道從什麼時候開始，綠色生活成了一種奢侈的享受。我們不再走在綠樹成蔭的大道上，而是低頭鑽進捷運洞口；我們不再喝白皙透亮的水，而是從繽紛的手搖杯得到甜美的安慰；我們不再注意窗外的鳥叫聲，而是對著手機用拇指溝通。不妨停下匆匆腳步，享受久違的綠色生活吧。

這篇文章在第二句就提到主題「綠色生活」。後面則連續使用排比加強語氣，排比句也是微寫作中常常會用到的技巧，後面會再提到。

或是以〈早〉為題的示範，這樣的題目相當不明確，但可發揮的空間很大。

從黑暗漸漸奔向光明，從靜謐中漸漸走向嘈雜；在日升中跳躍出唯美的一抹光亮，在鳥鳴中綻放曙之樂章。光亮是我在的無限期望，樂章是我的孤獨吶喊。為此，我借來陰冷月色，踏過廣袤大地，臨近東海之濱，攀越萬山之巔，趁著日出的第一抹紅，看見遠方的未知的路途。

雖不直接說題目「早」，而是以「光明」代替，但寫來更有氛圍。此範例以抒情筆法，搭配整齊的文句及轉化修辭，具象化地將「早」的動態感寫出來。此為相當優美的微寫作文章，且有畫面地與題目相應和，可在短短的篇幅中看到作者的運筆功力。

2 聚焦細節

微寫作因篇幅短小，若我們的書寫還是從大範圍、遠景的、廣泛的內容下筆，就會浪費原本可以發揮的篇幅。微寫作必須從一開始書寫，就直接聚焦，把焦點放在主體／主角身上，著重主體細節的描繪，讓你要敘述的對象在最短時間內於讀者的腦海中成形。

例如以〈生活的世界〉為題：

天色漸暗，雨滴從很高很遠的地方落下，撞擊地面水花四濺。一隻剛成年的螞蟻四處跑動顯得疲憊，只為找一方可以安身的鬆土，為生存儲備更多的食物。雨總是來的不是時候，天空流下的眼淚敲打著大地，踏著泥濘繼續前行，沒有誰注意到這渺小的生命。

〈生活的世界〉這樣的題目以微寫作來說範圍太大，但這是微寫作常有的陷阱。若為大範圍的題目，讀者不加以注意，看到題目就下筆，便可能淪為泛泛之談，寫不到重點。在面對像〈生活的世界〉這類題目，你應該先思考生活的世界有什麼具有特色的主角，如何將鏡頭縮到最小，讓主角在文章中聚焦呢？

這篇範文以螞蟻為例子，開頭三句描寫景色的漸進，從雨滴寫到地面水花，由上到下，立刻讓讀者將目光轉移到地面上。接著主角螞蟻現身，作者細細描寫螞蟻的動作，原來是為了儲存食物。結尾以擬人手法，增添「世界」的人情味，並在末句點出「渺小的生命」以符合題旨，是書寫技巧很高明的範本。

3 善用隱喻

微寫作的功能在於迅速地傳達訊息，迅速地讓閱讀者理解內容。因此，善用譬喻可以讓閱讀者立即將你要敘述的內容形象化、具體化，即使你的內容有點複雜，或一開始沒那麼聚焦，也可以透過譬喻，更快讓讀者明白文本內容的特徵或特色。

例如以〈難題〉為題目的範例：

人生就像是四通八達的馬路，布滿了很多的十字路口，所有十字路口就是一個個當時的難題，比如十八歲要升大學的考試、畢業後的就業、就業後的高房價、婚姻、生子、創業、人際關係等，都會在人生的特定情境下成為難題。而當跨過了每一個十字路口，生活又成了一條單行道，需要我們鼓起勇氣直挺挺地前往。

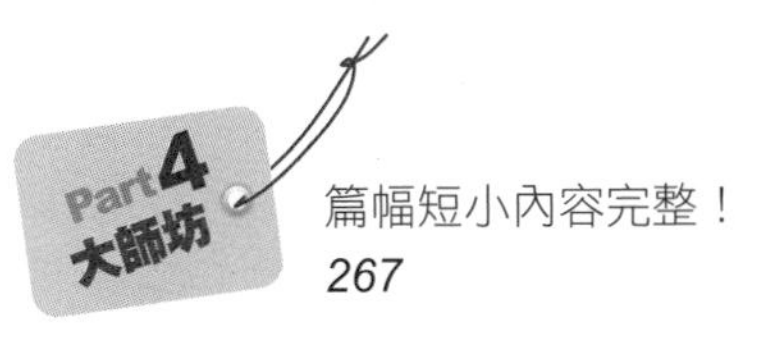

〈難題〉也是範圍很廣的題目，看到這種題目，必須立刻從廣大的範圍中抓取一個重點、或一個事件出來書寫。這個範例以人生為例，其實有點危險，因為「人生」仍然是一個廣大的題材。但作者用了譬喻的方式，把人生比喻為馬路，雖然不是相當特別的譬喻，但仍有助於讀者可以立刻明白作者要傳達的意義。將主題加以譬喻後，在書寫上也更好發揮。

或以〈夢想〉為題目：

小的時候夢想是個小小的點，似有又似無，再大一點點，它好像又變成了一條直線，想沿著這條直線一直走，卻似乎找不到路口，待我們把它勾畫成平面時，它好像立體了，形象了，具體了，可是我們卻再也找不到出發的初衷了。

同樣地，這還是一個大題目，若你看到這樣的題目，就開始說「我的夢想是……」那必然很難引起閱卷者的注意。這個範文將夢想具體化，譬喻成一個「小小的點」，然後在這個譬喻上發展，所以夢想可以變成一條直線，或一個平面等待我們去勾畫。整個書寫因此而變得活潑且不落俗套，更有作者自己的情感在裡頭。這樣的微寫作不僅有藝術價值，文字富有詩意，即使篇幅短小，也能令人讀來心有所感。

4 排比律動

要在精短的篇幅中抓住讀者的眼光，也可在文字上做一些變化。若能在開頭就破題切入主旨，那麼在接下來的段落，就可試試看以排比的書寫方式製造文章的美感與韻律感，即能在短時間內讓人眼睛為之一亮。

例如這則以〈城市〉為題的短文：

各人自掃門前雪，休管他人瓦上霜。人人時刻步履匆匆，日日相見亦不相識。明明住得那麼近，卻覺得距離很遠。城市裡房子愈建愈高，樓層數不斷增加，住在同棟樓的人愈來愈多，但人和人的交流卻愈來愈淡。鋼筋森林裡的人情冷漠早已司空見慣，遠親近鄰都不如靠自己。

這個題目依然是個範圍較廣的題目，因此作者選擇以「冷漠」來突顯城市的負面效應。這種從題目的「反面」來做題的方式，在作文寫作中也是一個聰明的選擇。因為一般人看到城市，可能會寫城市的繁榮、燈紅酒綠的景致，但作者選擇了反面的素材，就能與其他的文章作出區隔。

此範例的寫法，在前面兩段是用排比句來加強敘述的語氣，「各人自掃」與「休管他人」排比，「人人時刻」與「日日相見」排比，讓這則短文的開場顯得有力且有技巧。

再看〈翱翔〉這則短文：

> 天空是我自由翱翔的舞台，雲彩是我搏擊長空的佳影，陽光是我馳騁天地的源泉。我要飛得更高，讓那些目光短淺的小斑雀只能妒忌；我要飛得更遠，讓那些自命不凡的人們只能羨慕。聽，那驚濤拍岸的聲音，像觀眾的掌聲，此起彼伏；看，那飛奔的駿馬，在我看來，也只是一隻螞蟻。

此文大量地使用排比句來塑造結構上的華麗。不過，句子雖寫得美，但在內容上就較不深入。畢竟內容仍是整篇文章的基礎，單有華麗技巧，內容輕薄仍是無謂。

三、結語

微寫作其實是現在網路科技發達非常重要，且常常會使用到的書寫類型。平常在臉書發文的時候，就可以把握機會，在短短的篇幅中訓練自己，把你想說的複雜事件用更簡單的方式寫出來，並且可讓讀者一讀就懂。在日常生活中，有許多時候需要用文字溝通或傳達訊息，若能將自己的文字能力練得更好，無論在微寫作或未來書寫長篇文章如小說、論文時，絕對都能更加得心應手。

寫作一點靈

輕、薄、短、小是微寫作的一大特色，但在字數的限制下並不易下筆。完整的敘述一件事件或狀態為其要領。

在我們日常生活中隨處可見的廣告，其詞句亦是寫作的文字技巧呈現，稱之為廣告文案。廣告文案必須發揮極大的巧思，將特殊或有趣的詞語濃縮在一兩個句子內。廣告文案的文字雖短，卻不是一種容易的創作，因為它必須讓觀看者留下深刻的印象，才稱得上是成功的創意，這樣的短幅詞語組合或是文意營造未必比書寫一篇文章來得容易，甚至更為困難。透過廣告文案的短句發想，或可激發我們對文字、詞句的形構產生趣味的、特殊的、不同於過往的鮮明感受，有助於提升對詞語的敏銳度，進而在寫作時凝鍊文字，發展出個人的獨特風格。網路創作則是一般寫作的延伸，不同於紙稿寫作或書本內的文章，網路上的文字不宜過分艱澀，必須比一般文學作品更淺白、口語化，讓網路使用者易於吸收消化。除了傳統作文，寫作技巧還可發揮在許多地方，端看我們如何加以運用。

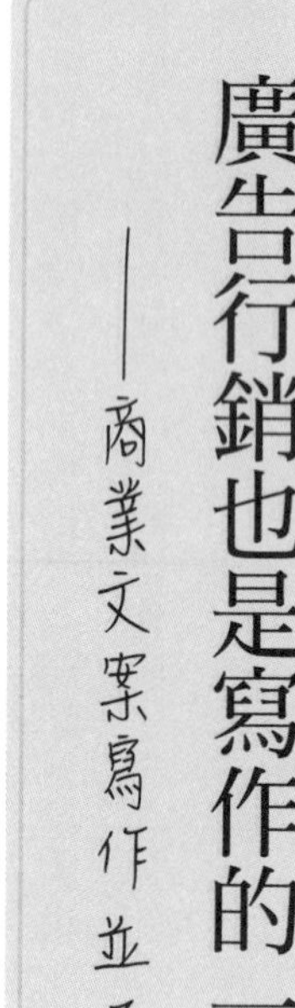

廣告行銷也是寫作的一環！

——商業文案寫作並不難

一、關於商業文案

文字是我們每個人每天所必須看到以及使用的，文字的運用能力雖然不被視為一項重要的專業，但卻是生活與工作上必備的能力。除了在考試時能夠在短時間內寫出好文章，未來的升學與就業也都會不斷地使用到文字。文字的作用無遠弗屆——例如你每天在電視上看到的或逛街被吸引的，也往往是「文字」的形容或描繪抓住了你的眼光，甚至成功引起你購買商品的欲望！試想，如果沒有文字的說明，你又如何能知道這個產品的功能或特色呢？

這個會引發你購買欲望、寫在招牌或產品包裝上的文字，通常稱為「文案」。

又因為「文案」的作用是要產生商業行為，所以又稱為「商業文案」或「廣告文案」。商業文案的文字有著市場取向，和考試或閱讀要求文章結構的文字有很大的不同，可說是一種特殊的文學創作，而要能被採納且應用於商業的文類。對於創作文案的人來說，必須同時兼具藝術家的靈感以及商業行為的敏感度。

商業文案通常會先有一個商業目標，例如銷售、買賣、宣傳或建立企業形象等。商業文案要求有效的傳遞商品訊息，並非只是單純華麗或優美的文字。然而，好的商業文案不但富有文學內涵，又能透過詮釋展現商業及商品的價值特徵。本篇將介紹商業文案的內容與要素，讓你認識如何靈活運用文字，加強你對文字的敏感度。

二、商業文案的要素

商業文案要傳達的是品牌的聲音、產品的特徵或公司的形象，其目的相當明確。文字必須站在產品和客戶、消費者的角度去思考。平常的考試作文，我們只需要針對題目審題或理解就可下筆，但商業文案更需要去了解消費者的心理，去觀察決定消費者購買的因素是什麼，才能確定行銷目的，也才能寫出直擊觀看者內心的最佳文案。

好的商業文案通常需要具備以下的要素：

1 符合商品的核心利益

文案通常需要點出商品的特徵，但並非直接地說出來，而是以旁敲側擊，或暗示性的形容塑造出來。例如中華電信在推廣 4G 電信訊號的文案，寫著「世界愈快，心則慢」便是以商品的核心特色——「快速」來設計這句文案。此文案的高明在於同時使用了對比法「慢」，讓消費者在接收到商品的特色時又能有情感上的體會，使整句文案有了溫度，也更能使消費者接受。

2 投射出消費者應該使用這個產品的欲望

藉由文案的設計，可說出消費者可能原本想要、但不敢說出來的欲望，或是引發消費者的共鳴。例如 PayEasy 女性購物網站，曾有一句「期待下一次，不如靠自己」的文案，點出了許多現代女人們的心聲，PayEasy 用一個故事來和消費者產生共鳴，用女人的語言向女人行銷。這個文案告訴女性消費者，很多事情是可以自我實現的，不需再倚靠男人，透過網路購物的方便機制，只要上網下單訂購，貨品就會自己送到家。這樣的廣告訴求，反映了現代女性的生活型態。

3 出其不意

商業文案若能超乎大眾的想像，從另一個與商品不完全有關係的面相去呈現，可製造出其不意的效果。例如長榮航空在二〇一三年的廣告，以「I see you」、「你的眼界可以轉動世界」成功重新塑造了商業形象。一開始我們看到「I see you」可能會覺得這和航空公司有什麼關係？不是飛，卻是看（see）？但透過對旅行風景的描繪，再搭配文學感強烈的文案，如「張開羽翼，往陌生的方向前進」就引發了觀看者對旅行的興趣。

這個文案與商業公司本體有著相關性，而又不是直接相關，但超脫觀眾原先的想像，用不同的面向強化旅行的深層意義，較不會使消費者直接感受到這是商業廣告，而是先被文字吸引，對旅行有所期待後，再回到產品本體，其回收的廣告效益是相當正面的。

三、商業文案的類型

商業文案是一種文字的濃縮術，相當程度要求了撰寫者對文字運用的能力，因為你通常必須在很短的字數內，傳遞最有效的商業或產品特性。這樣的文字運用，是利用了文字的訊息功能、道理功能、情感功能與生命功能來吸引消費者。商業文案可以透過以下幾種方式來傳遞訊息：

1 形象塑造

如果商業文案只是單純地對商品特徵直接描寫，通常無法引起消費者注意。一件商品可以藉由語言來描述，但若更進一步，則可用聯想的方式突出產品的形象。例如「鵝黃鴨綠雞冠紫，鷺白鴨青鶴頂紅」用顏色的形容詞增添繽紛感，這是油漆行的文案！如此不直接將商品寫在文案的文字中，而是透過形象的特徵，引起消費者想要知道「這個文案究竟在賣什麼東西？」

筆者於二〇一五年出版的著作《微小中的巨大》，書名即利用抽象概念「微小」和「巨大」的對比吸引讀者目光，再說明此書內容是描繪台灣各行業小人物對於我們生活的這片土地的巨大貢獻。

2 意境美感

傳達意境的文案通常是一種「情景交融」的描寫。透過外景與內情、以形傳神的方式，在文字中傳遞主角本身的特色或情境，這樣的商業文案大多在傳遞企業形象。例如全聯福利中心，為了要傳達它們販售商品的便宜特徵，其文案設計為：

離全聯愈近，奢侈浪費就離我們愈遠。

或是：

幾塊錢很重要，因為這是林北辛苦賺來的錢。

再搭配影像，就能成功傳遞要省錢、要花少少的錢就應該去全聯的意境。不直接說出企業的特色，而是旁敲側擊，此為高端的商業文案。

3 諧音趣味

要用一句話引起消費者的目光，在文字上要點花樣也是常用的方式。例如電視廣告可以搭配影像與聲音，利用「諧音」來創造文案，通常就能讓觀眾想要多看一眼！

以按摩椅的廣告為例，文案說「我做最好，你坐最好」，很簡單的用「做」與「坐」來強調了一種主客的關係。不僅可讓消費者有享受的感覺，也可加強產品在製作上的用心。很簡單的文案，但卻能在傳遞產品特性的同時，也塑造了企業形象。

或如營養補品的廣告說「肝不累，才能輕鬆 PLAY」，即在強調產品的作用。「不累」與「PLAY」有聲音上的相似，可以讓觀眾琅琅上口，進而引發購買的欲望。

四、結語

商業文案是一種文字的精煉術，挑戰你運用文字的特性與熟練。平常看電視或逛街時，可多多注意商品或企業的文案，這些看似簡單、只有一句話的文字，其實通常都是經過許多人絞盡腦汁，去蕪存菁後才能出現在產品上。商業文案雖然沒有文章結構等一般的寫作要求，其如何精準傳達商業產品的特色，且要平易近人，又要令人印象深刻，卻是需要非常厲害的文字技術啊。如果練習作文書寫倦怠了，不如看看你周圍的物品，想想看，若你想要推銷這個東西（例如手機、原子筆、行動電源……）你會想要用什麼樣的文句來吸引消費者的注意，可能會發現更多的文字趣味喔！

寫作一點靈

商業文案寫作重點在於吸睛，能讓人記住廣告詞更好。必須用一兩句簡單的句子就讓消費者記住。

e化世代的吸引粉絲術！——網路創作有訣竅

一、關於網路寫作

網路寫作起源於九十年代的「BBS」（即電子布告欄，例如目前最多人使用的「PTT」）。因為BBS只能以文字溝通、貼文的特色，進而影響了文字或文章的結構以及使用。不像現今的臉書，發文通常都是幾句話或短文而已，BBS上可以寫篇幅很長的小說，且因為是自由的網路，不會受到實體書籍的限制，因而開啟了這個自由、輕鬆的文類「網路寫作」。

網路寫作通常多為「網路小說」，因為網路寫作開始流行時，就是從網路小說風靡而來的。例如在一九九八年連載的網路小說《第一次的親密接觸》（作者

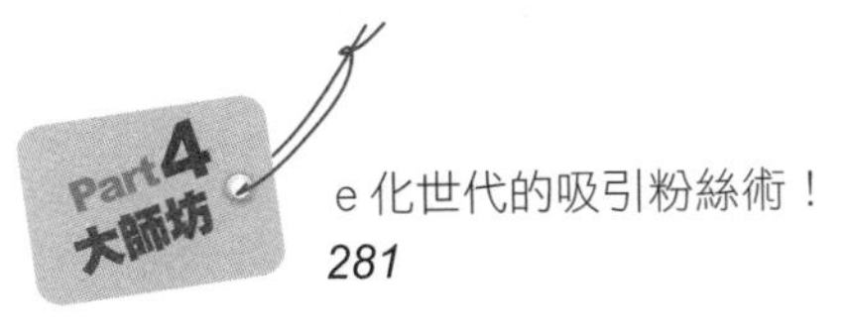

為痞子蔡）就是在當時造成轟動的作品。網路小說不追求文學藝術性，且因為要在網路流傳，文字通常簡單輕鬆，容易閱讀；題材通常為校園愛情、情愛小品等，讀者很容易消化，造成了這個類型小說的興起。

二、如何寫

網路寫作提供了一個開放且自由的平台，讓任何想要寫作、想要講故事的人都可以在網路上創作自己的作品。但也因為「誰都可以寫」，要如何寫得有趣、寫得吸引人，就變得有點難度了。以下說明幾個網路寫作必須注意的技巧：

1 文字口語化

相較於其他較正式的文章，網路寫作因為網路空間的自由、沒有限制，也為了讓廣大使用者都可以毫無障礙的閱讀，因此網路寫作的作品，其文字用詞都相當口語化，也可以說是完全反映我們日常生活的對談。

知名網路小說作家痞子蔡，曾對網路作品的文字如此形容：「網路小說的文字當然簡單，因為網路創作者的寫作姿勢非常輕鬆，就像在家裡打赤腳穿短褲走來走去一樣，他們並沒有見人的打算；傳統小說作家當然得梳好頭髮、打好領帶、擦亮皮鞋，因為他們不僅要見人，恐怕還得出現在正式場合。在小說版的自由創作環境裡，網路創作者就像在客廳看電視一樣，輕鬆揮灑而不刻意雕琢文字。」

以著名的網路小說《第一次親密接觸》為例，小說一開頭便說：

> 跟她是在網路上認識的。怎麼開始的？我也記不清楚了，好像是因為我的一個 plan 吧！那個 plan 是這麼寫的……

像這樣英文中文夾雜的句子，在正式文章或考試作文中都是不被允許的，但網路小說便有這種自由度，可以很直接地將你生活中的對白寫在作品當中。

創作網路小說，在文字的使用上不能太過文謅謅，過度造作或拗口的文字通常會讓網路使用者讀不下去。但這不是指網路創作就可亂寫亂兜，必須口語化、讀起來順暢，才能吸引讀者想要繼續看下去。

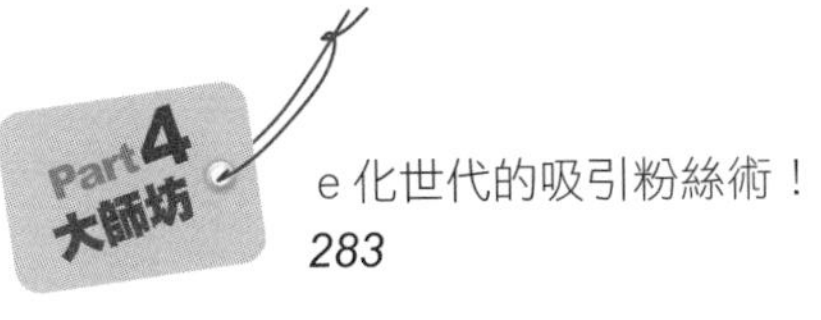

2文字幽默風趣，讓人有記憶點

網路小說通常要有「亮點」來抓住讀者的目光。因為網路世界無遠弗屆，資料訊息量都相當大，如果文章沒有一些讓人印象深刻的記憶點，或可以流傳的經典句子，又如何能讓更多人看到自己的作品？因此會「紅」的小說，都會有一些設計過的經典文句，讓觀看者可以在讀到時會心一笑，進而跟朋友分享。

例如《第一次的親密接觸》中就有許多經典台詞：

如果我有一千萬，我就能買一棟房子。
我有一千萬嗎？沒有。
所以我仍然沒有房子。
如果我有翅膀，我就能飛。
我有翅膀嗎？沒有。
所以我也沒辦法飛。
如果把整個太平洋的水倒出，也澆不熄我對你愛情的火。
整個太平洋的水全部倒得出嗎？不行。

所以我並不愛你。

這一段真的超級經典啊！當時可是風靡整個網路世界！或是：

如果我沒有心臟，就不會為你心動心傷，就像你的手指冰涼，就像你的淚水好燙，如果你是只蝴蝶，你說過會落在我心上，可是你卻真的飛走了，留我在花開的地方，可是我笑著看你輕舞飛揚，我相信在最高最遠最美麗的天堂，愛情不是遺憾是陽光！

可以明顯看到這些句子都是經過設計的，甚至用了譬喻、排比等修辭。可見網路小說雖然可以很口語，但要讓讀者青睞，每個禮拜等著連載，仍需要在文字上下功夫。而如何能寫得口語，又能讓文字讀起來有美感，那就更考驗作者的敘述功力了。

3 故事情節安排必須高潮迭起

因為網路寫作多為小說形式，小說最重要的，就是「故事」本身。小說文體本就重視情節的安排，而網路小說多以連載方式進行，更要求事先在情節上設計、安排，才能在每次連載時都能緊緊抓住讀者的心，而有繼續將故事看下去的期待。

以前面提過的《第一次的親密接觸》為例，小說用老掉牙的排比句子開頭，雖然老套，但會讓讀者心想：我就要看看這個俗氣的男主角怎麼認識女主角的。而作者將女主角的網路匿名取為「輕舞飛揚」，還設計了女主角有紅斑性狼瘡的病症。顯然作者對整個故事作過精心設計，才能在故事末端揭開女主角不為人知的病痛，掀起小說的高潮，無怪乎成為台灣最早受到矚目的網路小說。

前面提到，網路寫作通常會以連載的方式貼出，每一次的章節盡量控制在一千字以內，讓讀者閱讀時有進展，又不會感到過於冗長，失去閱讀的耐心。

因此，若前面已經有一個設計過的故事環節，或思考到第幾章的時候要讓故事的爆點產生，這時候，在章節的安排上就顯得特別重要。如果將故事分為三個主要的大段落：鋪陳、主要劇情、結尾。接著在每一個部分再安排三個小節，就能在故事情節上作有效的安排，避免形成小說進行沒多久即出現劇情的高潮，卻後繼無力的情況；或是前面鋪陳太久，讓原本有興趣的讀者看到失去耐心，那就可惜了一個有趣的故事了。

在二〇〇〇年連載，且受到廣大讀者愛戴的藤井樹小說《我們不結婚，好嗎》，雖然作者是男性，在小說中卻改以女性的角度與口吻來敘述。故事中的男女主角一開始常常鬥嘴，像是冤家一般，但在故事中段，作者安排女主角的爺爺病逝，製造了讓男主角展現溫情的機會，而讓男女主角的相處模式有所轉變。

這就是小說在敘述上的轉折，每一次的連載都吸引著讀者想要繼續看之後的發展。故事中男主角的耐心與等待感動了許多人，讓這部小說成為當時網路寫作的熱門代表作品。

三、網路小說的爭議與價值

網路是一個自由且浩瀚的創作園地，只要你有好故事，腦中有想要發揮的怪點子，網路寫作是一個練筆的好地方。但網路寫作自網路小說發展以來，一直有商業與文學性的爭議，因為其輕薄簡單毫不修飾的文字，讓許多在文字上鑽研，或在作品發展文學性的作者們相當不以為然。

網路小說真的沒有價值嗎？其實看看前面所談的，網路寫作仍然需要許多技巧，畢竟網路世界誰都可以寫，要如何在眾多的競爭者中脫穎而出，那是相當不簡單的。你的故事要有趣、能吸引讀者不斷地看下去、情節安排要恰到合宜、不能太快將高潮說完，又要持續有線索與記憶點吸引讀者跟著你……這些創作的要素，其實仍相當地要求作者的文字功力，或是說故事的能力。

也許比起嚴肅的文學作品，網路寫作確實比較沒有那麼深層，或精雕細琢的文學意義，但網路寫作卻是代表了這個世代的新文類。另一方面，網路小說更重要的價值在於故事性——你怎麼說一個精采、有趣的故事。準備考試煩悶之餘，或許你也可以拿張小紙條，把你腦中的故事作一些章節上的安排，然後動筆吧！你會在網路書寫的過程中，學習到更多文字運用的能力！

寫作一點靈

比起傳統文章，網路創作更重視易讀性及故事性，遣詞用字不宜過於雕琢，更重要的是情節必須引人入勝。

筆記欄

Appendix

附錄

寫作大補帖

除了寫作的內容和技巧外，還有哪些基本應用和相關訊息是我們需要了解的？

書寫應用篇

前面的篇章已詳細地揭示了許多寫作上的準備、技巧及應用，只要依循練習，這些涵蓋全面、解說深入的完整內容足夠讀者長時間的學習與使用。除了內容的充實、技巧的提升，寫作還有一些基本概念及常識亦極為重要，卻常常被輕忽，可能導致一篇辭藻優美、內容充實的文章犯下顯而易見的錯誤，那就非常可惜了。標點符號是現代文章不可或缺的重要配角，基本的功能為斷句，因此，不可隨意地在句子中加上標點，破壞其完整性。再者，標點符號有表示暫時停頓、說明完成、語氣呈現、專名標示等功能，了解標點符號的應用方式，才能在寫作時正確地使用，使文章臻於完善，不會因誤用而降低文章的價值。字詞和成語的正確使用是同樣的道理，許多人在寫作時常會誤用錯別字或成語，且在媒體傳播的影響下，許多錯用已積非成是，廣為大眾接受。這些易犯的錯誤都是我們寫作時必須避免的。

小符號大功能！

——活用標點符號

小兵立大功

標點符號經常被認為是不起眼的小角色，事實上，它們雖然是文章中的小小配角，卻也是不可或缺的好工具，尤其當句子比較繁雜冗長時，務必要加上標點符號來斷句或停頓，如此才能確定並加強文句的意思和語調，也能使言辭的表達更加鮮明與活潑。

標點符號除了功能與用法之外，書寫時所占的字元數也相當重要，因為作文篇章的字數是包含標點符號的。目前新式的標點符號共有十五種，通常最容易混淆及誤用的標點符號是破折號、夾注號、引號與刪節號。

1句號。

當一個句子已經完整的結束，能夠在句末使用的標點符號稱為句號，占一個字元，位於正中間，且不能用於疑問句和感嘆句的結束。

• 範例：即使天公不作美，但雨水澆不熄大夥的熱情。

2逗號，

當句子比較繁雜時，可用來隔開複句內的各分句，或標示句子內語氣停頓的地方，或用在強調的詞語之後，這樣的標點符號稱為逗號，占一個字元，位於正中間。

• 範例：如果颱風不來，我們就出國旅行。

• 範例：休息，是為了走更長遠的路。

3頓號、

通常使用在並列連用的字詞中間，或者標示條列順序的文字之後，占一個字元，位於正中間。

• 範例：我今天早上吃了豆漿、燒餅、油條，還有一盒壽司。

- 範例：上課的三不政策是：一、不玩耍；二、不調皮；三、不分心。

4分號；

一般使用在並列或對比分句中的標點符號稱為分號，占一個字元，位於正中間。

- 範例：得志，澤加於民；不得志，修身現於世。
- 範例：惻隱之心，仁之端也；羞惡之心，義之端也；辭讓之心，禮之端也；是非之心，智之端也。

5冒號：

可以用在總起下文，或舉例說明上文，或對話的標點符號，占一個字元，位於正中間。

- 範例：行行出狀元，例如：王建民、李安、周杰倫，各有屬於自己的一片天。
- 範例：蘋果、香蕉、芭樂、草莓：都是我愛吃的水果。
- 範例：愛因斯坦說：「專家還不是訓練有素的狗。」

6引號「」『』

最常使用於標示說話、引用語、特別強調或是指稱的詞語。「」稱為單引號，『』則為雙引號，前後符號各占一個字元，如果是橫書，標記在首字的左上方與尾字的右下角；若為直書，則是標記在首字的右上方與左下角。在一個句子中，先使用單引號，若話中還有話，或有強調的詞，則在已標記了單引號的句子內再加上雙引號。此外，一般引文的句尾符號會標記在引號之內。若是引文當作直接嵌在全句結構中的強調詞語，那麼在下引號的前面，就不會再加上標點符號了。

- **範例**：我們的一生「得之於人者」太多了！
- **範例**：國文老師說：「你們要記住孔子說的『言必行，行必果』這句話。」

7夾注號（）——

當行文中有需要注釋或補充說明時所使用的標點符號稱為夾注號，在行文中純屬注釋上文的，多半用（）表示，前後符號各占一個字元，位於正中間。若希望在行文中補充說明而文氣能夠聯貫，則多半用——表示，前後符號各占二字元。

• 範例：我十八歲（其實只有十七歲五個月）便開始打工賺取學費了。

• 範例：端午節——又稱天中節——除了吃粽子之外，在門口放上艾草和菖蒲也是習俗之一。

8問號？

使用在行文屬於疑問句，或是不清楚歷史人物的生死時間，或事件始末的時間不詳，占一個字元，位於正中間。

• 範例：我要怎麼才能逃出這座牢籠？

9驚嘆號！

使用在句子出現感嘆語氣，或想要加重語氣的詞、語、句，占一個字元，位於正中間。

• 範例：哇！好美麗的玫瑰花！

10破折號——

使用在句子中出現語意的轉變、聲音的延續，或是在行文中想要補充說明某詞語，而在說明後需要停頓的地方，占二個字元。

‧範例：他是一個煩人的傢伙——也罷，還是聽聽看他想說什麼好了。

‧範例：噹——噹——噹——，下課的鐘聲響起，學生開始躁動不安。

‧範例：傾聽——是一種禮貌與成熟的表現。

11刪節號……

使用在句子中有省略原文、語句未完且意思未盡，或語句斷斷續續時，占二個字元。

‧範例：凡事只要差……差……不多，何……何……必……太……認真？

‧範例：我已經說了一次、二次、三次……你就是不改遲到的壞習慣。

‧範例：明月幾時有？把酒問青天，……人有悲歡離合，月有陰晴圓缺，……但願人長久，千里共嬋娟。

12書名號《》〈〉

當行文中出現書名、篇名、歌曲名、影劇名、文件名、字畫名等所使用的標點符號。《》用於書名，〈〉用於篇名。直書標記在書名的上下，橫書則標記在書名的前後，且前後符號各占一個字元。

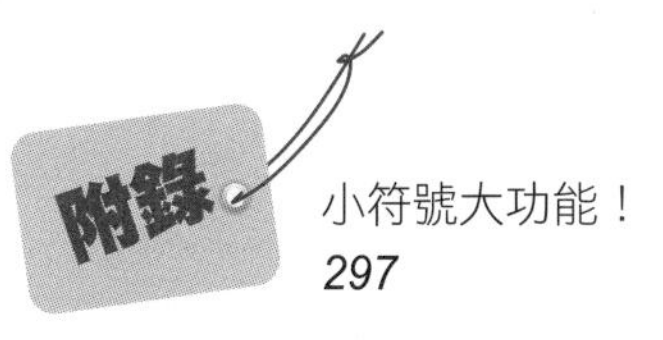

• **範例：**〈空城計〉一文出自於《三國演義》。

13專名號——

當行文中出現人名、族名、國名、地名、機構名等所使用的標點符號。直書標記在名稱左方，橫書則標記在名稱下方，長度與名稱齊長。

• 範例：杜甫，字子美，唐朝人。

14間隔號·

又稱音界號，可以使用在書名號裡的書名和篇章卷名中間，或原住民名字之間隔，或翻譯外國人的姓氏與名字之間，占一個字元，位於正中間。

• **範例：**《論語·衛靈公》說：「人無遠慮，必有近憂。」

• **範例：**瓦歷斯·諾幹是一位知名的原住民作家。

15連接號—～

當出現連接時空的起止或數量的多寡所使用的標點符號，以—或～表示，占一個字元，位於正中間。

• **範例：**我在臺北住了十二年（民國八十四年～九十六年）。

錯別字不要來找碴！——辨別易混淆錯字

一、別讓錯別字毀了你的文章

一篇好文章除了段落架構和布局思路須很有條理外，更要有正確的文字使用，因為一旦有錯字出現，整句話的意思可能就會偏離原意了，不只會貽笑大方，還可能會造成不必要的誤會，因此不可不慎。如果自己對於文字敏感度不夠高，務必要加強相關的字形辨識訓練。字體使用的正確與否，通常為讀者或考試閱卷者的第一印象，錯誤率當然愈少愈好。另外，要特別提醒的是，在正式的書寫或考試中，簡體字也算是錯字的一種。使用了簡體字，不僅不夠正式，也不夠禮貌，字詞上所想要呈現出來的意思，也無法完全到位，平時最好不要因為貪圖方便太常使用，以免在考試或正式場合中錯用。

二、常見錯別字

錯別字	正確用字	錯別字	正確用字
戲虐✗	戲謔○	難以至信✗	難以置信○
收營員✗	收銀員○	娓娓到來✗	娓娓道來○
傾刻✗	頃刻○	亦或是✗	抑或是○
供獻✗	貢獻○	印相✗	印象○
擁載✗	擁戴○	為只✗	為止○
寄托✗	寄託○	寂默✗	寂寞○
乎略✗	忽略○	刮風✗	颳風○
汗流夾背✗	汗流浹背○	無其不有✗	無奇不有○
終就✗	終究○	勞記✗	牢記○
因該✗	應該○	煩腦✗	煩惱○
俯看✗	俯瞰○	印照✗	映照○
抒解✗	紓解○	紓發✗	抒發○
煩燥✗	煩躁○	堅難✗	艱難○

而己✗	而已○	報怨✗	抱怨○
籍口✗	藉口○	如願以嘗✗	如願以償○
兼固✗	兼顧○	決對✗	絕對○
填壓式✗	填鴨式○	使終✗	始終○
倒至✗	導致○	蒙閉✗	蒙蔽○
矇懂✗	懵懂○	糟踏✗	糟蹋○
趨使✗	驅使○	儀杖✗	儀仗○
心絃✗	心弦○	佳賓✗	嘉賓○
寒喧✗	寒暄○	重覆✗	重複○
床第✗	床笫○	臘筆✗	蠟筆○
去逝✗	去世○	慧星✗	彗星○
攏斷✗	壟斷○	博鬥✗	搏鬥○
迷漫✗	瀰漫○	慘忍✗	殘忍○
歌誦✗	歌頌○	通輯✗	通緝○
週到✗	周到○	側隱✗	惻隱○
通霄✗	通宵○	遨翔✗	翱翔○
枉廢✗	枉費○	摧促✗	催促○
炫麗✗	絢麗○	歉咎✗	歉疚○
作崇✗	作祟○	針貶✗	針砭○

✗	○
放盪	放蕩
秉賦	稟賦
描準	瞄準
必竟	畢竟
一昧	一味
邊垂	邊陲
融恰	融洽
國萃	國粹
膺品	贗品
修緝	修葺
憋扭	彆扭
弦律	旋律
訂情	定情
光茫	光芒
淬勵	淬礪
靡爛	糜爛
莞薾	莞爾
腹漲	腹脹
變生	孿生
打戰	打仗
牽善	遷善
璀爍	璀璨
耐何	奈何
忙祿	忙碌
惡耗	噩耗
籠照	籠罩
汽球	氣球
起哄	起鬨
和靄	和藹
決擇	抉擇
發奮	發憤
憤發	奮發
裝璜	裝潢
曲指	屈指
苛薄	刻薄
倒霉	倒楣
冒然	貿然
坦護	袒護

豐富你的使用詞彙！——認識常用成語

一、讓你的文章簡潔深刻

適時地在文章中加入成語，不僅可讓你的文字更為精煉扼要，也可凸顯你的語文能力，更重要的是可避免一直反覆使用到相同的形容詞彙，使你的文章有變化而不至流於平淡。因此我們平時必須多閱讀，以增進並熟悉常用的詞彙與成語，最重要的是必須認識它們的正確用法，才不會因誤用而鬧笑話，若是如此，倒不如不用以免自曝其短。

成語的使用必須自然而恰當，若在文章放入滿滿的成語，不但不是一篇好文章，反而是一篇空洞八股而缺乏真實情感的劣文了。成語使用的適宜，往往有畫龍點睛的作用，相對的，若是三不五時就在字裡行間加入成語，不僅是畫蛇添足，甚至是流於賣弄了，這是我們寫作時必須避免的。

二、常用成語及意義

1 感情類

- 兩小無猜：天真爛漫的年幼男女毫無猜忌之心。
- 抱柱之信：相傳古時尾生與一女子相會於橋下，女逾時未到，潮水至，尾生遂抱著橋柱而被水淹死。指固守信約，永不改變。
- 敝帚自珍：比喻東西雖不好，卻因為是自己的，仍然非常珍視。
- 狐死首丘：傳說狐狸死時，頭必朝向狐穴所在的山丘。比喻不忘本或對故鄉的思念。
- 琴瑟和鳴：比喻夫妻情感和諧融洽。
- 落月屋梁：對故友深切的思念。
- 兔死狐悲：比喻因同類的死亡而感到悲傷。

2 政治類

- 終南捷徑：唐代盧藏用舉進士而不受重用，乃隱居終南山以求高名，做了大官的故事。後比喻求官、求名、求利的便捷途徑。
- 風行草偃：比喻在上位者以德化民。
- 率獸食人：帶領野獸吃人。後比喻虐政害民。
- 河清海晏：黃河的水清澈，大海平靜沒有風浪。比喻太平盛世。

3 德行類

- 君子固窮：君子不會因窮困而改變操守。
- 反求諸己：反過來自我省察，要求自己。
- 悲天憫人：憂傷時局多變，哀憐百姓勞苦。
- 行不由徑：走路不走捷徑。比喻行事光明正大，不投機取巧。
- 讓棗推梨：比喻兄弟間的友愛。
- 枕石漱流：以山石為枕，以溪流漱口。形容高潔之士的隱居生活。
- 和光同塵：鋒芒內斂與世無爭，而與囂雜塵俗相融合。

4 態度類

- 貴遠賤近：重視古代和距離遠的，輕視當代和相隔近的。
- 破釜沉舟：形容行動果決，下定決心後就毫不遲疑地行動。
- 師心自用：指一個人自以為是，不肯接受別人的正確意見。
- 拳拳服膺：態度誠懇真摯，心悅誠服的牢記在心。

5 辨識類

- 牛驥同皁：比喻好壞不分。
- 鼠目寸光：形容人目光短淺，識見狹小。

6 應變類

- 食古不化：比喻一味守舊而不知變通。
- 目無全牛：庖丁初次宰牛時，所見的是牛的身體，幾年後技術純熟，宰牛時，已不注意牛的外形。比喻技藝純熟高超。
- 抱薪救火：抱著木柴去救火。比喻救助不得其法，反而有害。
- 進退維谷：形容處於進退兩難的境地。

・曲突徙薪：比喻事先採取措施，以防患未然。
・首鼠兩端：形容躊躇不決，瞻前顧後的樣子。
・亡羊補牢：丟失了羊，就趕快修補羊圈，還不算晚。比喻犯錯後及時更正，尚能補救。
・江心補漏：比喻事有缺失不先預防，臨時才補救，但為時已晚。

7 事態類

・無遠弗屆：不管多遠都能到達。
・陰陽潛移：日夜悄悄地進行交替。指時光的流逝。
・滄海桑田：大海變為陸地，陸地淪為大海。謂世事多變。
・與世推移：隨著世道的改變而變化以合時宜。

8 貧富類

・五陵年少：比喻衣著講究、年輕貌美的富家子弟。
・食前方丈：吃飯的食物擺滿一丈見方那麼廣。形容生活非常奢侈。
・懸然如磬：指家貧一無所有，屋梁像懸磬一樣。

・簞食瓢飲：顏回生活雖然清苦，卻依舊不改樂道的志趣。後用以比喻安貧樂道。

9 文學類

・栩栩如生：形容貌態逼真，彷彿具有生命力。
・別出心裁：獨出巧思，不同流俗。
・率爾操觚：不加思索，揮筆成文，形容文思捷速。後比喻不多考慮，草率作文。
・行雲流水：飄動的浮雲，流動的水。形容飄灑自然，無拘無束的樣子。
・龍飛鳳舞：形容筆勢生動活潑。

10 音樂類

・新鶯出谷：比喻人的歌聲，宛轉清脆，悅耳動聽，如黃鶯在山谷間鳴叫般。
・響遏行雲：形容聲音響亮，能讓行雲止步。
・陽春白雪：較為深奧難懂的音樂。亦比喻精深高雅的文學藝術作品。

11 體貌類

・龍鳳之姿：風采出眾，舉止不凡，形容帝王或貴人的相貌。
・目眥盡裂：眼眶裂開，形容怒目而視。

・頭童齒豁：形容人頭禿齒缺，年老體衰的樣子。

・尸居餘氣：像死屍般地躺著，尚存留一口氣，指人即將死亡。亦形容人暮氣沉沉，庸庸碌碌而無作為。

12 勤奮類

・孜孜矻矻：勤勞努力不懈怠。

・日就月將：每日有成就，每月有進步。形容持續不斷，積少成多。

・殫精竭慮：竭盡所有心力和思慮。

・深耕易耨：盡力耕種，並除去田間雜草。

・朝乾夕惕：形容勤奮戒懼、兢兢業業，不敢稍有懈怠。

・廢寢忘食：形容專心努力工作或學習。

・焚膏繼晷：指燃燒燈燭一直到白天日光出現。形容夜以繼日地勤讀不怠。

・夙興夜寐：早起晚睡。比喻勤勞。

即將完成一篇文章時，有什麼地方是須再注意或避免的呢？我們在寫完一篇作文後，一定要再次檢查，確認整篇文章的前後邏輯及文字的流暢性沒有問題，未使用錯別字或誤用詞語，觀點一致並扣緊主題……意即就整篇文章的正確性作詳細的檢視，至少應檢查個兩、三次，確認無誤後再繳交或發表。另一方面，我們寫作的內容一定要具原創性，可適時地引用他人說法加強立論，但不能通篇引述，那將使你的文章因缺乏新意而變得毫無價值。更嚴重的是直接抄襲他人文章，這不但是文壇大忌，還可能因侵犯著作權而吃上官司，是得不償失的行為，務必要注意。平時，我們可以高中學科能力測驗或公務人員高普考試等作文題目練習寫作，這些熱門題型可磨練我們的筆鋒，增進寫作速度。最後，本書還提供許多文字作品發表管道的資訊，只要你有心，就能讓作品廣為流傳，甚至成為新興的暢銷書作家喔！

最重要的注意事項——寫作的禁忌與最後的檢視

一、抄襲是最大的禁忌

我們寫作可以參考、仿作、引用其他人的作品，但絕不可抄襲。抄襲在創作上是最大的禁忌，一旦被發現你的文章是抄襲其他人的作品，不但會身敗名裂，還很有可能吃上官司，因為這是偷取別人創意的行為，切勿心存僥倖、以身試法。

每個人心中都會有喜愛的作家、想致敬的對象，我們在寫文章時，可以擷取名作家的優點，來加以改變創作，內化成自己的風格。比如現代許多知名作家的文風就深受張愛玲的影響，在張愛玲的創作中，摹寫物品細節的技巧為其最大的特色，因此許多後輩作家會師法這樣的筆法，並發展出自己的風格，所以這種擷取大師級作家特色的方式就是一種學習和致敬，而非抄襲了。我們必須切記可以學習知名作家的優點來書寫自己的作品，但不能原封不動抄襲整篇文章。

除了學習知名作家的筆法外，引用文章的名言佳句也是被允許的。我們在寫文章時，可適時地引用我們讀過的文章中的一小段內容，或是該作家特出的論點。必須注意的是，既然是「引用」，那麼我們在寫出他人的名言佳句時就必須註明出處，例如出自哪位作家的哪篇作品，即可放心地引用這些佳作的片段了。此外，我們得切記不能引用過多單篇（單部）作品，否則與抄襲沒有兩樣；或是引用過多他人的說法，而缺乏自己的創見，失卻文章的獨特性，這些都是我們在寫作上所要注意與避免的。

二、不是寫完就沒事了

寫作的最後一個階段，就是回頭檢查自己的全文有沒有問題。檢視的動作有點像是我們在算數學題時，做好了一個題目的解答，然後再回過頭去驗算。這項檢視的動作，主要是為了避免自己所寫的東西，和自己理想中的程度相去甚遠，或是要解決在撰寫中自己輕忽的部分。

檢視全文時，最基礎的檢查就是看看內容是否符合自己的期待。這些期待包括文章的背景素材、文章的轉折、文章最後的結論等。文章的背景素材，泛指我們開始寫作時選擇呈現的時代、天氣、氣氛、事件、地點與人物等。寫作時，我們可以一邊敘述，一邊檢查自己有沒有逾越自己設下的範圍。文章的轉折，指的是我們在文內安排的變化、意外、重心、高潮或是衝突等。這些可讓文章令人感到耳目一新的部分，若與整篇文章顯得格格不入，就會得到反效果，因此需特別留意。無論是抒情文、應用文、論說文或寫景文，文章最後的結論一定要呼應主題，給予題目回饋，並總結全文的理念。通常一般的命題作文，命題者通常會希望寫作者能夠對生命有所感悟，因此檢視全文時，我們可以看看自己在結論的部分，有沒有提出自己對生命的觀感或看法，這些都能讓文章更有韻味和意義。

以下我們以「檢視規則」、「檢視錯誤」、「檢視邏輯」等三個部分說明，再自行閱讀一篇文章，試著檢視這篇文章有沒有值得再處理的部分。

1 檢視規則

如果我們的作文，是為了某種目的而寫，那麼除了一開始需要特別留意寫作規則外，也別忘了在文章寫完之後，回頭檢視自己的全文有沒有符合規定。例如升學考試的作文命題，通常會設下一些原則或規定。而應試工作的作文，也有可能設下某些條件、字數、方向等基本規則。這些都是需要我們再特別注意之處，免得耗費心力寫了一篇文章，卻因為不符合規則而前功盡棄。

2 檢視錯誤

寫作文時若有時間上的壓力，或是一些外在的因素干擾，就可能造成撰寫過程出錯的情況。常見的錯誤包括錯字、標點錯誤、文不對題、比喻失當、情緒氾濫等。這些問題，皆可透過全文檢視的動作重新修改，讓文章更完善。

3 檢視邏輯

作文中有些邏輯問題較細微，有時連作者自己都難以察覺，因此需要透過細膩的全文檢視，找出前後文、前後句、詞語間是否有衝突的情況，接著透過修改，讓文章看起來更具邏輯性，不會讓人讀來有前後矛盾之感。

近年熱門作文題目

——常見題目寫作範例

一、近年作文考題範例

1〈舉重若輕〉

「舉重若輕」是一種應世的態度。人生中遇到重要的事或面對困難時，可以用審慎但泰然、輕鬆的態度處之；或者凡事善用智慧，便能輕而易舉，勝任愉快。

請根據自身經驗或見聞，以「舉重若輕」為題，寫一篇文章，論說、記敘、抒情皆可，文長不限。（大學入學考試）

【範文】

去年迪士尼動畫電影《冰雪奇緣》主題曲〈Let It Go〉風靡全球，不論男女

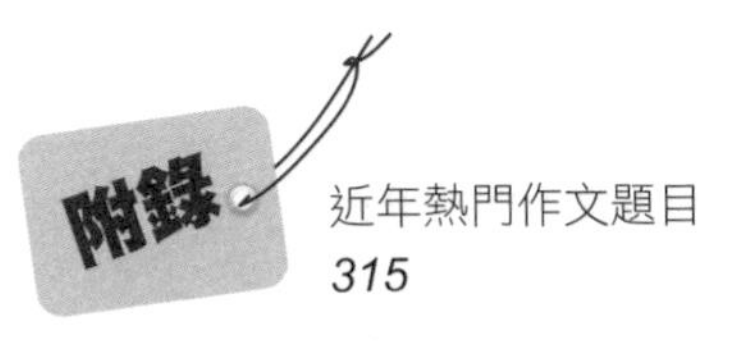

老少似乎都能隨口哼上幾句〈Let It Go〉的歌詞，網路上甚至出現了各式不同的模仿與惡搞版本。這首歌之所以會廣受歡迎，除了其旋律可讓人琅琅上口之外，更是因為它代表著電影中女主角艾莎擺脫了長久以來一直綑綁住自己的心理壓力，迎向新的人生。

電影中的女主角艾莎擁有原本自身引以為豪的特殊能力，但在一次遊戲中因意外誤傷了心愛的妹妹安娜後，她便對這樣的能力害怕了起來。而隨著年齡的增長，她的特殊能力愈來愈強大，她也愈來愈無法控制這種能力，所以她選擇封閉自己、遠離他人，避免因自己無法控制的強大力量而傷人。她也害怕自己的與眾不同會被他人視為怪物，所以極力隱藏自己擁有超能力的祕密。然而在艾莎繼承王位的全國舞會中，她不能不現身於大眾面前，卻因為情緒的波動，艾莎意外暴露了自己的祕密，只好逃進深山裡自我禁錮。這首歌便是艾莎在逃離人群後，因心境的轉變而唱出的歌曲。歌曲中包含對於過往的釋然與對自我的重新接納。《冰雪奇緣》在全球創下了驚人的票房，除了絢麗的動畫場景外，更因為它顛覆過去童話故事中「王子與公主從此過著快樂一生」的結局，著重於一位女性對於自己的重新接納，以及自信地展現本身所擁有的強大力量。艾莎重新面對自我的生命處境，不讓過去再次綑綁自己，她找回自信，讓過去 let it go。

過去的教育總是告訴我們要積極進取，成為人群中最閃亮的一顆星。可是難道我們非得成為特定領域中最頂尖的人才嗎？難道我們不能夠成為最頂尖的自己嗎？現今社會給了每個人沉重的包袱，它告訴我們要考上好學校、進入頂尖企業、成為社會菁英。這一層又一層的期許纏繞著、壓疊著每一人的未來，但卻很少人說，我們因為要成為「自己」而美好。在既定的價值框架下，多數人不習慣展現「自信」，總因面臨不同的關卡而感到窘迫，認為是自己不夠努力。我們不習慣讓自己輕鬆，在「重大」的社會壓力中，我們已經習慣彎曲膝蓋承受一切合理的、不合理的要求。但有時候，我們卻必須試著學習放下以往的固有觀念、卸下沉重包袱，讓自己以另一個面貌重新站起。這並非逃避問題，而是學習怎麼以更好、更適合自身的方式面對問題、面對自己。

在日劇《女王的教室》中，老師曾經問學生為什麼需要讀書？有人說讀書才能進入好的學校；有人說讀書才能獲得好工作；甚至有人說讀書才能獲得幸福。老師則表示世界上能夠獲得幸福的人只有百分之六。難道是因為其他百分之九十四的人都不讀書嗎？當然不是，而是每個人對於幸福的定義不同。不論是讀書或是工作，人生中總會面臨壓力。如何面對壓力？如何獲得幸福？一切皆取決於我們如何調整自己的心態，面對自己。

曾經有人說「死亡是公平的」，每個人都會面臨死亡，但在面對死亡之前，我們將面臨許多人生的問題，或輕或重，都僅在自己的一念之間。要選擇欠缺自信，承受巨大的心理壓力？抑或是相信自己，接納自己的缺點，讓自己不再困於窠臼而勇於往前邁進？我們需要學習面對問題與社會大眾的態度。認真對待問題很重要，但在既有的框架中無法突破時，我們必須另覓管道重新出發，相信自己能夠擁有更美好的未來，如此也是避免在原地打轉的方式。相信在如此「重重拿起，輕輕放下」的態度下，我們能夠在嚴密而複雜的社會中立足，且游刃有餘、舉重若輕！

2〈我看歪腰郵筒〉

104年8月8日，蘇迪勒颱風來襲，台北市龍江路有兩個郵筒遭強風吹落的招牌砸歪，因而被戲稱為「歪腰郵筒」。由於歪腰郵筒姿勢可愛，民眾紛紛到該地拍照，使「受災」郵筒意外產生療癒功效。此一新聞甚至引起外國媒體注意，美、日皆對台灣人民在天災及苦悶的生活中所展現出的幽默感印象深刻。稍後，中華郵政更推出特製郵戳（下圖）及「人生嘛，歪腰也無妨」等一系列主題式明信片，頗受歡迎。

請就上述新聞事件，以「我看歪腰郵筒」為題，寫一篇完整的文章，陳述你的看法、感想、或評論，內容須切合「歪腰郵筒」所引發的現象或迴響，文長不限。（大學入學考試）

【範文】

歪腰郵筒的新聞報導，似乎為颱風過後蒙受災損的台灣人帶來會心一笑的畫面。然而，在這會心一笑過後，台灣人卻進入了排隊與郵筒拍照的風潮，此種特殊的排隊風氣甚至影響到了交通，使得龍江路堵塞不已。這樣的情形讓部分的人們開始反思是什麼造就了台灣人的這種「幽默感」？甚至有人認為台灣人如此樂天的想法，容易讓「小確幸」的心態誤國。

小確幸一詞源自於日本小說家村上春樹的一部作品，其認為所謂的小確幸是在持續的長跑後，來一杯清涼的啤酒。即在自己平日生活的規範下，獲得微小但確實的滿足，便是小確幸。然而當這個名詞傳到台灣後，台灣媒體便開始大量使用，像是「一日小確幸之旅」或是「享受下午茶的小確幸」等諸如此類，小確幸儼然成為現代人享受人生的代名詞了。但台灣人在享受小確幸所帶來的幸福感的同時，卻往往忽略了這樣的幸福感必須建構在長跑的辛勞之上。小確幸並不會造成誤國這種可怕的後果，但如果台灣人的思維都如同認識小確幸這個詞彙時，僅接受了部分享樂的訊息，卻忽略需必須先行承擔的辛苦，就會對社會帶來嚴重的影響。

因此當我們看見歪腰郵筒所湧現的幸福感，應是因在各地災情慘重的轟炸式報導中，難得出現的一則輕鬆趣聞所致。然而當此趣聞轉變為流行的風潮時，便是需要值得深思的部分。是否我們都只習慣、只願意接收不需要費心思考的資訊呢？就如同選擇電影時，少有人願意看枯燥乏味的紀錄片，而往往選擇了聲光效果俱佳的好萊塢動作片。因為我們知道，這樣的選擇對我們而言是較為「輕鬆」的，不會對心靈帶來負擔。輕鬆沒有不好，但如果生活只是一味地輕鬆，當我們遇到真正需要承擔的事物時，便將無法接受了。

「歪腰郵筒」議題本身沒有好壞之分，但人們似乎只將眼光放在歪腰郵筒上，卻忽略了砸在郵筒上的招牌如何了。如同中華郵政的郵戳標語「人生嘛，歪腰也無妨」，人生因為碰到挫折偶爾歪腰當然無妨，甚至如果能以幽默的態度面對，自然顯得氣度宏大。然而，人生不可能一直歪腰，大多數的時候我們必須挺起腰桿子，接受來自四面八方的考驗與挑戰！

3〈審己以度人〉

曹丕〈典論論文〉在評論文章時，強調必須「審己以度人」（先審察、認清自己，然後再去衡量、評價別人）。除了評論文章，我們修己處世、學習求知，亦宜「審己以度人」。請以「審己以度人」為題，寫一篇文章，論說、記敘、抒情皆可，文長不限。（大學入學考試）

【範文】

在過往的學習經驗中，我們常被師長告誡「勿以貌取人」。然而當我們進入校園學習時，我們卻往往還是會以第一印象判斷他人。由一個人的穿著、行為以及從中所展現出來的特質，這些都讓我們直覺性地將人歸類，或許不會有強烈的好惡評判，可是卻在這第一印象中，我們隱然將人分為「能否成為朋友」的群組。在接下來的交往互動中，我們可能與某些人逐漸成為朋友，卻與其他人不相往來。

在這樣的「度人」的過程中，我們不只是評斷他人，同時也分類自己，我們常說「物以類聚，人以群分」即是如此。在選擇與他人交友的同時，我們也將自己塑造成某種類型，一種自我理想典範。藉由相互打量與彼此交際，我們與他人形成大大小小的網絡與類別，再因為差異與互補，這些小群體形成了社會。社會因為如此的差異與互補而美好、多元。

然而，當我們為了塑造自我的理想形象，而排斥他人，甚至不願正視他人優點，只為突顯自己的優秀而不惜傷害他人時，社會將進入衝突不斷的狀態。身處當代社會的我們，常常因為網路的言論或是媒體給予的片段資訊，即輕率地對人事物做出判斷，卻從未檢視自己是否真正了解事物的真相，缺乏「審己」的內在修為。如此輕忽的態度並不只是因為人往往自恃聰明，更來自於我們的自我中心與未顧及他人感受。

「審己以度人」不只代表一個人的涵養與智慧，更彰顯一個人的胸襟是否具有足夠的包容性與柔軟度。對於不同於己的人可以接受與親近，即使不能完全理解其思想行為，卻還是能以寬厚溫和的態度待之。同時正視自己的缺點與不足，欣賞他人的優點及長處，藉此提升自身能力和內涵，而不使用貶低他人的方式增加自我聲望。若每個人皆能屏除個人主觀意識，對不同於我們立場的人多份寬容，對他人的過失多份體諒，或許我們賴以生存的社會就能降低許多摩擦與衝突了！

4〈**獨享**〉

在傳統價值中，總是鼓勵人們貢獻所能，分享所有。但兩人間的愛情承諾不容第三者分享，一向符合世道輿情；有些商家只讓會員獨享優惠，也有合理目的。此外，有些生活中的趣味本來就不需要、甚至無法與別人分享，例如：一杯啜飲咖啡的時光、一竿臨溪垂釣的等待、一路揮汗慢跑的苦練……，都可能如王維所說：「興來每獨往，勝事空自知」。

請以「獨享」為題，寫一篇文章，談論關於「獨享」的經驗、體會或反思，論說、記敘、抒情皆可，文長不限。（大學入學考試）

【範文】

叮叮咚咚的流水聲、服貼流暢的曲線、光滑順手的觸感，交織成一曲短短的十分鐘饗宴。這十分鐘唯我獨享、唯我獨尊，我就是那指揮家，操控全場的主軸，所有碗盤都必須臣服在我手中，無一例外。

我有一個很奇怪的興趣——洗碗，其因來自於我要不得的潔癖。碗盤、筷子、湯匙……每一個用餐過程中會接觸的廚具，我都得先仔細看一看、用洗乾淨的手摸一摸，直到我確認它是完美無瑕的，才敢放進嘴裡。因此，家中「洗碗」的工作就專屬於我了，不是我自己洗的碗，我哪敢吃啊！

洗碗看似簡單，其實每一個步驟都輕忽不得，首先得用溫熱的水把碗盤們都沖過一遍，微溫的瓷器與清潔劑交融之後，便能徹底溶解餐後餘留的油膩；接著在綠色的菜瓜布上擠一點點清潔劑，把菜瓜布揉出泡沫，從碗的內底以畫圈的方式刷到碗口，再順著邊緣翻向碗外，直到碗足為終點，這樣才不會遺漏每一個可能藏匿細菌的部位。而用清水沖洗的時候，就要拋棄菜瓜布了，必須用「手」直接給予碗盤們最親密的接觸，以剛剛刷洗的部位次序，重複一次，以指尖當作最精密的檢測儀器，徹底確認是否還有肉眼看不見的汙垢殘留，如此一來，下次要裝盛食物時，才會感到安心嘛！

每當見到被我清洗過的碗盤在餐桌上散發光芒時，我就覺得很開心，這不僅是一段我「獨享」的時光，還能將成果與我的家人同享。

二、經典作文考題範例

1〈漂流木的獨白〉

2009年8月，莫拉克颱風所帶來的驚人雨量，在水土保持不良的山區造成嚴重災情，土石流毀壞了橋梁，掩埋了村莊，甚至將山上許多樹木，一路衝到了海邊，成為漂流木。

請想像自己是一株躺在海邊的漂流木，以「漂流木的獨白」為題，用第一人稱「我」的觀點寫一篇文章，述說你的遭遇與感想，文長不限。（大學入學考試）

【範文】

今夜星光燦爛，海浪溫柔撫慰，微風徐徐，礁石像巨人般護衛著，應該是恬然舒適的感覺，為何我卻迷惑、無奈、混亂？

今夜的星空，是我複習過無數次的蒼穹，我曾經歡欣地伸展手臂擁抱整個宇宙，歡迎星星的訪客：溫柔的白羊和雄壯的金牛磨磨蹭蹭熱情地來拜訪、靈動的雙魚依偎著穩重的巨蟹再三流連盤桓、含羞帶怯的處女攜著活潑可愛的雙子漫遊雲端、雄姿英發的射手腰掛水瓶追躡威風凜凜的獅子，原本我和她們是這麼的親近，可是現在我卻距離她們那麼的遙遠。人們用了許多的形容詞讚美我：雄偉、巨大、魁梧、高聳入雲……，動物們常在我腳下憩息、小鳥在我胸膛頭頂嬉戲築巢。那時候天際離我好近，朝陽被雲海簇擁冉冉上升，我們相視而笑；但是現在地平線離我好遠好遠，曾經熟悉的太陽與我形同陌路，我是怎麼了？

想到那一夜的驚恐，只記得風無情地肆虐、雨勢揮霍般怒砸、大地震顫，無邊的黑暗層層包圍著我，突然一道熾亮的電斧狂劈在我身上，還來不及呼痛，就那一瞬，我看到與我緊密結合上千年的土石倏然崩落，我的身軀——雄偉、巨大、魁梧、高聳入雲——墜入了恆常被我藐視的河谷。被撕裂的劇痛、狠狠的撞擊、狂怒的拋摔、頭暈目眩的翻滾，一波接一波，一陣又一陣，輪迴再輪迴，我墮入煉獄了嗎？掙扎既是無用，也只有無奈地隨波逐流。天色漸亮，放眼四周，哇！滾滾濁流混合著土石用力推擠，斷枝殘幹、殘肢斷臂，動物的嗚咽、人的哀號；

樓崩屋塌、道路、橋梁扭曲肢解；了無生機的動物和人體，瞬間被吸入翻攪，又迅速地離我遠去。那些曾與我手牽著手，迎風搖曳起舞的兄弟姊妹們都到哪兒去了？這不是我熟悉的世界，這不是我選擇的結局，我應該在山頂睥睨，接受各方的讚賞、膜拜，而不是像現在這樣，一片混亂，滿目瘡痍！

風平浪靜，我躺在一堆亂石之間，遍體鱗傷，手足殘斷卻意識清醒。天藍藍，水藍藍，水？記得飛鳥精衛曾經告訴過我，這就是海吧！終於看到浩瀚無涯的海。對於已經無法挽回的過去，我不能讓自己沉淪在失去的痛苦中，我要快快地療傷止痛，盡力去適應新的環境，樂觀、積極地面對現在並且迎接新的每一天。看著潮起潮落，感受風起雲湧，金光灑布浪潮、餘暉染紅海面。漁船滿載著期望從我眼前經過，飛鳥在我身上蹦蹦跳跳、唧唧呱呱、築巢生子。潮蟲、寄居蟹、魚蝦蟹來我這穿梭覓食、棲息避難。今夜星光燦爛，月光朦朧似輕紗飄擺，我不再迷惑、無奈、混亂，我有了新生的喜悅——恬然舒適！

2 **〈如果當時……〉**

雖然時光一去不返，但人們偶爾還是會想像回到過去。

有人想像回到從前去修改原先的決定；有人想像回到事故現場阻止意外事件的發生；有人想像回到古埃及時期，影響當時各國間的局勢；有人想像回到戰國時代，扭轉當時的歷史……

請以「如果當時……」為題（刪節號處不必再加文字），寫一篇文章，從自己的生命歷程或人類的歷史發展中，選擇一個你最想加以改變的過去時空情境，並想像那一個時空情境因為你的重返或加入所產生的改變。文長不限。（大學入學考試）

【範文】

始皇啊！為什麼世人都說您是個殘忍無情的人呢？為什麼世人都說您是個冷血的人？我整裝走進咸陽城，這裡曾經歷戰火的洗禮，因為您大刀闊斧的改革，這裡車同軌後，交通便利了，也防止了敵人的入侵，我從口袋掏出銀兩，趕忙放回前朝的五銖錢，是的，現在是半兩錢了，下意識的摸摸脖子，雖然貴為您的至交，可您的喜怒無常、愛恨惡欲是費疑猜的，我可不希望自己成了您刀下的冤魂。

您在朝已經第八年了，看著您為討伐匈奴大興長城早已使民間怨聲載道，我不禁感慨萬千。我走進您陰氣森森的宮殿裡，侍衛確定我沒佩帶任何兵器後讓我進去，大殿上，博士淳于越正在反對封建主義中央集權的郡縣制，而要求根據古制分封子弟，丞相李斯為此加以駁斥，主張禁止儒生以古非今，以私學誹謗朝政。而您竟決定採納李斯的建議，想要下令焚燒《秦記》以外的列國史記，對不屬於秦朝國館私藏的《詩》、《書》等亦限期繳出燒燬。我在您身邊搖頭嘆息，眼淚流了下來。

您驕傲的抬起下巴問我怎麼了，我跪了下來：「怎麼可以焚書啊？如果世人均不讀史，又有誰能明瞭您的改革？如果人民不讀書、沒有知識，我們的國家如何進步？」我看見您眼中燃燒的火炬足以把我吞噬，博士淳于越帶領一群人黑壓壓的跟著我跪了下來：「我死不足為惜！我只是那不起眼的凡夫俗子，可您要想想千秋萬代後，後世的人將如何批評您的無情殘忍，史家的筆將如何撻伐您的無知！」博士推推我，我知道我已觸犯到您渴望長生不老的禁忌，我也看見死亡之神正一步一步向我靠近。

「請您三思！您費了千辛萬苦擁有今日的天下，萬萬不可因一念之差害您遺臭千萬年，每一本書都是先人的智慧結晶，都足以教您如何成為一位仁慈的君王。」我長長嘆了一口氣：「皇上！您知道我是一位讀書人，亦是一位寫書人，我不忍看見我珍愛的書籍被您焚毀！我不忍自己從此無法寫書！我寧可一死，不願生而痛苦！我真不願活在一個沒有知識文化的國家！這些年承蒙您對我的疼惜，您的知遇之恩來世再報！望您千萬三思！不可聽信丞相之計焚書啊！」我站起身，在所有人還來不及反應之下，撞上您身旁的銅柱，我殷紅的血飛濺上您的衣裳，剛剛在路上買給您的小玩意隨著沒用完的半兩錢，輕輕的滾出我的衣內……

過了一段時日，我在黃土堆裡看見博士淳于越帶著方士、儒生來我墳前祭拜，我在土堆裡微笑，始皇啊！我多感謝您！您終於停止了焚書這瘋狂的舉動，我深信在往後千萬年的歷史上，關於您的功過記載，將會少了焚書這項，更別說丞相李斯本欲進行的坑儒計謀，歷史上，會知道您並不是李斯的同謀的！

三、經典短文考題範例

1 看圖寫作

如果下圖中的人物穿越時空來到現代，你認為他正「低頭」做什麼？請從他的行為設想一個情境，並提出你的感受或看法。文長約 100 ～ 150 字（約5～7行）。（大學入學考試）

（改繪自 DuncanDesign 作品）

【範文】

「舉頭望明月，低頭攬鏡照」，在淡黃的月光下，最適合照鏡子了。柔和不刺眼的光線，更加能將臉上的瑕疵遮去。

可能有人覺得奇怪，照鏡子不就是應該照清楚嗎？怎會在月光下模糊的看鏡子？藉著不那麼清晰的月光，我不能看見自己的每一顆雀斑，卻也正因為如此，我知道每個人都有屬於自己的不完美。在月光下攬鏡，我接受自己的不完美，體諒別人的不完美。

2 應用寫作

閱讀下文，試以楚國、齊國或第三國記者的身分，擇一立場報導此事件，不必擬新聞標題。文長限 250 ~ 300 字。（大學入學考試）

晏子使楚，以晏子短，楚人為小門于大門之側而延晏子。晏子不入，曰：「使狗國者，從狗門入；今臣使楚，不當從此門入。」儐者更道，從大門入，見楚王。王曰：「齊無人耶，使子為使？」晏子對曰：「齊之臨淄三百閭，張袂成陰，揮汗成雨，比肩繼踵而在，何為無人？」王曰：「然則何為使子？」晏子對曰：「齊命使，各有所主，其賢者使使賢主，不肖者使使不肖主。嬰最不肖，故宜使楚矣。」

【範文：齊國立場】

昨日本國著名使節晏嬰出使楚國，只因為身形略短，楚人竟要求改走側面小門，晏嬰昂然拒絕，並說道：「只有出使狗國才走狗門。」使得對方的禮賓人員慚愧的改以大門相迎。後見楚王傲慢的質問我國難道沒有人才嗎？晏嬰使者義正詞嚴的回答：「本國人才汗牛充棟，怎會無人。本國任命使者，因地制宜，如我之不肖者，正好出使貴國。」楚王聽得此語羞得滿面通紅，晏嬰的機智與正義既為我維護國格又在外交上贏得重大勝利。

【範文：楚國立場】

昨日齊國派出五短身材的晏嬰出使本國，理當改走側面小門，晏嬰竟悍然拒絕，並以「只有出使狗國才走狗門」反脣相譏，足見其傲慢無禮。後來本國國君接見，詢問齊國何以派出如此不堪之人，晏嬰竟然回答「不堪之人出使不堪之國」，國君除了盛讚其機智並以客禮相待，足見國君之氣度與本國文化之恢弘。

【範文：第三國立場】

昨日齊國使者晏嬰面見楚王，只因晏子身材短小，楚人改以小門相迎，晏子以「出使狗國才走狗門」相拒，逼得禮賓人員改以大門相迎。隨後楚王接見，詢以「齊國使者何以如此低劣」，晏嬰答以「低劣之才出使低劣之國」，楚王為之

困窘不已，晏嬰之機智贏得各國使節嘖嘖稱奇，楚國之傲慢無禮，徒逞一時之快，而以遺留千載之譏。外交禮儀之相互尊重，能無慎之乎。

四、熱門作文考題練習

閱讀了以上熱門作文題目的範例後，我們試著寫寫看這些題目，審視自己的寫作功力如何？是否有辦法在短時間內完成一篇首尾俱足的文章？也可以利用以下的熱門考題繼續練習喔！

1〈通關密語〉

阿里巴巴能打開石門，是因為他知道「芝麻開門」的密語；烹飪大師能征服大家的味蕾，是因為他練就一身功夫，抓到美味的訣竅；演員能成功詮釋某個角色，必然是因為他對人生的悲歡離合有深刻的領會。對於人生的考驗，你是否也有自己的「通關密語」？請以「通關密語」為題，寫下你找出「密語」而得以「通關」的過程，以及其中的體會。文長不限。（大學入學考試）

2〈人間愉快〉

曾永義《愉快人間》說：「為了『人間愉快』，就要『人間處處開心眼』，就要具備擔荷、化解、包容、觀賞等四種能力，達成『蓮花步步生』的境界。」這是一段充滿生命智慧的哲思。「人間愉快」，可以是敞開心胸、放寬眼界的自得；可以是承擔責任、化解問題的喜悅；可以是對周遭事物的諒解和包容；可以是觀照生活情趣的藝術；也可以是……。請根據親身感受或所見所聞，以「人間愉快」為題，寫一篇完整的文章，記敘、抒情、議論皆可，文長不限。（大學入學考試）

3〈自勝者強〉

老子說：「勝人者有力，自勝者強。」所謂「自勝者強」，是指真正的強者，不在於贏過別人；而在於戰勝自己。現代社會中，許多人喜歡跟別人競爭，卻不願好好面對自己，克服自己的弱點。其實，只有改進自我，才能強化自我、成就自我。請根據親身感受或所見所聞，以「自勝者強」為題，寫一篇文章。論說、記敘、抒情皆可，文長不限。（大學入學考試）

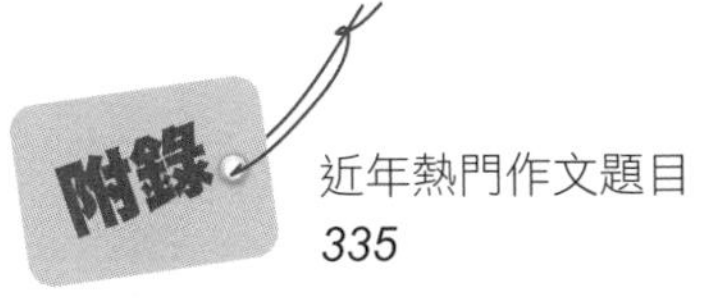

4〈學校和學生的關係〉

司法院大法官會議做出第六八四號解釋，認定大學生如不滿學校的處分，有權可提起訴願和行政訴訟。臺灣大學李校長表示，依據《大學法》的規定，學校在法律的範圍內有自治權，學生也有很多申訴管道；大法官做出這項解釋，可能造成學校和學生之間關係的緊張。學校是教學的地方，學校和學生之間的關係，應如何維持和諧，避免陷於緊張，而影響教學活動，是學校和學生雙方面都應關心的問題。對大法官的這項解釋和李校長的反應，以你在學校的親身體驗或所見所聞，請以「學校和學生的關係」為題，寫一篇完整的文章。文體不拘，文長不限。（大學入學考試）

5〈逆境〉

人生有如一條長遠的旅途，其間有寬廣平坦的順境，也有崎嶇坎坷的逆境。你曾經遭遇到甚麼樣的逆境？你如何面對逆境，克服逆境？請以「逆境」為題，寫一篇文章，可以記敘、論說或抒情，文長不限。（大學入學考試）

6〈走過〉

或許你有過類似的經驗：熟悉的小吃店正在改裝，即將變成服飾店；路旁的荒地整理之後，成為社區民眾休閒的好所在；曾經熱鬧的村落街道，漸漸人影稀疏，失去了光采。……

這些生活空間的改變，背後可能蘊藏許多故事或啟示。請你從個人具體的生活經驗出發，以「走過」為題，寫一篇文章，內容必須包含：生活空間今昔情景的敘寫、今昔之變的原因、個人對此改變的感受或看法，文長不限。（大學入學考試）

7〈圓一個夢〉

夢，可以是憧憬、心願，也可以是抱負、理想，只要好好努力，夢境往往也會成真。如能推己及人，甚至還可以進一步幫別人圓夢。根據親身感受或所見所聞，以「圓一個夢」為題，寫一篇文章，論說、記敘、抒情皆可，字數不限。（大學入學考試）

8〈遠方〉

每個人心中都有著對遠方的憧憬，陶淵明為此構築了桃花源，哥倫布為此勇渡大西洋。你的心中是否也有一個遠方在召喚？也許是個神祕的國度，也許是一種嚮往的生命型態，也或許是一個人生的目標。請以「遠方」為題，寫一篇文章，論說、記敘、抒情皆可。（大學入學考試）

9〈我可以終身奉行的一個字〉

《論語》：「子貢問曰：『有一言而可以終身行之者乎？』子曰：『其「恕」乎！己所不欲，勿施於人。』」孔子因材施教，指導子貢以「恕」作為終身奉行的一個字。魯迅則以「早」字來自我惕厲，要求時時早，事事早，知在人先，行在人前。你認為有哪一個字是自己可以終身奉行的呢？請以「我可以終身奉行的一個字」為題，寫一篇文章。論說、記敘、抒情皆可。（大學入學考試）

10〈寬與深〉

吳寶春十五歲開始當麵包學徒，經過二十多年各領域、多方面不斷地努力學習、嘗試、創新，終於在二〇一〇年，運用台灣本土食材，以「米釀荔香」麵包獲得「世界麵包大師賽」冠軍殊榮。他說他以後仍會用「很寬很深」的方法繼續研發創作；「很寬」是指學習更多領域，「很深」是指加強基本功。這是吳寶春對寬與深的看法。請你依照自己的體會或見聞，以「寬與深」為題寫一篇文章，議論、記敘、抒情皆可，字數不限。（大學入學考試）

11〈應變〉

生活中總會碰到一些料想不到的事，面對意外的事，該如何處理，處理之後可以讓人獲得甚麼樣的體悟？請以「應變」為題，寫一篇結構完整的文章，議論、敘事、抒情皆可，文長不限。（大學入學考試）

12〈惑〉

生活裡充滿了令人迷惑的人、事、現象……，孔子四十而不惑，那真是大智慧、大人格！平凡的我們是不可能的，但也無妨「雖不能至，心嚮往之」。

請以「惑」為題，寫一篇結構完整的文章，議論、敘事、抒情皆可，文長不限。（大學入學考試）

13〈專家〉

現代科技進步，文明發展快速，任何知識學問的數量和深度都遠遠超過古代，分工、分門成了必然的趨勢，任何人都無法博通一切，各類「專家」應運而生。

請以「專家」為題，寫一篇首尾完整的文章，文長不限。（大學入學考試）

14〈探索〉

請以「探索」為題，寫一篇首尾俱足、結構完整的文章，文長不限。

【注意】不得以新詩、歌詞或書信的形式書寫。（大學入學考試）

15〈論慈故能勇〉

勇氣往往與剛強之特性有關，我們稱讚人勇敢堅強、性格勇武，法國思想家蒙田尤其推崇：「在全部的美德之中，最強大、最慷慨、最自豪的，是真正的勇敢」，但老子卻說「慈故能勇」，孔子則說「仁者必有勇」。剛性的「勇」為何會與柔性的「慈」、「仁」相關連？請以「論慈故能勇」為題，作文一篇，申述其旨（需舉出具體實例加以論證）。（公務人員考試）

16〈言論自由與自律〉

言論自由是民主社會的基石，所以法律對言論自由給予明文保障，然而針對社會議題的批評，若查證不實，推論失當，則可能誤導群眾，毀人名譽，產生不良的後果。請以「言論自由與自律」為題，作文一篇，深入說明你的看法。（公務人員考試）

17〈慎己戒滿〉

己之所長，未必為人之所短；己之所短，又適為人之所長。人居於世，易見他人不是，而多自負，故孔子說：「三人行，必有我師焉。擇其善者而從之，其不善者而改之。」請以「慎己戒滿」為題，作文一篇，申論其意。（公務人員考試）

18〈這一代和下一代〉

人類生存的目的，除了延續自身生命之外，同時也是為下一代創造更理想的生活，因而與社會永續發展密切相關的環保、教育、醫療等議題就備受關注。試以「這一代和下一代」為題，結合上述議題，作文一篇，闡述其旨。（公務人員考試）

19**〈看清問題，迎接挑戰〉**

某院士說：「離開你熟悉的環境，接受挑戰。只有面對挑戰和困難時，腦細胞才會增長，智力、技能才會進步。」然而，不清楚問題與困難所在，是談不上面對挑戰的，請以「看清問題，迎接挑戰」為題，作文一篇。（公務人員考試）

20**〈講理〉**

社會中的分子能否理性溝通、討論，是這個社會是否進步、文明的關鍵。請以「講理」為題，作文一篇，闡述相關意旨。（公務人員考試）

你也可以成為暢銷書作家！——常見的作品曝光方式

一、多元的發表管道

現今發表作品的管道多元，不若過往必須透過投稿的方式，得先讓報章雜誌編輯青睞你的作品，願意刊載你所撰寫的文章後，才有發表機會。因為網路的崛起，打破了這種門檻極高、管道相當有限的發表方式，你隨時可在個人的 BLOG、FB，甚至相關的公共論壇、同好討論區等發表作品，亦可與網友互相切磋。也拜網路世代所賜，一篇好的文章或論述，常可很快地轉發廣傳，也有人因此而意外地聲名大噪，甚至讓出版社主動找上門，洽談出版書籍的可能性。

然而，也因為網路特有的速度性與時效性，大部分的文章其實是淹沒在茫茫的海量網路文字中。如果你寫作只為自娛或與親友分享，也許會覺得無所謂，但當你絞盡腦汁洋洋灑灑地寫了一篇優秀的作品欲分享給眾人，卻很快地被隱沒在其他人發表的文章後，豈不令人扼腕？這也就是傳統的文學作品發表管道並沒有隨著網路世代的來臨而消失的原因，因為傳統的發表方式，還是最可吸引讀者、在眾多作品當中脫穎而出的方式。接著我們來看看除了網路外，最常見的四種發表文章管道。

二、參加文學獎比賽

文學獎向來為新秀作家崛起、讓大眾初識其作品的主要管道之一，這也是文學獎舉行的目的，即為了鼓勵年輕作家投入創作而辦。獲得文學獎的作品多數會被集結出版成書，而作家也往往可因此獲得一筆獎金，對於還未成名

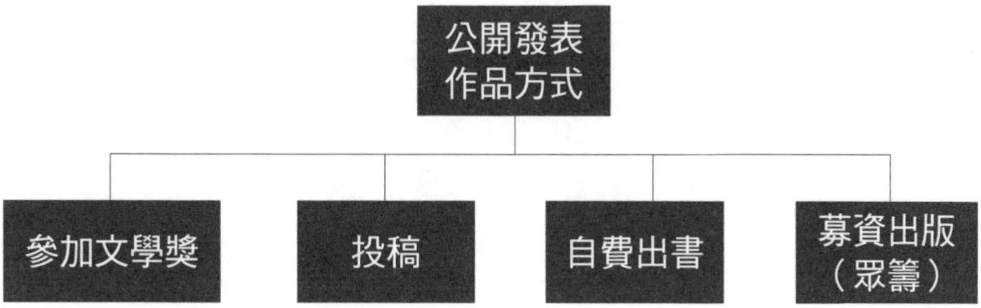

公開發表作品方式
- 參加文學獎
- 投稿
- 自費出書
- 募資出版（眾籌）

的作家而言，不啻是一大鼓勵。

國內民間所舉辦的文學獎中，較為知名的為《聯合》、《中時》、《自由》三大報的文學獎，「聯合報文學獎」及《中國時報》〈人間副刊〉主辦的「時報文學獎」向來在國內文壇擁有較大的影響力，也具有一定的歷史性。過去，三大報文學獎向來是國內新銳作家崛起的主要場域，限未發表過的作品才可參賽，因此剛踏入文壇的作家多半經由投稿及獲獎來打開知名度，並得到作品發表的機會。但隨著現今讀者閱讀習慣的改變，及傳統報業的逐漸式微，近年「聯合報文學獎」已改制為「聯合報文學大獎」，限三年內已出版成書的國內作品才可參賽；「時報文學獎」則停辦。三大報中僅剩《自由時報》的「林榮三文學獎」以獎勵未發表作品的原制方式續辦中。在專為青少年舉辦的文學獎方面，較為知名的為「台積青年學生文學獎」，係由台積電主辦的文學獎，限年齡在十六歲至二十歲內的國人方可報名參加，是國內高中生主要參與文學獎的管道。另由於近年來政府和大眾皆逐漸意識到了解自己生長的家鄉與土地是相當重要的事，因此在地書寫蔚為風潮，地方政府為了鼓勵大眾多多了解並描繪自己生活的城市，大多設立了文學獎以鼓勵在地書寫。

參與文學獎為不具知名度的作者最快的成名方式，獲獎後不但可讓作品刊載於知名報章中或出版成書籍，也可領到一筆獎金以支應生活所需。然而獲獎並不是一件容易的事，除了個人的文才以外，有時也牽涉到潮流的變化與評審的偏好，獲獎與否，時常也是帶有運氣成分的。最重要的是，徵獎的辦法往往有類型及字數的限制，因此寫作內容並非可隨心所欲、盡情揮灑，若參加的是地方文學獎或有強調特定內容的比賽，那麼限制就更多了，有時候必須依照主辦單位的規定書寫特定的主題。

若是你對自己的文筆深具信心，或是剛好碰到特別感興趣的徵獎主題，可試著報名文學獎，看看自己的文筆是否已好到足以擊敗他人，從眾多報名競爭者中脫穎而出。若是落選了也別氣餒，參考評審給予的評語試著改進，作為下一次投稿報獎的基石。

三、投稿

新興作家除了報名文學獎外，最有可能讓作品公諸於世的機會就是向出版社、雜誌社或報社投稿了。一般報章雜誌的徵稿會限定主題字數，若作品被徵稿單位選上發表出來，大多會給予投稿者一筆稿費，雖然金額通常不多，亦為一種鼓勵，且看見自己的作品被刊載於知名的報章雜誌上，是件相當令人開心的事。這類型的徵文多是有限定主題字數的短文，對於文筆還未練至特出卻已有相當程度，且對寫作有濃厚興趣的人而言，是個很好的嘗試管道。若你自認為文筆不錯，且對許多議題深感興趣，也有自己的想法，而從未參與過大型文學獎，建議可從一般報章雜誌的特定主題短文徵稿嘗試起，這是一個不錯的投稿起步，困難度較低，獲選登出的機率也較高。

如果你已累積了為數不少的作品，或是你已規劃將個人的所見所聞、思想理念、專業技能等出版成書，那麼以上的投稿方式可能就不太適合你了。若你已經完成了一定數量的文稿，可將這些相關主題的作品整理好，最好附上出版企畫，投稿至出版社；若你已有全盤規劃或很棒的想法，卻還沒動筆開始寫，也可先擬定一份寫作計畫書，將你欲書寫的主題、大要、目錄、每個章節所要寫的內容等進行說明，再將計畫書投稿至出版社。計畫書最好能夠附上你的寫作時程表，這樣可看得出你的寫作進程，多久可完成此書。就如同我們寫研究報告或論文一樣，必須先擬定一份計畫書，之後便能按照計畫書的內容有條理地進行寫作計畫。若你的作品雀屏中選，將可獲得出版社的年限合約及一定比例的版稅，或者出版社可能想買斷你的作品。

然而，現今出版業不僅競爭激烈，市場也因網路流通、書本電子化的興起而萎縮不少，你的作品除非特別成熟並深具市場性，否則想獲得出版社的認可而出版並非易事。小有知名度的作家作品都不一定能被出版社採用了，若你是個完全沒出過書的新手作家，想讓作品被出版社總編輯選中則更加地困難。出版一本書籍，不僅是印製而已，還包含了通路上架、廣告宣傳等，每個環節都需要許多費用來支應。如果一本書滯銷，不僅會被通路退書，大量的書籍堆積在倉庫中，也是一筆為數不小的管理開銷。

因此現今除了知名作家外，少有出版社願意冒著極大的風險為從未出版過書的新人出書。因為要打造、宣傳一位新人並不容易，推了老半天，媒體不見得願意買單協助報導，很有可能落得失敗的下場。相對的，若是知名作家出書，媒體往往會主動要求報導，這一來一往，效益及成敗的機率就差異相當大了。不過，你還是可以嘗試將你的作品集結投稿至出版社，詢問出版社對你的作品是否感興趣，但最好別抱持太大的期望。

四、自費出書

自費出書為當今新興且逐漸成為主流的出版方式，由作者與出版社合作出版新書。自費的好處在於作者可自行決定書籍全部的內容及元素，出版社的編輯會給予作者專業的意見作為參考，但書的內容、形式如何，最終的決定權還是掌握在作者自己的手裡。非如投稿而被選中的作品，出版社通常擁有書籍內容呈現、封面設計、書名等最終決定權。在傳統的出版方式中，出版社是投入經費、印製出版書籍的出資者，同時承擔著書籍成敗的責任，因此必須顧及市場性，而將書籍調整為迎合市場口味、能被大眾廣為接受的調性，其呈現方式不一定能完全依照作者原本的想法。自費出版亦不受出版社出版時程的限制，只要你想出書、急著出書，隨時可找出版社協助出版新書。自資出版作者不但擁有書籍一切的最終決定權，最重要的是，賣書的獲利全歸作者，不再是只能分到出版社給予的少量版稅而已。在目前少有出版社願意接受新人投稿的情況下，自費出版是個很好的出書管道，只要你有作品及預算，就可選擇從事自資出書的出版社出書，毋須再苦苦等待投稿後的回音，擔心作品是否石沉大海；也不用巴望出版社編輯垂青，或到處懇求發表管道。只要你自認作品夠好、具市場性，準備好一筆經費，就可以尋找具有自費出版服務的出版社進行書籍的規劃、出版及宣傳了。

或許你對自費出版這個較新穎的出版方式尚有疑慮，尤其比較起傳統的出書模式，可能會懷疑是否代表作品不夠好才需要自費出版呢？若是被別人知道自己是自費出書的，會不會很丟臉？這些考量都是多慮了。筆者不但擁有多年寫作經驗，也是自費出版的先行者。我的數學著作如《擎天數學最低十二級分的祕密》、歷史著作如《羋月傳：秦國史實全紀錄》、人文勵志著作如《微小中的巨大》、親子教養著作如《叛逆不是壞！三不二要的轉大人教養法》、心靈成長著作如《把話說進你心裡》、商業著作如《成交的秘密》等皆為自費出版的暢銷書。以國外來說，暢銷小說《羊毛記》、《格雷的五十道陰影》、被改編成電影《絕地救援》的《火星任務》等，都是自費出版成功而知名的範例，出版當時雄霸亞馬遜書店排行榜第一名！不是只有文學作品才有自費出版的需求，就連商業暢銷書《窮爸爸，富爸爸》也是自費出版相當地成功的案例。《羊毛記》等著作難道是內容不佳的作品嗎？當然不是，由此可見自費出版並非代表作品不好，不夠資格出版，有時是出版社的考量較為保守，或者是無意間錯過了好作品，因此這時候可透過自費出版的管道來發表自己的著作，同時也是對自己的投資。尤其上列書籍出版後所帶來的周邊效益驚人，例如被翻拍成電影等，這些相關獲利還遠大於書籍的版稅收入。經由自費出版，說不定你就能成為下一個素人暢銷作家喔！

如果你已經決定要自資出書了，必須先找到一家從事自資出書服務的出版社來協助你出書。自資出版的管道不少，該如何選擇適合自己的自資出版平台呢？可從「平台品牌、出版的書籍、專業編審能力、發行網路、行銷推廣策略、費用」等方面作詢問、比較與了解，即可找出理想的自資出版平台來協助你出書。接下來，你可考慮以下較細部的問題與需求：

1. 我的作品已經完成的差不多了，還是才構思好正要開始寫？對方須不須就寫作內容和方向提出建言？
2. 需不需要專業的編輯來協助我調整、完善書籍的內容？
3. 我的書稿已經齊全了，有專業的美編和排版可以幫我把書稿排成美觀的書籍嗎？我對這方面並不熟悉，對方能依其專業將我的紙稿變成一本好看好讀的書嗎？

4.我的書該做成什麼樣的大小、色彩？書籍的封面能依照我的想法設計嗎？

5.我的稿子中有許多說明的圖表，是我從別處剪貼或是自己畫的，對方可以幫我重製圖表嗎？

6.我有很多照片要放在書中，對方能幫我修圖嗎？

7.除了基本的編排和印製外，對方還能提供我什麼服務？最重要的是我的書出版後容易買得到嗎？可以在哪些地方上架？讀者在哪裡可以找到我寫的書？

8.海外讀者可以買到我的書嗎？

9.我想另行出版電子書，可以幫我製作、發行嗎？

10.對方會幫我的書籍作廣告及宣傳嗎？

11.書店暢銷榜上的書籍真顯眼，我要怎麼做才能讓我的書和它們一樣暢銷？

12.我的書賣的很好，我可以得到多少利潤？除了賣書外，我該怎麼利用書來推廣我的想法、產品呢？

以上均是筆者在多年的出版及教學過程中，碰到的作者常常關心的問題。可先列出你想知道的事項，再依次與自資出版平台討論，不但可以讓你更了解其出版平台可提供的協助與運作模式，也可減少雙方日後合作時產生認知上的落差，有助於合作起來更加順利、愉快。

如果你想自費出書，可是預算不多，也不用過於煩惱，目前文化部、國家藝術基金會等都有補助寫作、出版的申請辦法，你可嘗試擬定寫作計畫，向這些單位申請補助。雖然補助金額不一，通常是部分而非全額補助，但可以減輕你一部分的經費負擔，讓你有出書的機會，也是這些單位鼓勵國人創作、出版著作的美意，可多多加以運用。

五、募資出版（眾籌）

決定好要自資出版後卻面臨資金不足，也無法申請到出版補助該怎麼辦？難道只能先將出書計畫擱置嗎？先暫緩出書計畫是一種方式，不過你很有可能因此錯失先機，讓好的想法、精采的書籍內容錯過最適合的發行時機。尤其若你的論點與特色又與現時潮流有關，那麼很有可能在你準備好足夠的經費出書時，市場就已經退流行了，甚至讓他人捷足先登，搶在你之前出版相關或類似書籍，豈不令人扼腕？

缺乏經費出書，不代表你只能坐困愁城，眼睜睜看著最佳的出書時機離你而去，你還可利用群眾募資，也就是「眾籌」的方式籌募出書經費來進行自費出版。眾籌目前概分為四大種類：股權型、債權型、回饋型、捐贈型（如欲深入了解，可參考拙著《眾籌：無所不籌．夢想落地》）。而台灣自發展線上募資平台以來，以回饋型和捐贈型兩種為主，其操作的方式簡易，又很適合小額的募資，因此是現下最為流行的募資方式，也有許多成功的案例。一般來說，推出新興產品的募資方式多為回饋型，也就是贊助者資助此商品，可獲得獨家的紀念品或日後的產品折扣；捐贈型則多用在公益活動上，不提供回饋給贊助者，而將募得的經費全用於公益。

到此，你應可大致了解回饋型的募資「眾籌」方式，很適合讓你募得足夠的經費出書，只要你提供一些回饋給你的贊助者就可以了。雖然這樣的方法看

王擎天《眾籌：無所不籌．夢想落地》
定價：320 元　創見文化

似容易操作，但是要「成功」募得足夠的經費也非一蹴可幾、隨便就能輕易達成，即便有許多成功的例子，而失敗的例子也不在少數，所以你必須有周全的計畫，想好要如何打動他人來贊助你的出書計畫，再開始進行，較容易達成你的預設目標。

筆者去年為了讓更多人看見在台灣這塊土地上，有許多人默默地為大眾付出、實現理想，於是我撰寫並自費出版了《微小中的巨大》，也作為我第二百本著作的一個紀念。在這個過程中，我訪問了許多未必知名但作為不平凡的人物，也包含了運用創意努力實現夢想並嘉惠他人的年輕朋友。其中以鼓勵國人進行深度、創意旅行的「滾出趣」，就曾經利用募資的概念成功地推出了《顛覆你的旅行方式——滾出趣任務手札》。

「滾出趣」採用的是時下流行並便於操作的回饋型募資方式，先向大眾說明其產品內容、特色與目標，贊助者可獲得什麼樣的回饋，再讓閱覽

王擎天《微小中的巨大》
定價：250 元　典藏閣

者自行決定是否願意贊助。因此欲進行眾籌募資，除了要有優秀或特別的產品內容外，質量俱佳又吸睛的文案更是不可或缺的，這甚至是關乎你募資成敗與否的關鍵。在「滾出趣任務手札」的募資計畫中，文案明確地呈現出產品特色，並結合實用需求（旅遊用手札）及遊戲方式（旅行任務）等來喚起大眾的興趣，結合美觀且明確的計劃流程與圖片、影片，果然成功地達成募資目標並推出產品。

由此應可使你了解眾籌絕對是個可行的募集資金方式，門檻不至太高，操作起來也不會很複雜，可是動人的行銷文案卻是相對重要的。我們在本書的第四單元便特地獨立出一篇來談如何寫出好的文案，你可依此方式並參考一些成功的案例來進行操作，或者也可參加坊間關於眾籌的說明座談會，便可更清楚地了解要如何進行眾籌、推廣自己的出書計畫。

學會7大超級記憶術
讓大腦輕鬆為您工作！

王鼎琪《要你好記特效術》
定價：290元　鴻漸文化

王鼎琪**《要你好記特效術》1**分鐘速記法搶先看：

Q 你背得出台灣西部由北到南的河流名稱嗎？

A 淡水河 → 鳳山溪 → 頭前溪 → 後龍溪 → 大安溪 → 大甲溪 → 大肚溪 → 濁水溪 → 北港溪

鼎琪老師的聯想導演故事法

將相互獨立的個體，運用想像力讓它們聯結在一起。試試下面的步驟吧！

Step1：諧音轉換圖像

1 淡水河（蛋）
2 鳳山溪（鳳爪）
3 頭前溪（頭）
4 後龍溪（龍）
5 大安溪（安全帽）
6 大甲溪（盔甲）
7 大肚溪（大肚）
8 濁水溪（鐲子）
9 北港溪（香港腳）

Step2：將圖像與圖像聯結，透過聯想導演故事分享畫面

有一顆**蛋**砸到**鳳爪**後，滾到**頭**前，後面飛來一隻**龍**，帶著**安全帽**，身穿**盔甲**，**肚子**撐的很大，正在用**鐲子**，刮起自己的**香港腳**！

透過英國牛津碩士王鼎琪老師的獨門記憶術，短時間內就能記住大量資料。
想知道更多的記憶祕訣嗎？快翻開本書，讓你的大腦革命，記憶力升級吧！

全國各大書局熱力銷售中　Google 鴻漸 Facebook

新絲路網路書店www.silkbook.com、華文網網路書店www.book4u.com.tw

擎天數學致勝祕笈首度公開，
獨門好康的互動學習光碟，
絕對物超所值！

憑DVD序號可進行線上交流

◎ 專屬的部落格交流空間，不僅有教授級名師答客問，還提供最即時的教育新知與各種讀書撇步，讓你秀才不出門，一手掌握天下事。

◎ 粉絲專頁解答國高中學子提出之各學科問題，提供最新升學、考試資訊，掌握最新出版訊息。

升大學光碟版機密題庫

◎ **考前練功房**——精選考前重點摘要，詳細解析各類題型，命題精確且條理分明，為應考最佳利器。

◎ **學習診療室**——包含學習紀錄和弱點分析，不但有最完整的學習歷程，還可直接連結錯誤最多的題型、章節做糾正或重新研讀，發揮最棒的學習成效。

◎ **超級題庫**——高達數萬道大考中心題目與超級名師精心歸納的題型，完整掌握大考命題趨勢，運用智慧型題庫編輯系統，可依章節內容或考試題型進行模擬測驗，或是自行列印試卷練習，絕對是考試滿分的祕密武器。

◎ **考前技巧篇&數學遊樂園**——由一流名師指引，強化整體思考及組織能力，學習掌握解題要領。趣味十足的數學腦筋急轉彎及輕鬆小品，發揮數學想像力。

定價：2000元

定價： 2400元

~~原價：2800元~~
特惠價 2156元

單點

~~原價：200元~~
特惠價 154元

~~原價：280元~~
特惠價 216元

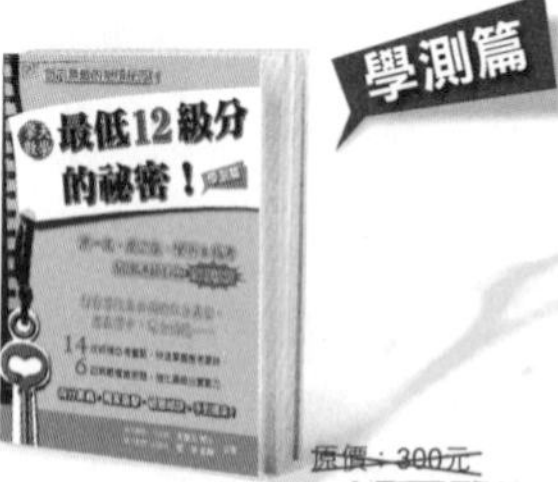

~~原價：300元~~
特惠價 231元

15141312@mail.book4u.com.tw
擎天部落格http://chintian.pixnet.net/blog

鶴立文教機構將竭誠為您服務！

獨家搶先看 

國家圖書館出版品預行編目資料

寫好作文の祕密／ 王擎天著
新北市：鴻漸文化出版 采舍國際有限公司發行

2017.03 面； 公分

ISBN 978-986-93689-4-0（平裝）

1.寫作法

811.1 105018329

鴻漸文化

寫好作文の祕密

編著者●王擎天
出版者●鴻漸文化
發行人●Jack
美術設計●吳吉昌
排版●王鴻立
出版總監●歐綾纖
副總編輯●陳雅貞
責任編輯●周宣吟
特約編輯●張紫彤、葉衽榤、劉韋佐
編輯中心●新北市中和區中山路二段366巷10號10樓
電話●(02)2248-7896　　傳真●(02)2248-7758

總經銷●采舍國際有限公司
發行中心●235新北市中和區中山路二段366巷10號3樓
電話●(02)8245-8786　　傳真●(02)8245-8718
退貨中心●235新北市中和區中山路三段120-10號（青年廣場）B1
電話●(02)2226-7768　　傳真●(02)8226-7496
郵政劃撥戶名●采舍國際有限公司
郵政劃撥帳號●50017206（劃撥請另付一成郵資）
新絲路網路書店●www.silkbook.com
華文網網路書店●www.book4u.com.tw
PChome商店街●store.pchome.com.tw/readclub
出版日期●2017年3月

本書係透過華文聯合出版平台（www.book4u.com.tw）自資出版印行，並委由采舍國際有限公司（www.silkbook.com）總經銷。

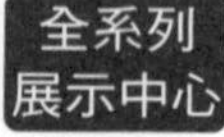

新北市中和區中山路二段366巷10號10樓（新絲路書店）

本書採減碳印製流程並使用優質中性紙（Acid & Alkali Free）與環保油墨印刷，通過綠色印刷認證。